Les Trois Mousquetaires est d'abord paru de mars à juillet 1844 dans le journal *Le Siècle,* sous forme de feuilletons. Des milliers de gens se jetaient sur leur journal pour découvrir la suite. Ainsi, l'œuvre complète pourrait impressionner un lectorat plus jeune.

C'est donc une version abrégée que nous allons lire ici. Mais elle demeure intégralement de la plume de Dumas (et d'Auguste Maquet, son collaborateur). Nous y retrouverons tous les chapitres du roman, lesquels conservent les titres donnés par l'auteur et commencent tous par les premières lignes d'origine. Les plus importants sont plus amplement développés voire conservés dans leur intégralité. Les autres sont réduits mais ont conservé tous les éléments de l'original (descriptions et dialogues) afin de rester aussi authentiques et vivants que possible. En bref, rien n'est reformulé, ni réécrit. Ce qui figure dans ce présent livre est né de la plume de Dumas : tous les mots sont de lui, même s'ils n'y sont pas tous !

Oserais-je ajouter que ce roman, découvert au sortir de l'enfance, est resté l'un de mes préférés et que, depuis, je l'ai relu tous les ans. Le rendre accessible au plus grand nombre a été un immense plaisir en même temps qu'un clin d'œil complice que je devais bien à ce cher Dumas.

CHAPITRE I

LES TROIS PRÉSENTS DE M. D'ARTAGNAN PÈRE

Le premier lundi du mois d'avril 1625, le bourg de Meung, où naquit l'auteur du *Roman de la Rose*[1], semblait être dans une révolution aussi entière que si les huguenots en étaient venus faire une seconde Rochelle. Plusieurs bourgeois, voyant s'enfuir les femmes le long de la grande rue, entendant les enfants crier sur le seuil des portes, se hâtaient d'endosser la cuirasse et, appuyant leur contenance quelque peu incertaine d'un mousquet ou d'une pertuisane, se dirigeaient vers l'hôtellerie du *Franc-Meunier*, devant laquelle s'empressait, en grossissant de minute en minute, un groupe compact, bruyant et plein de curiosité.

En ce temps-là les paniques étaient fréquentes, et peu de jours se passaient sans qu'une ville enregistre sur ses archives quelque événement de ce genre. Il y avait les

1. Ce long poème écrit au XIIIe siècle a connu un très grand succès durant toute la fin du Moyen Âge. Commencé par Guillaume de Lorris, il fut complété et achevé par Jean de Meung, natif de la ville où se déroule l'action.

seigneurs qui guerroyaient entre eux ; il y avait le cardinal qui faisait la guerre au roi et aux seigneurs ; il y avait l'Espagnol qui faisait la guerre aux seigneurs, au cardinal et au roi. Puis, outre ces guerres secrètes ou publiques, il y avait encore les voleurs, les mendiants, les huguenots, les loups et les laquais, qui faisaient la guerre à tout le monde. Les bourgeois s'armaient toujours contre les voleurs, les loups et les laquais, souvent contre les seigneurs et les huguenots, quelquefois contre le roi, mais jamais contre le cardinal et l'Espagnol. Il résulta donc de ces habitudes que ce susdit premier lundi du mois d'avril 1625, les bourgeois, entendant du bruit, et ne voyant ni le guidon jaune et rouge ni la livrée du duc de Richelieu, se précipitèrent du côté du *Franc-Meunier*.

Arrivé là, chacun put connaître la cause de cette rumeur.

Un jeune homme... – traçons son portrait : figurez-vous don Quichotte à dix-huit ans, don Quichotte revêtu d'un pourpoint de laine, dont la couleur bleue s'était transformée en une nuance insaisissable de lie-de-vin et d'azur céleste. Visage long et brun ; la pommette des joues saillante, signe d'astuce ; les muscles maxillaires énormément développés, indice infaillible où l'on reconnaît le Gascon, même sans béret, et notre jeune homme portait un béret orné d'une espèce de plume ; l'œil ouvert et intelligent ; le nez crochu, mais finement dessiné, trop grand pour un adolescent, trop petit pour un homme fait. Un œil exercé l'aurait pris pour un fils de fermier en voyage sans la longue épée qui, pendue à un baudrier de peau, battait les mollets de son propriétaire quand il était à pied et le poil hérissé de sa monture quand il était à cheval.

Car notre jeune homme avait une monture, et cette monture était même si remarquable qu'elle fut remarquée : c'était un bidet du Béarn, jaune de robe, sans crins à la queue, mais non pas sans tumeurs aux jambes, et qui, tout en marchant la tête plus bas que les genoux, faisait encore galamment ses huit lieues par jour. Malheureusement les qualités cachées de ce cheval étaient si bien cachées sous son poil étrange et sous son allure incongrue, que son apparition à Meung, où il était entré il y avait un quart d'heure par la porte de Beaugency, produisit une sensation dont la défaveur rejaillit jusqu'à son cavalier.

Et cette sensation avait été d'autant plus pénible au jeune d'Artagnan (ainsi s'appelait le don Quichotte de cette autre Rossinante), qu'il ne se cachait pas le côté ridicule que lui donnait, si bon cavalier qu'il soit, une pareille monture. Aussi avait-il fort soupiré en acceptant le don que lui en avait fait M. d'Artagnan père : il n'ignorait pas qu'une pareille bête valait au moins vingt livres. Il est vrai que les paroles dont le présent avait été accompagné n'avaient pas de prix.

— Mon fils, avait dit le gentilhomme gascon, ce cheval est né dans la maison de votre père, il y a tantôt treize ans, et y est resté depuis ce temps-là, ce qui doit vous porter à l'aimer. Ne le vendez jamais, laissez-le mourir honorablement de vieillesse, et si vous faites campagne avec lui, ménagez-le comme vous ménageriez un vieux serviteur. À la cour, continua M. d'Artagnan père, si vous avez l'honneur d'y aller, honneur auquel votre vieille noblesse vous donne des droits, soutenez dignement votre nom de gentilhomme, qui a été porté dignement par vos ancêtres depuis plus de cinq cents ans. Pour vous et pour les vôtres, ne supportez jamais rien que de M. le cardinal et du roi. C'est par son courage seul qu'un gentilhomme fait son chemin aujourd'hui. Quiconque tremble une seconde laisse peut-être échapper l'appât que, pendant cette seconde, la fortune lui tendait. Vous êtes jeune, vous devez être brave par deux raisons : la première, c'est que vous êtes Gascon, et la seconde, c'est que vous êtes mon fils. Ne craignez pas les occasions et cherchez les aventures. Je vous ai fait apprendre à manier l'épée ; vous avez un jarret de fer, un poignet d'acier, battez-vous à tout propos. Battez-vous d'autant plus que les duels sont défendus, et que, par conséquent, il y a deux fois du courage à se battre. Je n'ai, mon fils, à vous donner que quinze écus, mon cheval et les conseils que vous venez d'entendre. Votre mère y ajoutera la recette d'un certain baume qui a une vertu miraculeuse pour guérir toute blessure qui n'atteint pas le cœur. Faites votre profit du tout, et vivez heureusement et longtemps.

« Je n'ai qu'un mot à ajouter, et c'est un exemple que je vous propose : M. de Tréville, qui était mon voisin autrefois et qui a eu l'honneur de jouer tout enfant avec notre roi Louis XIII – que Dieu le conserve ! Quelquefois leurs jeux dégénéraient en batailles, et le roi n'était pas toujours le plus fort. Les coups qu'il en reçut lui donnèrent beaucoup d'estime et d'amitié pour M. de Tréville. Plus tard M. de Tréville se battit contre d'autres, jusqu'aujourd'hui, cent fois peut-être ! Aussi, malgré les édits, les ordonnances et les arrêts, le voilà chef de mousquetaires, c'est-à-dire chef d'une légion dont le roi fait un très grand cas et que M. le cardinal redoute, lui qui ne redoute pas grand-chose. De plus, M. de Tréville gagne dix mille écus par an ; c'est donc un fort grand seigneur. Il a commencé comme vous ; allez le voir avec cette lettre, et réglez-vous sur lui, afin de faire comme lui.

Sur quoi M. d'Artagnan père remit à son fils une lettre qu'il avait préparée, lui ceignit sa propre épée, l'embrassa tendrement sur les deux joues et lui donna sa bénédiction.

En sortant de la chambre paternelle, le jeune homme trouva sa mère qui l'attendait avec la fameuse recette dont les conseils que nous venons de rapporter devaient nécessiter un assez fréquent emploi. Les adieux furent, de ce côté, plus longs et plus tendres qu'ils ne l'avaient été de l'autre, non pas que M. d'Artagnan n'aimât son fils, qui était sa seule progéniture, mais M. d'Artagnan était un homme, et il eût regardé comme indigne d'un homme de se laisser aller à son émotion, tandis que Mme d'Artagnan était femme et de plus était mère. Elle pleura abondamment, et, disons-le à la louange de M. d'Artagnan fils, quelque effort qu'il tentât pour rester fermé comme devait l'être un futur mousquetaire, la nature l'emporta, et il versa force larmes, dont il parvint à grand-peine à cacher la moitié.

Le même jour le jeune homme se mit en route, muni des trois présents paternels.

Avec un pareil *vade-mecum*, d'Artagnan se trouva, au moral comme au physique, une copie exacte du héros de Cervantès, auquel nous l'avons comparé. Don Quichotte prenait les moulins à vent pour des géants et les moutons pour des armées ; d'Artagnan prit chaque sourire pour une insulte et chaque regard pour une provocation. Il en résulta qu'il eut toujours le poing fermé depuis Tarbes jusqu'à Meung, et que l'un dans l'autre il porta la main au pommeau de son épée dix fois par jour. Toutefois, le poing ne descendit sur aucune mâchoire et l'épée ne sortit point du fourreau. Ce n'est pas que la vue du malencontreux bidet jaune n'épanouît bien des sourires sur les visages des passants ; mais, comme au-dessus du bidet sonnait une épée de taille respectable et qu'au-dessus de cette épée brillait un œil plutôt féroce, les passants réprimaient leur hilarité ou, si l'hilarité l'emportait sur la prudence, ils tâchaient au moins de ne rire que d'un seul côté.

D'Artagnan demeura donc majestueux et intact dans sa susceptibilité jusqu'à cette malheureuse ville de Meung.

Mais là, comme il descendait de cheval à la porte du *Franc-Meunier* sans que personne, hôte, garçon ou palefrenier, ne soit venu lui tenir l'étrier, il avisa, à une fenêtre entrouverte du rez-de-chaussée, un gentilhomme de belle taille et de haute mine, quoique au visage légèrement renfrogné. Il causait avec deux personnes qui paraissaient l'écouter avec déférence. D'Artagnan crut tout naturellement, selon son habitude, être l'objet de la conversation et tendit l'oreille. Cette fois il ne s'était trompé qu'à moitié : ce n'était pas de lui qu'il était question, mais de son cheval. Le gentilhomme paraissait énumérer à ses auditeurs toutes les qualités de l'animal, et comme, ainsi que je l'ai dit, ces derniers semblaient avoir une grande déférence pour le narrateur, ils éclataient de rire à tout moment. Or, comme un demi-sourire suffisait pour éveiller l'irascibilité du jeune homme, on comprend quel effet produisit sur lui tant de bruyante hilarité.

Cependant d'Artagnan voulut d'abord se rendre compte de la physionomie de l'impertinent qui se moquait de lui. Il fixa son regard fier sur l'étranger, et reconnut un homme de quarante à quarante-cinq ans, aux yeux sombres et perçants, au teint pâle, au nez fortement accentué, à la moustache noire et parfaitement taillée. Il était vêtu d'un pourpoint et d'un haut-de-chausses violet avec des aiguillettes de même couleur, sans aucun ornement. Ce haut-de-chausses et ce pourpoint, quoique neufs, paraissaient froissés comme le sont les habits de voyage longtemps renfermés dans une malle. D'Artagnan fit toutes ces remarques avec la rapidité de l'observateur le plus minutieux, et sans doute par un sentiment instinctif qui lui disait que cet inconnu devait avoir une grande influence sur sa vie à venir.

Or, comme au moment où d'Artagnan fixait son regard sur lui, le gentilhomme faisait à l'endroit du bidet béarnais une de ses plus profondes démonstrations, ses deux auditeurs éclatèrent de rire, et lui-même laissa errer, si l'on peut parler ainsi, un pâle sourire sur son visage. Cette fois, il n'y avait plus de doute : d'Artagnan était réellement insulté. Aussi, plein de cette conviction, enfonça-t-il son béret sur ses yeux, et, tâchant de copier quelques-uns des airs de cour qu'il avait surpris chez des seigneurs en voyage, il s'avança, une main sur la garde de son épée et l'autre appuyée sur la hanche.

— Eh ! monsieur, s'écria-t-il, monsieur, qui vous cachez derrière ce volet... Oui, vous ! dites-moi donc un peu de quoi vous riez, et nous rirons ensemble.

Le gentilhomme amena lentement les yeux de la monture au cavalier, comme s'il lui avait fallu un certain temps pour comprendre que c'était à lui que s'adressaient de si étranges paroles. Puis, lorsqu'il ne put plus conserver aucun doute, ses sourcils se froncèrent, et, avec un accent d'ironie et d'insolence impossible à décrire, il répondit à d'Artagnan.

— Je ne vous parle pas, monsieur !

— Mais je vous parle, moi ! s'écria le jeune homme exaspéré de ce mélange d'insolence et de bonnes manières.

L'inconnu le regarda encore un instant avec son léger sourire, puis sortit lentement pour venir, à deux pas de d'Artagnan, se planter en face du cheval. Sa contenance tranquille et sa physionomie railleuse avaient redoublé l'hilarité de ceux avec lesquels il causait, et qui, eux, étaient restés à la fenêtre.

D'Artagnan, le voyant à sa portée, tira son épée d'un pied hors du fourreau.

— Ce cheval est décidément ou, plutôt, a été dans sa jeunesse bouton d'or, reprit l'inconnu en s'adressant à ses auditeurs de la fenêtre sans paraître aucunement remarquer l'exaspération de d'Artagnan. C'est une couleur connue en botanique, mais jusqu'à présent fort rare chez les chevaux.

— Tel rit du cheval qui n'oserait pas rire du maître ! s'écria d'Artagnan, furieux.

— Je ne ris pas souvent, monsieur, reprit l'inconnu, ainsi que vous pouvez le voir à l'air de mon visage. Mais je tiens à conserver le privilège de rire quand il me plaît.

— Et moi, s'écria d'Artagnan, je ne veux pas qu'on rie quand il me déplaît, et surtout quand c'est à mes dépens qu'on rit !

— En vérité, monsieur ? continua l'inconnu, plus calme que jamais. Eh bien ! c'est parfaitement juste.

Et, tournant sur ses talons, il s'apprêta à rentrer dans l'hôtellerie par la grande porte sous laquelle, en arrivant, d'Artagnan avait remarqué un cheval tout sellé.

Mais d'Artagnan n'était pas de caractère à lâcher ainsi un homme qui avait eu l'insolence de se moquer de lui. Il tira son épée entièrement du fourreau et se mit à sa poursuite en criant :

— Tournez-vous donc, monsieur le railleur, que je ne vous frappe point par derrière !

— Me frapper, moi ! dit l'autre en pivotant sur ses talons et en regardant le jeune homme avec autant d'étonnement que de mépris. Allons donc, mon cher, vous êtes fou !

Il achevait à peine, que d'Artagnan lui allongea un si furieux coup de pointe, que, s'il n'eût fait vivement un bond en arrière, il est probable qu'il aurait plaisanté pour la dernière fois. L'inconnu vit alors que la chose passait la raillerie, tira son épée, salua son adversaire et se mit gravement en garde. Mais au même moment ses deux auditeurs, accompagnés de l'hôte, tombèrent sur d'Artagnan à grands coups de bâtons, de pelles et de pincettes. Cela fit une diversion si rapide et si complète à l'attaque que l'adversaire de d'Artagnan, pendant que celui-ci se retournait pour faire face à cette grêle de coups, rengainait avec la même précision, et d'acteur qu'il avait manqué d'être, redevenait spectateur du combat, rôle dont il s'acquitta avec son impartialité ordinaire, tout en marmottant néanmoins :

— La peste soit des Gascons ! Remettez-le sur son cheval orange, et qu'il s'en aille.

— Pas avant de t'avoir tué, lâche ! criait d'Artagnan, tout en faisant face du mieux qu'il pouvait et sans reculer d'un pas à ses trois ennemis, qui le moulaient de coups.

— Encore une gasconnade ! murmura le gentilhomme. Sur mon honneur, ces Gascons sont incorrigibles ! Continuez donc la danse, puisqu'il le veut absolument. Quand il sera las, il dira qu'il en a assez.

Mais l'inconnu ne savait pas à quel genre d'entêté il avait affaire : d'Artagnan n'était pas homme à jamais demander merci. Le combat continua donc quelques minutes encore. Cependant d'Artagnan, épuisé, laissa échapper son épée, qu'un coup de bâton brisa en deux morceaux. Enfin un autre coup lui entama le front et le renversa en même temps tout sanglant et presque évanoui.

C'est à ce moment que, de tous côtés, on accourut sur le lieu de la scène. L'hôte, craignant du scandale, fit emporter le blessé dans la cuisine, où quelques soins lui furent accordés.

Quant au gentilhomme, il était revenu prendre sa place à sa fenêtre et regardait avec une certaine impatience toute cette foule qui semblait, en demeurant là, lui causer une vive contrariété.

— Comment va cet enragé ? demanda-t-il en se retournant au bruit de la porte qui s'ouvrait et en s'adressant à l'hôte.

— Votre Excellence est saine et sauve ? demanda ce dernier.

— Oui, parfaitement saine et sauve, mon cher hôtelier, et c'est moi qui vous demande ce qu'est devenu notre jeune homme.

— Il va mieux, dit l'hôte, il s'est évanoui tout à fait.

— Vraiment, fit le gentilhomme.

— Mais avant de s'évanouir, il a rassemblé toutes ses forces pour vous appeler et vous défier en vous appelant.

— Mais c'est donc le diable en personne, s'écria l'inconnu.

— Oh ! non, Votre Excellence, reprit l'hôte avec une grimace de mépris, car pendant son évanouissement nous l'avons fouillé et il n'a dans son paquet qu'une chemise, et dans sa bourse que onze écus, ce qui ne l'a pas empêché de dire en s'évanouissant que si pareille chose était arrivée à Paris, vous vous en repentiriez tout de suite, tandis que, la chose étant arrivée ici, vous ne vous en repentirez que plus tard. Je vous dis cela, mon gentilhomme, afin que, si besoin est, vous vous teniez sur vos gardes.

— Et il n'a nommé personne dans sa colère ?

— Si fait, il frappait sur sa poche, et il disait : « Nous verrons ce que M. de Tréville pensera de cette insulte faite à son protégé. »

— M. de Tréville ! dit l'inconnu en devenant attentif. Voyons, mon cher hôte, vous n'avez pas été, j'en suis sûr, sans regarder aussi dans cette poche-là. Qu'y avait-il ?

— Une lettre adressée à M. de Tréville.

L'hôte, qui n'était pas doué d'une grande perspicacité, ne remarqua point l'expression que ses paroles avaient donnée à la physionomie de l'inconnu. Celui-ci quitta le rebord de la croisée sur lequel il était toujours resté appuyé du bout du coude, et fronça le sourcil en homme inquiet.

— Diable ! murmura-t-il entre ses dents, Tréville m'aurait-il envoyé ce Gascon ? Il est bien jeune ! Mais un coup d'épée est un coup d'épée, quel que soit l'âge de celui qui le donne, et l'on se défie moins d'un enfant que de tout autre. Il suffit parfois d'un faible obstacle pour contrarier un grand dessein.

Et l'inconnu tomba dans une réflexion qui dura quelques minutes.

— Voyons, l'hôte, dit-il, est-ce que vous ne me débarrasserez pas de ce frénétique ? En conscience, je ne puis le tuer, et cependant, il me gêne. Où est-il ?

— Dans la chambre, où on le panse, au premier étage.

— Ses hardes et son sac sont avec lui ? Il n'a pas quitté son pourpoint ?

— Tout cela est en bas, dans la cuisine. Mais puisqu'il vous gêne, ce jeune fou...

— Sans doute. Il cause dans votre hôtellerie un scandale auquel d'honnêtes gens ne sauraient s'associer. Faites mon compte et avertissez mon laquais.

— Monsieur nous quitte déjà ?

— Vous le savez bien, puisque je vous avais donné l'ordre de seller mon cheval. Ne m'a-t-on point obéi ?

— Si fait, et comme Votre Excellence a pu le voir, son cheval est sous la grande porte, tout appareillé pour partir.

— C'est bien, faites ce que je vous ai dit alors.

— Ouais ! se dit l'hôte, aurait-il peur du petit garçon ? Mais il salua humblement et sortit.

— Il ne faut pas que Milady soit aperçue de ce drôle, continua l'étranger. Elle ne doit pas tarder à passer ; déjà, même, elle est en retard. Décidément, mieux vaut que je monte à cheval et que j'aille au-devant d'elle... Si seulement je pouvais savoir ce que contient cette lettre adressée à Tréville !

Et l'inconnu, tout en marmottant, se dirigea vers la cuisine.

Pendant ce temps l'hôte, qui ne doutait pas que c'était la présence du jeune garçon qui chassait l'inconnu de son hôtellerie, était remonté chez sa femme et avait trouvé d'Artagnan maître de ses esprits. Alors, tout en lui faisant comprendre que la police pourrait bien lui faire un mauvais parti pour être allé chercher querelle à un grand seigneur, il le détermina, malgré sa faiblesse, à se lever et à continuer son chemin. D'Artagnan, à moitié abasourdi, sans pourpoint et la tête tout emmaillotée de linges, se leva donc et, poussé par l'hôte, commença de descendre. Mais en arrivant à la cuisine, la première chose qu'il aperçut fut son provocateur qui causait tranquillement avec une dame au marchepied d'un lourd carrosse attelé de deux gros chevaux.

Son interlocutrice, dont la tête apparaissait encadrée par la portière, était une femme de vingt à vingt-deux ans. D'Artagnan vit du premier coup d'œil que la femme était jeune et belle. Cette beauté le frappa d'autant plus qu'elle était étrangère aux pays méridionaux que jusque-là il avait habités. C'était une pâle et blonde personne, aux longs cheveux bouclés tombant sur ses épaules, aux grands yeux bleus languissants, aux lèvres rosées et aux mains d'albâtre. Elle causait très vivement avec l'inconnu.

— Ainsi, son éminence m'ordonne..., disait la dame.

— ... De retourner à l'instant même en Angleterre, et de la prévenir si le duc quittait Londres ou l'avait déjà quitté.

— Quant à mes autres instructions ? demanda la belle voyageuse.

— Elles sont renfermées dans cette boîte, que vous n'ouvrirez que de l'autre côté de la Manche.

— Très bien. Et vous, que faites-vous ?

— Moi, je retourne à Paris.

— Sans châtier cet insolent petit garçon ? demanda la dame.

L'inconnu allait répondre, mais au moment où il ouvrait la bouche, d'Artagnan, qui avait tout entendu, s'élança sur le seuil de la porte.

— C'est cet insolent petit garçon qui châtie les autres, s'écria-t-il. Et j'espère bien que, cette fois-ci, celui qu'il doit châtier ne lui échappera pas comme la première.

— Ne lui échappera pas ? dit l'inconnu en fronçant le sourcil.

— Non, devant une femme, vous n'oserez pas fuir, je présume.

— Songez, s'écria Milady en voyant le gentilhomme porter la main à son épée, songez que le moindre retard peut tout perdre.

— Vous avez raison, répondit le gentilhomme. Partez donc de votre côté, moi, je pars du mien.

Et saluant la dame d'un signe de tête, il s'élança sur son cheval tandis que le cocher du carrosse fouettait vigoureusement son attelage. Les deux interlocuteurs s'éloignèrent donc au galop, chacun par un côté opposé de la rue.

— Eh ! votre dépense, vociféra l'hôte, dont l'affection pour son voyageur se changeait en un profond dédain en voyant qu'il s'éloignait sans solder ses comptes.

— Paie, maroufle ! cria le voyageur à son laquais, lequel jeta aux pieds de l'hôte deux ou trois pièces d'argent et se mit à galoper après son maître.

— Ah ! lâche, ah ! misérable, ah ! faux gentilhomme ! cria d'Artagnan s'élançant à son tour après le laquais.

Mais le blessé était trop faible encore pour supporter une pareille secousse. À peine eut-il fait dix pas que ses oreilles tintèrent, qu'un éblouissement le prit, qu'un nuage de sang passa sur ses yeux et qu'il tomba au milieu de la rue en criant encore :

— Lâche ! lâche ! lâche !

— Il est en effet bien lâche, murmura l'hôte en s'approchant de d'Artagnan, et essayant par cette flatterie de se raccommoder avec le pauvre Gascon.

— Oui, bien lâche, murmura d'Artagnan, mais elle, bien belle !

— Qui, elle ? demanda l'hôte.

— Milady, balbutia d'Artagnan qui avait entendu ce nom.

Et il s'évanouit une seconde fois.

— C'est égal, dit l'hôte, il me reste celui-là que je suis sûr de conserver quelques jours. C'est toujours onze écus de gagnés.

On sait que onze écus faisaient juste la somme qui restait dans la bourse de d'Artagnan.

L'hôte avait compté, comme on voit, sur onze jours de maladie à un écu par jour, mais il avait compté sans son voyageur. Le lendemain, dès cinq heures du matin, d'Artagnan se leva, descendit lui-même à la cuisine, demanda – outre quelques autres ingrédients dont la liste n'est pas parvenue jusqu'à nous – du vin, de l'huile, du romarin, et, la recette de sa mère à la main, se composa un baume dont il oignit ses nombreuses blessures. Grâce à l'efficacité du baume de Bohême, d'Artagnan se trouva sur pied dès le soir même, et à peu près guéri le lendemain.

Mais au moment de payer ce romarin, cette huile et ce vin, seule dépense du maître qui avait gardé une diète absolue tandis qu'au contraire le cheval jaune, au dire de l'hôtelier du moins, avait mangé trois fois plus qu'on eût pu le supposer pour sa taille, d'Artagnan ne trouva plus dans sa poche que sa petite bourse de velours râpé ainsi que les onze écus qu'elle contenait. Quant à la lettre adressée à M. de Tréville, elle avait disparu.

Le jeune homme commença par chercher cette lettre avec une grande patience, tournant et retournant vingt fois ses poches, fouillant et refouillant dans son sac. Mais lorsqu'il eut acquis la conviction que la lettre était introuvable, il entra dans un troisième accès de rage, qui faillit lui occasionner une nouvelle consommation de vin et d'huile aromatisés, car en voyant cette jeune mauvaise tête s'échauffer et menacer de tout casser dans l'établissement si l'on ne retrouvait pas sa lettre, l'hôte s'était déjà saisi d'un épieu, sa femme d'un manche à balai et ses garçons des mêmes bâtons qui avaient servi la surveille.

— Ma lettre de recommandation ! s'écriait d'Artagnan, ma lettre, sangdieu ! ou je vous embroche tous comme des ortolans.

Malheureusement une circonstance s'opposait à ce que le jeune homme accomplît sa menace : c'est que son épée avait été brisée en deux morceaux, ce qu'il avait parfaitement oublié. Il en résulta que, lorsque d'Artagnan voulut dégainer, il se trouva simplement armé d'un tronçon d'épée de huit pouces à peu près, que l'hôte avait soigneusement renfoncé dans le fourreau.

Cependant cette déception n'aurait probablement pas arrêté notre fougueux jeune homme, si l'hôte n'avait réfléchi que la réclamation que lui adressait son voyageur était juste.

— Mais, au fait, dit-il en abaissant son épieu, où est-elle ?

— Oui ! où est cette lettre ? cria d'Artagnan. Je vous en préviens, elle est pour M. de Tréville, et il faut qu'elle se retrouve, ou si elle ne se retrouve pas, il saura bien la faire retrouver, lui !

Cette menace acheva d'intimider l'hôte. Après le roi et M. le cardinal, M. de Tréville était l'homme dont le nom était le plus souvent répété par les militaires et même par les bourgeois. Aussi, jetant son épieu et ordonnant à sa femme d'en faire autant de son manche à balai et à ses valets de leurs bâtons, il donna le premier l'exemple en se mettant à la recherche de la lettre perdue.

— Est-ce que cette lettre renfermait quelque chose de précieux ? demanda l'hôte au bout d'un instant d'investigations inutiles.

— Mordious ! je le crois bien, s'écria le Gascon. Elle contenait ma fortune.

— Des bons sur l'Espagne ? demanda l'hôte inquiet.

— Des bons sur la trésorerie particulière de Sa Majesté, répondit d'Artagnan, qui, comptant entrer au service du roi grâce à cette recommandation, croyait pouvoir faire sans mentir cette réponse quelque peu hasardée.

— Diable ! fit l'hôte tout à fait désespéré.

— Mais il n'importe, continua d'Artagnan avec l'aplomb national, il n'importe, l'argent n'est rien, et cette lettre était tout. J'eusse mieux aimé perdre mille pistoles que de la perdre !

Un trait de lumière frappa tout à coup l'esprit de l'hôte.

— Cette lettre ne s'est point perdue ! s'écria-t-il. Elle vous a été prise !

— Prise ! Et par qui ?

— Par le gentilhomme d'hier. Il est descendu à la cuisine où était votre pourpoint. Il y est resté seul. Je gagerais que c'est lui qui l'a volée.

— Vous croyez ? répondit d'Artagnan peu convaincu, car il savait l'importance toute personnelle de cette lettre et n'y voyait rien qui pût tenter la cupidité. Le fait est qu'aucun des valets, aucun des voyageurs n'eût rien gagné à posséder ce papier.

— Vous dites donc, reprit d'Artagnan, que vous soupçonnez cet impertinent gentilhomme.

— Je vous dis que j'en suis sûr, continua l'hôte. Lorsque je lui ai annoncé que Votre Seigneurie était le protégé de M. de Tréville et que vous aviez même une lettre pour ce gentilhomme, il a paru fort inquiet, m'a demandé où elle était et est descendu immédiatement à la cuisine où il savait qu'était votre pourpoint.

— Alors, voilà mon voleur trouvé, répondit d'Artagnan. Je m'en plaindrai à M. de Tréville qui s'en plaindra au roi.

Puis il tira majestueusement deux écus de sa poche, les donna à l'hôte, qui l'accompagna, le chapeau à la main, jusqu'à la porte, remonta sur son cheval jaune, qui le conduisit sans autre accident jusqu'à la porte Saint-Antoine à Paris, où, malgré la recommandation paternelle, son propriétaire le vendit trois écus, ce qui était fort bien payé, attendu que d'Artagnan l'avait fort surmené pendant la dernière étape. Aussi le maquignon auquel d'Artagnan le céda ne cacha-t-il point au jeune homme qu'il n'en donnait cette somme exorbitante qu'à cause de l'originalité de sa couleur.

D'Artagnan entra donc dans Paris à pied, portant son petit paquet sous son bras, et marcha jusqu'à ce qu'il trouvât à louer une chambre qui convînt à l'exiguïté de ses ressources. Cette chambre fut une espèce de mansarde, sise rue des Fossoyeurs, près du Luxembourg.

D'Artagnan prit possession de son logement, passa le reste de la journée à coudre à son pourpoint et à ses chausses des passementeries que sa mère lui avait données.

Puis, il alla quai de la Ferraille faire remettre une lame à son épée, après quoi il revint au Louvre s'informer, au premier mousquetaire qu'il rencontra, de la situation de l'hôtel de M. de Tréville. Cet hôtel était situé dans le voisinage de la chambre louée par d'Artagnan ; circonstance qui lui parut d'un heureux augure pour le succès de son voyage.

Alors entièrement satisfait de la façon dont il s'était conduit à Meung, sans remords dans le passé, confiant dans le présent et plein d'espérance dans l'avenir, il se coucha et s'endormit du sommeil du brave.

Ce sommeil, tout provincial encore, le conduisit jusqu'à neuf heures du matin, heure à laquelle il se leva pour se rendre chez ce fameux M. de Tréville, le troisième personnage du royaume d'après l'estimation paternelle.

CHAPITRE 2

L'ANTICHAMBRE DE M. DE TRÉVILLE

M. de Troisvilles, comme s'appelait encore sa famille en Gascogne, ou M. de Tréville, comme il avait fini par s'appeler lui-même à Paris, avait réellement commencé comme d'Artagnan, c'est-à-dire sans un sou vaillant, mais sa bravoure insolente, son bonheur plus insolent encore, l'avaient hissé au sommet de cette échelle difficile qu'on appelle la faveur de cour.

Il était l'ami de Louis XIII, qui avait un attachement réel pour lui. Aussi le roi en avait-il fait le capitaine de ses mousquetaires, lesquels étaient au souverain, pour le dévouement ou plutôt pour le fanatisme, ce que sa garde écossaise était à Louis XI.

De son côté, le cardinal n'était pas en reste avec le roi. Il avait voulu, lui aussi, sa garde personnelle, et les deux se disputaient souvent au sujet du mérite de leurs serviteurs : chacun vantait la tenue et le courage des siens. Et, tout en se prononçant tout haut contre les duels, ils les excitaient tout bas à en venir aux mains, et concevaient un véritable chagrin ou une joie immodérée de la victoire des leurs.

Tréville avait pris son maître par le côté faible. Il faisait parader ses mousquetaires devant le cardinal, avec un air narquois qui hérissait de colère la moustache grise de Son Éminence. Ses soldats formaient une légion de diables à quatre, indisciplinée pour tout autre que pour lui. Débraillés, avinés, écorchés, les mousquetaires du roi, ou plutôt ceux de M. de Tréville, s'épandaient dans les cabarets, dans les promenades, dans les jeux publics, criant fort, retroussant leurs moustaches, faisant sonner leurs épées, heurtant avec volupté les gardes de M. le cardinal quand ils les rencontraient, puis dégainant en pleine rue, avec mille plaisanteries ; tués quelquefois, mais sûrs en ce cas d'être pleurés et vengés ; tuant souvent, et sûrs alors de ne pas moisir en prison, M. de Tréville étant là pour les réclamer. Aussi ce dernier était-il loué sur tous les tons par ces hommes qui l'adoraient et qui tremblaient devant lui comme des écoliers devant leur maître.

La cour de son hôtel, situé rue du Vieux Colombier, ressemblait à un camp, et cela dès six heures du matin en été, dès huit heures en hiver. Cinquante à soixante mousquetaires s'y promenaient sans cesse armés en guerre et prêts à tout. Le long d'un grand escalier, montaient et descendaient les solliciteurs de Paris, les gentilshommes de province avides d'être enrôlés et les laquais chamarrés qui venaient apporter à M. de Tréville les messages de leurs maîtres. Dans l'antichambre, sur de longues banquettes circulaires, reposaient les élus, c'est-à-dire ceux qui étaient convoqués. Un bourdonnement durait là depuis le matin jusqu'au soir, tandis que M. de Tréville, dans son cabinet, recevait les visites, écoutait les plaintes, donnait ses ordres.

Le jour où d'Artagnan se présenta, l'assemblée était imposante. Ce fut au milieu d'une cohue que notre jeune homme s'avança le cœur palpitant, rangeant sa longue rapière le long de ses jambes maigres et tenant une main au rebord de son feutre avec ce demi-sourire du provincial embarrassé qui veut faire bonne contenance.

Arrivé à l'escalier, ce fut pis encore : il y avait sur les premières marches quatre mousquetaires qui se divertissaient à l'exercice suivant : un d'eux, placé sur le degré supérieur, l'épée nue à la main, s'efforçait d'empêcher les trois autres de monter. Ces trois autres s'escrimaient contre lui de leurs épées fort agiles.

D'Artagnan prit d'abord ces fers pour des fleurets d'escrime, et les crut boutonnés, mais il reconnut bientôt à certaines égratignures que chaque arme était affilée à souhait, et à chacune de ces égratignures, non seulement les spectateurs, mais encore les acteurs, riaient comme des fous.

Celui qui occupait le degré supérieur en ce moment tenait merveilleusement ses adversaires en respect. La condition portait qu'à chaque coup, le touché quitterait la partie en perdant son tour d'audience au profit du toucheur. En cinq minutes, trois furent effleurés, l'un au poignet, l'autre au menton, l'autre à l'oreille, par le défenseur qui, lui-même, ne fut pas atteint. Son adresse lui valut, selon les conventions arrêtées, trois tours de faveur. Ce passe-temps étonna notre voyageur, si difficile qu'il voulut être à étonner.

Sur le palier, on ne se battait plus. On racontait des histoires de femmes. Et dans l'antichambre, des histoires de cour. Sur le palier, d'Artagnan rougit, dans l'antichambre, il frissonna. Son amour des bonnes mœurs fut choqué sur le palier, son respect pour le cardinal fut scandalisé dans l'antichambre. À son grand étonnement, il entendit critiquer tout haut la politique qui faisait trembler l'Europe et la vie privée du cardinal. Ce grand homme, révéré par M. d'Artagnan père, servait de risée aux mousquetaires de M. de Tréville, qui raillaient ses jambes cagneuses et son dos voûté.

— Voilà des gens qui vont tous être embastillés et pendus, pensa d'Artagnan avec terreur, et moi sans doute avec eux, car je serai tenu pour leur complice. Que dirait mon père, qui m'a recommandé le respect du cardinal, s'il me savait dans la société de tels païens ?

Aussi, comme on s'en doute, il n'osa pas se mêler à la conversation. Seulement il regardait de tous ses yeux, écoutait de toutes ses oreilles, tendait avidement ses cinq sens pour ne rien perdre, en se sentant porté à louer plutôt qu'à blâmer les choses inouïes qui se passaient là.

Cependant, comme c'était la première fois qu'on le voyait en ce lieu, on vint lui demander ce qu'il désirait. À cette demande, d'Artagnan se nomma humblement, s'appuya du titre de compatriote et pria le valet qui l'interrogea de demander pour lui à M. de Tréville un moment d'audience, demande que le valet promit d'un ton protecteur de transmettre en temps et lieu.

Il eut donc le loisir d'étudier les costumes et les physionomies.

Au centre du groupe le plus animé était un mousquetaire de grande taille, d'une figure hautaine et d'une bizarrerie de costume qui attirait sur lui l'attention générale. Il ne portait pas la casaque d'uniforme mais un justaucorps bleu de ciel, tant soit peu râpé, et, sur cet habit, un baudrier magnifique, en broderies d'or. Un manteau long de velours cramoisi tombait avec grâce sur ses épaules, découvrant, par-devant seulement, le splendide baudrier auquel pendait une gigantesque rapière.

Ce mousquetaire se plaignait d'être enrhumé, aussi avait-il pris le manteau, à ce qu'il disait, et tandis qu'il parlait, on admirait avec enthousiasme le baudrier brodé.

— Que voulez-vous, disait le mousquetaire, c'est une folie, je le sais bien, mais c'est la mode. D'ailleurs, il faut bien employer son argent à quelque chose.

— Porthos ! s'écria un des assistants, ce baudrier t'aura été donné par la dame voilée avec laquelle je t'ai rencontré l'autre dimanche.

— Non, je l'ai acheté moi-même, et de mes propres deniers, répondit celui qu'on venait de désigner sous le nom de Porthos. Et la preuve, c'est que je l'ai payé douze pistoles.

L'admiration redoubla, quoique le doute continuât d'exister.

— N'est-ce pas, Aramis ? fit Porthos se tournant vers un autre mousquetaire.

Ce dernier formait un contraste parfait avec celui qui l'interrogeait : c'était un jeune homme de vingt-trois ans à peine, à la figure naïve et douce, à l'œil noir et doux et aux joues roses et veloutées comme une pêche en automne.

D'habitude il parlait peu et lentement, saluait beaucoup, riait sans bruit en montrant ses dents, qu'il avait belles. Il répondit par un signe de tête affirmatif à l'interpellation de son ami.

Cette affirmation parut avoir fixé tous les doutes à l'endroit du baudrier, et la conversation passa tout à coup à un autre sujet.

— Que pensez-vous de ce que raconte l'écuyer de Chalais[1] ? demanda un autre mousquetaire en s'adressant à tous. Il a vu à Bruxelles Rochefort, l'âme damnée du cardinal, déguisé en capucin.

— Ce Rochefort, s'écria Porthos, si j'étais l'écuyer du pauvre Chalais, passerait avec moi un vilain moment.

— Et vous en passeriez un triste avec le duc Rouge, dit Aramis.

— Le duc Rouge ! bravo ! répondit Porthos. Le duc Rouge ! A-t-il de l'esprit, cet Aramis ! Quel délicieux abbé vous auriez fait !

— Oh ! ce n'est qu'un retard momentané, reprit Aramis. Un jour je le serai, vous le savez bien, Porthos.

— Il n'attend qu'une chose pour se décider, intervint quelqu'un. Que la reine ait donné un héritier à la couronne de France.

— Ne plaisantons pas là-dessus, messieurs, dit Porthos.

---

1. Henri de Talleyrand-Périgord, comte de Chalais, fut condamné à mort pour avoir conspiré contre Louis XIII et Richelieu ; il fut exécuté à Nantes en 1625. Dans le camp des adversaires du cardinal, on considérait Rochefort comme responsable de la dénonciation du complot et de l'arrestation du comte, ce qui est une pure invention d'Alexandre Dumas.

— On affirme que M. de Buckingham est en France, reprit Aramis avec un rire narquois qui donnait à cette phrase une signification passablement scandaleuse.

— Aramis, mon ami, pour cette fois vous avez tort, interrompit Porthos, et votre manie de faire de l'esprit vous entraîne toujours au-delà des bornes.

— Allez-vous me faire la leçon, Porthos ? s'écria Aramis, dans l'œil doux duquel on vit passer un éclair. Vous m'impatientez !

— Eh ! messieurs ! messieurs ! s'écria-t-on autour d'eux.

— M. de Tréville attend M. d'Artagnan, interrompit le valet en ouvrant la porte du cabinet.

À cette annonce, pendant laquelle la porte demeurait ouverte, chacun se tut. Au milieu du silence général, le jeune Gascon traversa l'antichambre et entra chez le capitaine des mousquetaires, se félicitant d'échapper à la fin de cette bizarre querelle.

CHAPITRE 3

L'AUDIENCE

M. de Tréville était pour le moment de fort méchante humeur ; néanmoins, il salua poliment le jeune homme, qui s'inclina jusqu'à terre, et il sourit en recevant son compliment, dont l'accent béarnais lui rappela à la fois sa jeunesse et son pays, double souvenir qui fait sourire l'homme à tous les âges. Mais se rapprochant de l'antichambre en faisant à d'Artagnan un signe de la main, comme pour lui demander la permission d'en finir avec les autres avant de commencer avec lui, il appela trois fois :

— Athos ! Porthos ! Aramis !

Les deux mousquetaires qui répondaient aux deux derniers de ces noms s'avancèrent vers le cabinet, dont la porte se referma derrière eux dès qu'ils en eurent franchi le seuil. Leur contenance, bien qu'elle ne fût pas tout à fait tranquille, excita cependant, par son laisser-aller à la fois plein de dignité et de soumission, l'admiration de d'Artagnan, qui voyait dans ces hommes des demi-dieux.

Quand la porte fut refermée derrière eux, quand le murmure bourdonnant de l'antichambre, auquel l'appel qui venait d'être fait avait donné un nouvel aliment, eut recommencé, quand enfin M. de Tréville eut trois ou quatre fois arpenté, silencieux et le sourcil froncé, toute la longueur de son cabinet, passant chaque fois devant Porthos et Aramis, raides et muets comme à la parade, il s'arrêta en face d'eux, et les couvrant des pieds à la tête d'un regard irrité :

— Savez-vous ce que m'a dit le roi, s'écria-t-il, et cela pas plus tard qu'hier au soir ?

— Non, répondirent après un instant de silence les deux mousquetaires ; non, monsieur, nous l'ignorons.

— Mais j'espère que vous nous ferez l'honneur de nous le dire, ajouta Aramis, de son ton le plus poli.

— Il m'a dit qu'il recruterait désormais ses mousquetaires parmi les gardes de M. le cardinal.

— Et pourquoi cela ? demanda vivement Porthos.

— Parce qu'il voyait bien que sa piquette avait besoin d'être ragaillardie par un mélange de bon vin.

Les deux mousquetaires rougirent jusqu'au blanc des yeux. D'Artagnan aurait voulu être à cent pieds sous terre.

— Oui, continua M. de Tréville en s'animant, et Sa Majesté avait raison, car il est vrai que les mousquetaires font triste figure à la cour. M. le cardinal racontait hier au jeu du roi, avec un air de condoléance qui me déplut fort, qu'avant-hier ces damnés mousquetaires – et il appuyait sur ces mots avec un accent ironique qui me déplut encore davantage –, ces pourfendeurs, s'étaient attardés rue Férou, dans un cabaret, et qu'une ronde de ses gardes – j'ai cru qu'il allait me rire au nez – avait été forcée d'arrêter les perturbateurs. Morbleu ! vous devez en savoir quelque chose ! Arrêter des mousquetaires ! Vous en étiez, vous autres, ne vous en défendez pas, on vous a reconnus, et le cardinal vous a nommés. Voilà bien ma faute puisque c'est moi qui choisis mes hommes. Voyons, Aramis, pourquoi diable m'avez-vous demandé la casaque quand vous alliez être si bien sous la soutane ! Voyons, Porthos, n'avez-vous un si beau baudrier d'or que pour y suspendre une épée de paille ? Et Athos ? Je ne vois pas Athos. Où est-il ?

— Monsieur, répondit tristement Aramis, il est fort malade.

— Malade, dites-vous ? Et de quelle maladie ?

— On craint que ce ne soit de la petite vérole, monsieur, répondit Porthos, voulant mêler un mot à la conversation.

— De la petite vérole ! Voilà encore une glorieuse histoire que vous me contez là, Porthos ! Malade de la petite vérole à son âge ? Non pas !... Mais blessé sans doute, tué peut-être... Sangdieu ! messieurs les mousquetaires, je n'entends pas que l'on hante ainsi les mauvais lieux, qu'on se prenne de querelle dans la rue et qu'on joue de l'épée dans les carrefours. Je ne veux pas qu'on prête à rire aux gardes de M. le cardinal, qui sont de braves gens, tranquilles, adroits, qui ne se mettent jamais dans le cas d'être arrêtés, et qui d'ailleurs ne se laisseraient pas arrêter, eux ! Ils aimeraient mieux mourir sur la place que de faire un pas en arrière. Se sauver, détaler, fuir, c'est bon pour les mousquetaires du roi, cela !

Porthos et Aramis frémissaient de rage. Ils auraient volontiers étranglé M. de Tréville s'ils n'avaient pas senti que c'était le grand amour qu'il leur portait qui le faisait leur parler ainsi. Ils frappaient le tapis du pied, se mordaient les lèvres jusqu'au sang et serraient de toute leur force la garde de leur épée. Au-dehors on avait deviné, à l'accent de la voix de M. de Tréville, qu'il était parfaitement en colère. Dix têtes curieuses étaient appuyées à la tapisserie et pâlissaient de fureur, car leurs oreilles ne perdaient pas une syllabe de ce qui se disait, tandis que leurs bouches répétaient au fur et à mesure les paroles insultantes du capitaine à toute la population de l'antichambre. En un instant, depuis la porte du cabinet jusqu'à la porte de la rue, tout l'hôtel fut en ébullition.

— Les mousquetaires du roi se font arrêter par les gardes de M. le cardinal ! continua M. de Tréville, aussi furieux à l'intérieur que ses soldats. Six gardes de Son Éminence arrêtent six mousquetaires de Sa Majesté ! Morbleu ! j'ai pris mon parti. Je vais de ce pas au Louvre, je donne ma démission de capitaine des mousquetaires du roi pour demander une lieutenance dans les gardes du cardinal, et s'il me refuse, morbleu ! je me fais abbé.

À ces paroles, le murmure de l'extérieur devint une explosion : partout on n'entendait que jurons et blasphèmes. D'Artagnan cherchait une tapisserie derrière laquelle se cacher, et se sentait une envie démesurée de se fourrer sous la table.

— Mon capitaine, dit Porthos hors de lui, la vérité est que nous étions six contre six, mais nous avons été pris en traître, et, avant que nous eussions eu le temps de tirer nos épées, deux d'entre nous étaient tombés morts, et Athos, blessé grièvement, ne valait guère mieux. Vous le connaissez, Athos, capitaine. Il a essayé de se relever deux fois et il est retombé deux fois. Cependant, nous ne nous sommes pas rendus, on nous a entraînés de force. En chemin, nous nous sommes sauvés. Quant à Athos, on l'avait cru mort et on l'a laissé tranquillement sur le champ de bataille, ne pensant pas qu'il valût la peine d'être emporté. Voilà l'histoire. Que diable ! capitaine, on ne gagne pas toutes les batailles...

— Et j'ai l'honneur de vous assurer que j'en ai tué un avec sa propre épée, dit Aramis, car la mienne s'est brisée à la première parade ; tué ou poignardé, monsieur, comme il vous sera agréable.

— Je ne savais pas cela, reprit M. de Tréville d'un ton un peu radouci. M. le cardinal avait exagéré, à ce que je vois.

Au même instant la portière se souleva, et une tête noble et belle, mais affreusement pâle, parut sous la frange.

— Athos ! s'écrièrent les deux mousquetaires.

— Vous m'avez mandé, monsieur, dit Athos à M. de Tréville d'une voix affaiblie mais parfaitement calme, à ce que m'ont dit nos camarades, et je m'empresse de me rendre à vos ordres.

À ces mots le mousquetaire, en tenue irréprochable, entra d'un pas assez ferme dans le cabinet. M. de Tréville, ému jusqu'au fond du cœur de cette preuve de courage, se précipita vers lui.

— J'étais en train de dire à ces messieurs, ajouta-t-il, que je défends à mes mousquetaires d'exposer leurs jours sans nécessité, car les braves gens sont bien chers au roi. Votre main, Athos.

Et sans attendre que le nouveau venu réponde à cette preuve d'affection, M. de Tréville saisit sa main droite et la serra de toutes ses forces, sans s'apercevoir qu'Athos laissait échapper un mouvement de douleur et pâlissait encore, ce que l'on aurait pu croire impossible.

La porte était restée entrouverte. Un brouhaha de satisfaction accueillit les derniers mots du capitaine, et sans doute M. de Tréville allait-il réprimer par de vives paroles cette infraction aux lois de l'étiquette, lorsqu'il sentit la main d'Athos se crisper dans la sienne. En portant les yeux sur lui, il s'aperçut qu'il allait s'évanouir. Au même instant, le mousquetaire tomba sur le parquet comme s'il était mort.

— Un chirurgien ! cria M. de Tréville. Un chirurgien ! ou, sangdieu ! mon brave Athos va trépasser.

Aux cris de M. de Tréville, tout le monde se précipita dans son cabinet, chacun s'empressant autour du blessé. Mais cet empressement aurait été inutile si le docteur demandé ne s'était trouvé dans l'hôtel même. Il fendit la foule, s'approcha d'Athos toujours évanoui, et comme tout ce bruit et tout ce mouvement le gênaient fort, il demanda que le mousquetaire soit emporté dans une chambre voisine. Aussitôt M. de Tréville ouvrit une porte et montra le chemin à Porthos et à Aramis, qui emportèrent leur camarade dans leurs bras. Derrière ce groupe marchait le chirurgien, et derrière le chirurgien la porte se referma.

Alors le cabinet de M. de Tréville devint momentanément une succursale de l'antichambre. Chacun discourait, pérorait, parlait haut, jurant, donnant le cardinal et ses gardes à tous les diables.

Un instant après, Porthos et Aramis rentrèrent. Enfin, M. de Tréville revint à son tour. Le blessé avait repris connaissance et le chirurgien déclarait que son état n'avait rien qui puisse inquiéter ses amis, sa faiblesse ayant été occasionnée par la perte du sang.

Puis M. de Tréville fit un signe et chacun se retira, excepté d'Artagnan, qui n'oubliait point qu'il avait audience et qui était demeuré à la même place.

M. de Tréville se retourna et se trouva seul avec le jeune homme. L'événement qui venait d'arriver lui avait quelque peu fait perdre le fil de ses idées. Il s'informa donc de ce que lui voulait le solliciteur. D'Artagnan alors se nomma, et M. de Tréville, se rappelant d'un seul coup tous ses souvenirs du présent et du passé, se trouva au courant de la situation.

— Pardon, lui dit-il en souriant, pardon, mon cher compatriote, mais je vous avais oublié. Que voulez-vous ! un capitaine n'est rien qu'un père de famille chargé d'une plus grande responsabilité. Les soldats sont de grands enfants, mais comme je tiens à ce que les ordres du roi, et surtout ceux de M. le cardinal, soient exécutés...

D'Artagnan ne put dissimuler un sourire. À ce sourire, M. de Tréville jugea qu'il n'avait point affaire à un sot, et venant droit au fait, tout en changeant de conversation :

— J'ai beaucoup aimé monsieur votre père, dit-il. Que puis-je faire pour son fils ? Hâtez-vous, mon temps n'est pas à moi.

— Monsieur, dit d'Artagnan, en venant ici, je me proposais de vous demander, en souvenir de cette amitié dont vous n'avez pas perdu mémoire, une casaque de mousquetaire, mais après tout ce que je vois depuis deux heures, je comprends qu'une telle faveur serait énorme, et je tremble de ne point la mériter.

— C'est une faveur en effet, jeune homme, répondit M. de Tréville, mais elle peut ne pas être si fort au-dessus de vous que vous le croyez ou que vous avez l'air de le croire. Toutefois, une décision de Sa Majesté a prévu ce cas, et je vous annonce qu'on ne reçoit personne mousquetaire avant l'épreuve préalable de quelques campagnes ou d'un service de deux ans dans quelque autre régiment moins favorisé que le nôtre.

D'Artagnan s'inclina sans rien répondre. Il se sentait encore plus avide d'endosser l'uniforme de mousquetaire depuis qu'il y avait de si grandes difficultés à l'obtenir.

— Mais, continua Tréville en fixant sur son compatriote un regard, en faveur de votre père, je veux faire quelque chose pour vous, jeune homme. Nos cadets de Béarn ne sont ordinairement pas riches, et je doute que les choses aient fort changé depuis mon départ de la province. Vous ne devez donc pas avoir de trop, pour vivre, de l'argent que vous avez apporté avec vous.

D'Artagnan se redressa d'un air fier qui voulait dire qu'il ne demandait l'aumône à personne.

— C'est bien, jeune homme, c'est bien, continua Tréville, je connais ces airs-là. Je suis venu à Paris avec quatre écus dans ma poche et je me serais battu avec quiconque m'aurait dit que je n'étais pas en état d'acheter le Louvre.

D'Artagnan se redressa de plus en plus. Grâce à la vente de son cheval, il commençait sa carrière avec quatre écus de plus que M. de Tréville n'avait commencé la sienne.

— Vous devez donc, disais-je, avoir besoin de conserver ce que vous avez, si forte que soit cette somme. Mais vous devez avoir besoin aussi de vous perfectionner dans les exercices qui conviennent à un gentilhomme. J'écrirai donc une lettre au directeur de l'Académie royale, et dès demain il vous recevra sans rétribution aucune. Ne refusez pas cette petite douceur. Vous apprendrez le manège du cheval, l'escrime et la danse ; vous y ferez de bonnes connaissances, et de temps en temps vous reviendrez me voir pour me dire où vous en êtes et si je puis faire quelque chose pour vous.

D'Artagnan, tout étranger qu'il fût encore aux façons de cour, s'aperçut de la froideur de cet accueil.

— Hélas, monsieur, dit-il, je vois combien la lettre de recommandation que mon père m'avait remise pour vous me fait défaut aujourd'hui.

— En effet, répondit M. de Tréville, je m'étonne que vous ayez entrepris un aussi long voyage sans ce viatique obligé.

— Je l'avais, monsieur, et, Dieu merci, en bonne forme, s'écria d'Artagnan, mais on me l'a perfidement dérobé.

Et il raconta toute la scène de Meung, dépeignit le gentilhomme inconnu dans ses moindres détails, le tout avec une chaleur, une vérité qui charmèrent M. de Tréville.

— Voilà qui est étrange, dit ce dernier en méditant ; vous aviez donc parlé de moi tout haut ?

— Oui, monsieur, sans doute j'avais commis cette imprudence ; que voulez-vous, un nom comme le vôtre devait me servir de bouclier en route.

La flatterie était fort de mise et M. de Tréville ne put s'empêcher de sourire avec une visible satisfaction, mais ce sourire s'effaça bientôt. Revenant de lui-même à l'aventure de Meung :

— Dites-moi, continua-t-il, ce gentilhomme n'avait-il pas une légère cicatrice à la joue ?

— Oui, comme le ferait l'éraflure d'une balle.

— N'était-ce pas un homme pâle de teint et brun de poil ?

— Oui, oui, c'est cela. Comment se fait-il, monsieur, que vous connaissiez cet homme ? Ah ! si jamais je le retrouve, et je le retrouverai, je vous le jure, fût-ce en enfer...

— Il attendait une femme ? continua Tréville.

— Il est parti après avoir causé un instant avec celle qu'il attendait.

— Vous ne savez pas quel était le sujet de leur conversation ?

— Il lui remettait une boîte, lui disait que cette boîte contenait ses instructions, et lui recommandait de ne l'ouvrir qu'à Londres.

— Cette femme était anglaise ?

— Il l'appelait Milady.

— C'est lui ! murmura Tréville. Je le croyais encore à Bruxelles.

— Oh ! monsieur, si vous savez quel est cet homme, s'écria d'Artagnan, indiquez-moi qui il est, puis je vous tiens quitte de tout, même de votre promesse de me faire entrer dans les mousquetaires, car avant toute chose je veux me venger.

— Gardez-vous-en bien, jeune homme ! s'écria Tréville. Si vous le voyez venir, au contraire, d'un côté de la rue, passez de l'autre ; ne vous heurtez pas à pareil rocher, il vous briserait comme verre.

— Cela n'empêche pas, dit d'Artagnan, que si je le retrouve...

— En attendant, reprit Tréville, ne le cherchez pas, si j'ai un conseil à vous donner.

Tout à coup Tréville s'arrêta, frappé d'un soupçon subit. Cette grande haine que manifestait le jeune voyageur pour cet homme, qui, chose assez peu vraisemblable, lui avait dérobé la lettre de son père, ne cachait-elle pas quelque perfidie ? Ce jeune homme n'était-il pas envoyé par Son Éminence ? Ne venait-il pas pour lui tendre un piège ? Ce prétendu d'Artagnan n'était-il pas un émissaire du cardinal qu'on cherchait à introduire dans sa maison, et qu'on plaçait près de lui pour surprendre sa confiance et le perdre plus tard, comme cela s'était mille fois pratiqué ? Il regarda d'Artagnan plus fixement encore cette seconde fois que la première. Il fut médiocrement rassuré par l'aspect de cette physionomie pétillante d'esprit astucieux et d'humilité affectée.

— Je sais bien qu'il est Gascon, pensa-t-il, mais il peut l'être aussi bien pour le cardinal que pour moi. Voyons, éprouvons-le.

— Mon ami, lui dit-il lentement, je veux, car je tiens pour vraie l'histoire de cette lettre perdue, je veux, dis-je, pour réparer la froideur que vous avez d'abord remarquée dans mon accueil, vous découvrir les secrets de notre politique. Le roi et le cardinal sont les meilleurs amis du monde ; leurs apparents démêlés ne sont que pour tromper les sots. Songez bien que je suis dévoué à ces deux maîtres tout-puissants, et que jamais mes démarches sérieuses n'auront d'autre but que le service du roi et celui de M. le cardinal. Maintenant, jeune homme, réglez-vous là-dessus, et si vous avez quelque inimitié contre le cardinal, dites-moi adieu et quittons-nous. Je vous aiderai en mille circonstances, mais sans vous attacher à ma personne. J'espère que ma franchise vous fera mon ami, car vous êtes jusqu'à présent le seul jeune homme à qui j'aie parlé comme je le fais.

Tréville se disait à part lui :

— Si le cardinal m'a dépêché ce jeune renard, il n'aura certes pas manqué de dire à son espion que le meilleur moyen de me faire la cour est de me dire pis que pendre de lui. Aussi, malgré mes protestations, le rusé compère va-t-il me répondre certainement qu'il a l'Éminence en horreur.

Il en fut tout autrement que s'y attendait Tréville : d'Artagnan répondit avec la plus grande simplicité :

— Monsieur, j'arrive à Paris avec des intentions toutes semblables. Mon père m'a recommandé de ne souffrir rien que du roi, de M. le cardinal et de vous, qu'il tient pour les trois premiers de France.

D'Artagnan ajoutait M. de Tréville aux deux autres, comme on peut s'en apercevoir, mais il pensait que cette adjonction ne devait rien gâter.

— J'ai donc la plus grande vénération pour M. le cardinal, continua-t-il, et le plus profond respect pour ses actes. Tant mieux pour moi, monsieur, si vous me parlez, comme vous le dites, avec franchise, car alors vous me ferez l'honneur d'estimer cette ressemblance de goût. Au contraire, si vous avez eu quelque défiance, bien naturelle d'ailleurs, je sens que je me perds en disant la vérité. Mais, tant pis, vous ne manquerez pas de m'estimer, et c'est à quoi je tiens plus qu'à toute chose au monde.

M. de Tréville fut surpris au dernier point. Tant de pénétration, tant de franchise enfin, lui causait de l'admiration, mais ne levait pas entièrement ses doutes : plus ce jeune homme était supérieur aux autres jeunes gens, plus il était à redouter s'il se trompait. Néanmoins il serra la main à d'Artagnan, et lui dit :

— Vous êtes un honnête garçon, mais dans ce moment je ne puis faire ce que je vous ai offert tout à l'heure. Mon hôtel vous sera toujours ouvert. Plus tard, pouvant me demander à toute heure et par conséquent saisir toutes les occasions, vous obtiendrez probablement ce que vous désirez obtenir.

— C'est-à-dire, monsieur, reprit d'Artagnan, que vous attendrez que je m'en sois rendu digne. Eh bien ! soyez tranquille, ajouta-t-il, vous n'attendrez pas longtemps.

Et il salua pour se retirer, comme si le reste le regardait.

— Mais attendez donc, dit M. de Tréville en l'arrêtant, je vous ai promis une lettre pour le directeur de l'Académie. Êtes-vous trop fier pour l'accepter, mon jeune gentilhomme ?

— Non, monsieur, dit d'Artagnan, et je vous réponds qu'il n'en sera pas de celle-ci comme de l'autre. Je la garderai si bien qu'elle arrivera à son adresse, et malheur à celui qui tenterait de me l'enlever !

M. de Tréville sourit de cette fanfaronnade, et, laissant son jeune compatriote dans l'embrasure de la fenêtre où ils se trouvaient ensemble, il alla s'asseoir à une table et se mit à écrire. Pendant ce temps, d'Artagnan, qui n'avait rien de mieux à faire, regarda les mousquetaires qui s'en allaient, en les suivant du regard jusqu'à ce qu'ils aient disparu au tournant de la rue.

M. de Tréville cacheta la lettre, et, se levant, s'approcha du jeune homme pour la lui donner. Mais au moment où d'Artagnan tendait la main pour la recevoir, M. de Tréville fut bien étonné de voir son protégé faire un soubresaut, rougir de colère et s'élancer hors du cabinet en criant :

— Ah, sangdieu ! il ne m'échappera pas, cette fois.

— Et qui cela ? demanda M. de Tréville.

— Mon voleur ! répondit d'Artagnan. Ah ! traître !

Et il disparut.

— Diable de fou ! murmura M. de Tréville. À moins que ce ne soit une manière adroite de s'esquiver, en voyant qu'il a manqué son coup !

CHAPITRE 4

L'ÉPAULE D'ATHOS, LE BAUDRIER DE PORTHOS ET LE MOUCHOIR D'ARAMIS

D'Artagnan, furieux, avait traversé l'antichambre en trois bonds et s'élançait sur l'escalier, dont il comptait descendre les degrés quatre à quatre, lorsque, emporté par sa course, il alla donner tête baissée dans un mousquetaire qui sortait de chez M. de Tréville par une porte de dégagement, et, le heurtant du front à l'épaule, lui fit pousser un cri ou plutôt un hurlement.

— Excusez-moi, dit d'Artagnan, essayant de reprendre sa course, mais je suis pressé.

À peine avait-il descendu le premier escalier qu'une poigne de fer le saisit par son écharpe et l'arrêta.

— Vous êtes pressé ! s'écria le mousquetaire, pâle comme un linceul. Sous ce prétexte, vous me heurtez, vous dites : « Excusez-moi », et vous croyez que cela suffit ? Pas tout à fait, jeune homme. Croyez-vous, parce que vous avez entendu M. de Tréville nous parler cavalièrement, qu'on peut nous traiter comme il nous parle ?

— Ma foi, répliqua d'Artagnan, qui reconnut Athos, lequel, après le pansement opéré par le docteur, regagnait son appartement, je ne l'ai pas fait exprès donc j'ai dit : « Excusez-moi ». Il me semble que c'est assez. Je vous répète cependant, et cette fois c'est trop, peut-être, que je suis pressé, très pressé. Lâchez-moi donc, je vous prie, et laissez-moi aller où j'ai affaire.

— Monsieur, dit Athos en le lâchant, vous n'êtes pas poli. On voit que vous venez de loin.

D'Artagnan avait déjà enjambé trois ou quatre degrés, mais à la remarque d'Athos il s'arrêta court.

— Morbleu ! monsieur, dit-il, de si loin que je vienne, ce n'est pas vous qui me donnerez une leçon de belles manières !

— Peut-être, dit Athos.

— Ah ! si je n'étais pas si pressé, s'écria d'Artagnan, et si je ne courais pas après quelqu'un...

— Monsieur l'homme pressé, vous me trouverez sans courir !

— Et où cela, s'il vous plaît ?

— Près des Carmes-Deschaux, vers midi.

— Vers midi, c'est bien. J'y serai.

— Tâchez de ne pas me faire attendre, car, à midi un quart, c'est moi qui courrai après vous et vous couperai les oreilles à la course.

— Bon ! cria d'Artagnan. On y sera à midi moins dix minutes.

Et il se remit à courir comme si le diable l'emportait, espérant retrouver encore son inconnu. Mais à la porte de la rue, Porthos causait avec un soldat. Entre les deux causeurs, il y avait juste l'espace d'un homme. D'Artagnan crut que cet espace lui suffirait, et il s'élança pour passer comme une flèche entre eux deux. Mais, comme il allait passer, le vent s'engouffra dans le long manteau de Porthos, et d'Artagnan vint donner droit dans le manteau. Sans doute Porthos avait des raisons de ne pas abandonner cette partie essentielle de son vêtement, car, au lieu de laisser aller le pan qu'il tenait, il tira à lui, de sorte que d'Artagnan s'enroula dans le velours.

D'Artagnan, entendant jurer le mousquetaire, voulut sortir de sous le manteau qui l'aveuglait et chercha son chemin dans les plis. Il redoutait d'avoir porté atteinte à la fraîcheur du magnifique baudrier que nous connaissons. Mais en ouvrant timidement les yeux, il se trouva le nez collé entre les épaules de Porthos, c'est-à-dire sur le baudrier. Hélas ! comme la plupart des choses de ce monde qui n'ont pour elles que l'apparence, il était d'or par-devant et de simple buffle par derrière. Porthos, en vrai glorieux qu'il était, ne pouvant avoir un baudrier d'or tout entier, en avait la moitié. On comprenait dès lors la nécessité du rhume et l'urgence du manteau.

— Vertubleu ! cria Porthos, faisant tous ses efforts pour se débarrasser de d'Artagnan qui lui grouillait dans le dos, vous êtes donc enragé de vous jeter comme cela sur les gens !

— Excusez-moi, dit d'Artagnan, reparaissant sous l'épaule du géant, mais je suis très pressé, je cours après quelqu'un, et...

— Est-ce que vous oubliez vos yeux quand vous courez, par hasard ? demanda Porthos.

— Non, répondit d'Artagnan piqué, non, et grâce à mes yeux, je vois même ce que les autres ne voient pas.

Porthos comprit ou ne comprit pas. Toujours est-il que se laissant aller à sa colère :

— Monsieur, dit-il, vous vous ferez étriller, je vous en préviens, si vous vous frottez ainsi aux mousquetaires.

— Étriller, monsieur ? dit d'Artagnan, le mot est dur.

— Il convient à un homme habitué à regarder en face ses ennemis.

— Pardieu ! je sais bien que vous ne tournez pas le dos aux vôtres, vous !

Et le jeune homme, enchanté de son espièglerie, s'éloigna en riant à gorge déployée. Porthos écuma de rage et fit un mouvement pour se précipiter sur d'Artagnan.

— Plus tard, lui cria celui-ci, quand vous n'aurez plus votre manteau.

— À une heure donc, derrière le Luxembourg.

— Très bien, à une heure ! répondit d'Artagnan en tournant l'angle de la rue.

Mais là, il ne vit personne. L'inconnu avait gagné du chemin ; peut-être aussi était-il entré dans quelque maison. D'Artagnan s'informa de lui à tous ceux qu'il rencontra, descendit jusqu'au bac, remonta par la rue de Seine et la Croix-Rouge, mais ne trouva rien. Cependant cette course lui fut profitable en ce sens que, à mesure que la sueur inondait son front, son cœur se refroidissait.

Il se mit alors à réfléchir aux événements qui venaient de se passer. Ils étaient nombreux et néfastes : onze heures du matin sonnaient à peine, et déjà la matinée lui avait rapporté la disgrâce de M. de Tréville, qui ne pouvait manquer de trouver un peu cavalière la façon dont d'Artagnan l'avait quitté. En outre, il avait ramassé deux bons duels avec deux hommes capables de tuer chacun trois d'Artagnan, des mousquetaires, c'est-à-dire avec deux de ces êtres qu'il mettait au-dessus de tous les autres hommes.

La conjoncture était triste. Sûr d'être tué par Athos, on comprend que le jeune homme ne s'inquiétait pas beaucoup de Porthos. Pourtant, comme l'espérance est la dernière chose qui s'éteint dans le cœur de l'homme, il en arriva à espérer qu'il pourrait survivre, avec des blessures terribles bien entendu, à ces deux duels, et, en cas de survivance, il se fit pour l'avenir les réprimandes suivantes :

— Quel écervelé je fais ! Ce malheureux Athos était blessé juste à l'épaule contre laquelle je m'en vais, moi, donner de la tête comme un bélier. La seule chose qui m'étonne, c'est qu'il ne m'ait pas tué raide ; il en avait le droit, et la douleur que je lui ai causée a dû être atroce. Quant à Porthos, ma foi, c'est plus drôle.

Et malgré lui le jeune homme se mit à rire, tout en regardant néanmoins si ce rire, sans cause aux yeux de ceux qui le voyaient rire, n'allait pas blesser quelque passant.

— Quant à Porthos, c'est plus drôle ; mais je n'en suis pas moins un misérable étourdi. Se jette-t-on ainsi sur les gens sans dire gare ? Non ! Et va-t-on leur regarder sous le manteau pour y voir ce qui n'y est pas? Il m'aurait pardonné si je n'étais pas allé lui parler de ce maudit baudrier. Ah ! maudit Gascon que je suis, je ferais de l'esprit dans la poêle à frire. Allons, d'Artagnan, si tu en réchappes, ce qui n'est pas probable, il s'agit d'être à l'avenir d'une politesse parfaite. Être prévenant et poli, ce n'est pas être lâche. Regarde plutôt Aramis : c'est la douceur et la grâce en personne. Eh bien ! quelqu'un s'est-il jamais avisé de dire qu'il était un lâche ? Non, certainement, et désormais je veux en tout point me modeler sur lui. Ah ! justement le voici.

D'Artagnan était arrivé à quelques pas de l'hôtel d'Aiguillon, et, devant cet hôtel, il avait aperçu Aramis causant gaiement avec trois gardes du roi. De son côté, Aramis vit d'Artagnan, mais comme il n'oubliait pas que c'était devant ce jeune homme que M. de Tréville s'était si fort emporté le matin, et qu'un témoin des reproches que les mousquetaires avaient reçus ne lui était pas agréable, il fit semblant de ne pas le voir. D'Artagnan, tout entier au contraire à ses plans de courtoisie, s'approcha des quatre jeunes gens en leur faisant un grand salut accompagné du plus gracieux sourire. Aramis inclina légèrement la tête, mais ne sourit point. Tous quatre, au reste, interrompirent à l'instant même leur conversation.

D'Artagnan n'était pas assez niais pour ne pas s'apercevoir qu'il était de trop, mais il n'était point encore assez rompu aux façons du beau monde pour se tirer galamment d'une situation fausse, comme l'est celle d'un homme qui est venu se mêler à une conversation qui ne le regarde pas. Il cherchait donc en lui-même un moyen de faire sa retraite le moins gauchement possible, lorsqu'il remarqua qu'Aramis avait laissé tomber son mouchoir et, par mégarde sans doute, avait mis le pied dessus. Le moment lui parut arrivé de réparer son inconvenance. Il se baissa et, de l'air le plus gracieux qu'il put trouver, tira le mouchoir de dessous le pied du mousquetaire, quelques efforts que celui-ci fasse pour le retenir. Il lui dit en le lui remettant :

— Je crois, monsieur, que voici un mouchoir que vous seriez fâché de perdre.

Le mouchoir était en effet richement brodé et portait une couronne et des armes à l'un de ses coins. Aramis rougit et arracha plutôt qu'il ne prit le mouchoir des mains du Gascon.

— Ah ! s'écria un des gardes, diras-tu encore, Aramis, que tu es mal avec Mme de Bois-Tracy, quand cette gracieuse dame a l'obligeance de te prêter ses mouchoirs ?

Aramis lança à d'Artagnan un de ces regards qui font comprendre à un homme qu'il vient de s'acquérir un ennemi mortel. Puis, reprenant son air doucereux :

— Vous vous trompez, messieurs, dit-il, ce mouchoir n'est pas à moi, et je ne sais pourquoi monsieur a eu la fantaisie de me le remettre plutôt qu'à l'un de vous. La preuve de ce que je dis, c'est que voici le mien, dans ma poche.

À ces mots, il tira son propre mouchoir, fort élégant aussi, et de fine batiste, mais sans broderie, sans armes et orné d'un seul chiffre, celui de son propriétaire.

Cette fois, d'Artagnan ne souffla mot : il avait reconnu sa bévue. Mais les amis d'Aramis ne se laissèrent pas convaincre. L'un d'eux, s'adressant au jeune mousquetaire avec un sérieux affecté :

— Si cela était, dit-il, je serais forcé, mon cher Aramis, de te le redemander, car, comme tu le sais, Bois-Tracy est de mes intimes, et je ne veux pas qu'on fasse trophée des effets de sa femme.

— Tout en reconnaissant la justesse de ta réclamation quant au fond, je refuserais à cause de la forme, répondit Aramis.

— Le fait est, hasarda d'Artagnan, que je n'ai pas vu sortir le mouchoir de la poche de M. Aramis. Il avait le pied dessus, et j'ai pensé que, puisqu'il avait le pied dessus, le mouchoir était à lui.

— Et vous vous êtes trompé, monsieur, répondit froidement Aramis, peu sensible à la réparation.

Puis, se tournant vers celui qui s'était dit l'ami de Bois-Tracy :

— D'ailleurs, continua-t-il, mon cher intime de Bois-Tracy, je suis son ami non moins tendre que tu peux l'être, de sorte que ce mouchoir peut aussi bien être sorti de ta poche que de la mienne.

Non, sur mon honneur !

— Tu vas jurer sur ton honneur et moi sur ma parole, et alors il y aura un de nous deux qui mentira. Faisons mieux, prenons chacun la moitié du mouchoir.

— Parfaitement, s'écrièrent les deux gardes. Le jugement du roi Salomon. Décidément, Aramis, tu es plein de sagesse.

Les jeunes gens éclatèrent de rire, et l'affaire n'eut pas d'autre suite. Au bout d'un instant, la conversation cessa. Les trois gardes et le mousquetaire, après s'être cordialement serré la main, tirèrent, les trois gardes de leur côté et Aramis du sien.

— Voilà le moment de faire ma paix avec ce galant homme, se dit à part lui d'Artagnan, qui s'était tenu un peu à l'écart pendant toute la dernière partie de cette conversation.

Sur ce bon sentiment, se rapprochant d'Aramis :

— Monsieur, lui dit-il, vous m'excuserez, je l'espère.

— Ah ! monsieur, répondit Aramis, permettez-moi de vous faire observer que vous n'avez point agi en cette circonstance comme un galant homme le devait faire.

— Quoi, monsieur, s'écria d'Artagnan, vous supposez...

— Je suppose, monsieur, que vous n'êtes pas un sot et que vous savez bien, quoique arrivant de Gascogne, qu'on ne marche pas sans cause sur les mouchoirs. Paris n'est point pavé en batiste !

— Monsieur, vous avez tort de chercher à m'humilier, dit d'Artagnan, chez qui le naturel querelleur commençait à parler plus haut que les résolutions pacifiques. Je suis de Gascogne, c'est vrai, et, puisque vous le savez, je n'aurai pas besoin de vous dire que les Gascons sont peu endurants, de sorte que lorsqu'ils se sont excusés une fois, fût-ce d'une sottise, ils sont convaincus qu'ils ont déjà fait moitié plus qu'ils ne devaient faire.

— Ce que je vous en dis, répondit Aramis, n'est point pour vous chercher une querelle. Dieu merci ! je ne suis pas un spadassin, et n'étant mousquetaire que par intérim, je ne me bats que lorsque j'y suis forcé, et toujours avec une grande répugnance. Mais cette fois, l'affaire est grave, car voici une dame compromise par vous.

— Par nous, c'est-à-dire ! s'écria d'Artagnan.

— Pourquoi avez-vous eu la maladresse de me rendre ce mouchoir ?

— Pourquoi avez-vous eu la maladresse de le laisser tomber ?

— J'ai dit et je répète, monsieur, que ce mouchoir n'est point sorti de ma poche.

— Eh bien ! vous en avez menti deux fois, monsieur ! car je l'en ai vu sortir, moi !

— Ah ! vous le prenez sur ce ton, monsieur le Gascon ? Eh bien ! je vous apprendrai à vivre !

— Et moi je vous renverrai à votre messe, monsieur l'abbé ! Dégainez, s'il vous plaît, et à l'instant même.

— Non pas, mon bel ami, pas ici, du moins. Ne voyez-vous pas que nous sommes en face de l'hôtel d'Aiguillon, lequel est plein de créatures du cardinal ? Qui me dit que ce n'est pas Son Éminence qui vous a chargé de lui procurer ma tête ? Or j'y tiens à ma tête, attendu qu'elle me semble aller assez bien à mes épaules. Je veux donc vous tuer, soyez tranquille, mais dans un endroit clos et couvert, où vous ne puissiez vous vanter de votre mort à personne.

— Je le veux bien, mais ne vous y fiez pas. Et emportez votre mouchoir, qu'il vous appartienne ou non. Peut-être aurez-vous l'occasion de vous en servir.

— À deux heures, j'aurai l'honneur de vous attendre à l'hôtel de M. de Tréville. Là je vous indiquerai les bons endroits.

Les deux jeunes gens se saluèrent, puis Aramis s'éloigna par la rue qui conduisait au Luxembourg, tandis que d'Artagnan, voyant que l'heure s'avançait, prenait le chemin des Carmes-Deschaux tout en disant à part soi :

— Décidément, je n'en peux pas revenir. Mais au moins, si je suis tué, ce sera par un mousquetaire.

CHAPITRE 5

LES MOUSQUETAIRES DU ROI ET LES GARDES DE M. LE CARDINAL

D'Artagnan ne connaissait personne à Paris. Il alla donc au rendez-vous d'Athos sans amener de second, résolu de se contenter de ceux qu'aurait choisis son adversaire. D'ailleurs son intention était de faire au mousquetaire toutes les excuses, craignant qu'il résulte de ce duel ce qui résulte toujours de fâcheux quand un homme jeune et vigoureux se bat contre un adversaire blessé et affaibli : vaincu, il double le triomphe de son antagoniste ; vainqueur, il est accusé de forfaiture et de facile audace.

Au reste, ou nous avons mal exposé le caractère de notre chercheur d'aventures, ou notre lecteur a déjà remarqué que d'Artagnan n'était pas un homme ordinaire. Aussi, tout en se répétant à lui-même que sa mort était inévitable, ne se résigna-t-il point à mourir tout doucettement, comme un autre moins courageux et moins modéré que lui aurait fait à sa place. Il réfléchit aux différents caractères de ceux avec lesquels il allait se battre, et commença à voir plus clair dans sa situation. Il espérait, grâce aux excuses loyales qu'il lui réservait, se faire un ami d'Athos, dont l'air grand seigneur et la mine austère lui agréaient fort. Il se flattait de faire peur à Porthos avec l'aventure du baudrier, qu'il pouvait, s'il n'était pas tué sur le coup, raconter à tout le monde, récit qui devait couvrir Porthos de ridicule. Enfin, quant au sournois Aramis, il n'en avait pas très grand peur, et en supposant qu'il arrive jusqu'à lui, il se chargeait de l'expédier bel et bien ou, du moins, en le frappant au visage, comme César avait recommandé de faire aux soldats de Pompée, d'endommager cette beauté dont il était si fier.

Ensuite, il y avait chez d'Artagnan ce fond inébranlable de résolution qu'avaient déposé dans son cœur les conseils de son père. Il vola donc plutôt qu'il ne marcha vers le couvent des Carmes-Deschaux, un bâtiment sans fenêtres, bordé de prés arides, qui servait aux rencontres des gens qui n'avaient pas de temps à perdre.

Lorsque d'Artagnan arriva en vue du petit terrain vague qui s'étendait au pied de ce monastère, Athos attendait depuis cinq minutes seulement, et midi sonnait. Il était donc ponctuel.

Athos, qui souffrait toujours cruellement de sa blessure, bien qu'elle ait été pansée à neuf par le chirurgien, s'était assis sur une borne et attendait son adversaire avec cette contenance paisible qui ne l'abandonnait jamais. À l'aspect de d'Artagnan, il se leva et fit quelques pas au-devant de lui. Celui-ci, de son côté, n'aborda son adversaire que le chapeau à la main, sa plume traînant jusqu'à terre.

— Monsieur, dit Athos, j'ai fait prévenir deux de mes amis qui me serviront de seconds, mais ils ne sont pas encore arrivés. Je m'étonne qu'ils tardent : ce n'est pas leur habitude.

— Je n'ai pas de second, moi, monsieur, dit d'Artagnan, car, arrivé d'hier seulement à Paris, je n'y connais encore personne que M. de Tréville, auquel j'ai été recommandé par mon père.

Athos réfléchit un instant.

— Vous ne connaissez que M. de Tréville ? demanda-t-il.

— Oui, monsieur, je ne connais que lui.

— Ah çà, mais..., continua Athos, parlant moitié à lui-même et moitié à d'Artagnan, si je vous tue, j'aurai l'air d'un mangeur d'enfants, moi !

— Pas trop, monsieur, répondit d'Artagnan, puisque vous me faites l'honneur de tirer l'épée contre moi avec une blessure dont vous devez être fort incommodé.

— Très incommodé, sur ma parole, et vous m'avez fait un mal du diable, je dois le dire. Mais je prendrai la main gauche, c'est mon habitude en pareille circonstance. Ne croyez pas que je vous fasse une grâce, je tire proprement des deux mains. Il y aura même désavantage pour vous : un gaucher est très gênant pour les gens qui ne sont pas prévenus. Je regrette donc de ne pas vous avoir fait part plus tôt de cette circonstance.

— Vous êtes, dit d'Artagnan en s'inclinant de nouveau, d'une courtoisie dont je vous suis on ne peut plus reconnaissant.

— Vous me rendez confus, répondit Athos avec son air de gentilhomme. Causons d'autre chose, je vous prie. Ah ! sangbleu ! que vous m'avez fait mal ! L'épaule me brûle.

— Si vous vouliez permettre..., dit d'Artagnan avec timidité. J'ai un baume miraculeux pour les blessures, qui me vient de ma mère, et dont j'ai fait l'épreuve sur moi-même.

— Eh bien !

— Eh bien, je suis sûr qu'en moins de trois jours, il vous guérirait, et quand vous seriez guéri, eh bien ! monsieur, ce me serait toujours un grand honneur d'être votre homme.

D'Artagnan dit ces mots avec une simplicité qui faisait honneur à sa courtoisie, sans porter autrement atteinte à son courage.

— Pardieu ! monsieur, dit Athos, voici une proposition qui me plaît. Non pas que je l'accepte, mais elle sent son gentilhomme d'une lieue. C'était ainsi que faisaient les preux de Charlemagne. Malheureusement, nous ne sommes plus au temps du grand empereur, mais à celui de M. le cardinal. D'ici à trois jours on saurait que nous devons nous battre, et l'on s'opposerait à notre combat. Ah çà ! mais ces flâneurs ne viendront donc pas ?

— Si vous êtes pressé, monsieur, dit d'Artagnan à Athos avec la même simplicité qu'un instant auparavant, et qu'il vous plaise de m'expédier tout de suite, ne vous gênez pas, je vous en prie.

— Voilà encore un mot qui me plaît, dit Athos. Il n'est point d'un homme sans cervelle et il est à coup sûr d'un homme de cœur. Monsieur, j'aime les gens de votre trempe et je vois que si nous ne nous tuons pas l'un ou l'autre, j'aurai plus tard un vrai plaisir dans votre conversation. Attendons ces messieurs, je vous prie, j'ai tout le temps, et cela sera plus correct. Ah ! en voici un, je crois !

En effet, au bout de la rue de Vaugirard commençait à apparaître le gigantesque Porthos.

— Quoi ! s'écria d'Artagnan, votre premier témoin est M. Porthos ?

— Oui, cela vous contrarie-t-il ?

— Non, aucunement.

— Et voici le second.

D'Artagnan se tourna du côté indiqué par Athos et reconnut Aramis.

— Quoi ! s'écria-t-il d'un accent encore plus étonné, votre second témoin est M. Aramis ?

— Sans doute. Ne savez-vous pas qu'on ne nous voit jamais l'un sans l'autre et qu'on nous appelle les trois inséparables ? Après cela, comme vous arrivez de Dax ou de Pau...

— De Tarbes, dit d'Artagnan.

— Il vous est permis d'ignorer ce détail, dit Athos.

Porthos s'était approché, avait salué de la main Athos. Puis, se retournant vers d'Artagnan, il était resté tout étonné. Disons en passant qu'il avait changé de baudrier et quitté son manteau.

— Ah ! ah ! fit-il. Qu'est-ce que cela ?

— C'est avec monsieur que je me bats, dit Athos en montrant de la main d'Artagnan.

— C'est avec lui que je me bats aussi, dit Porthos.

— Mais à une heure seulement, répondit d'Artagnan.

— Et moi aussi, c'est avec monsieur que je me bats, dit Aramis, en arrivant à son tour sur le terrain.

— Mais à deux heures ! fit d'Artagnan avec le même calme.

— Mais à quel propos vous battez-vous, Athos ? demanda Aramis.

— Ma foi, je ne sais pas trop. Il m'a fait mal à l'épaule. Et vous, Porthos ?

— Ma foi, je me bats parce que je me bats, répondit Porthos en rougissant.

Athos, qui ne perdait rien, vit passer un fin sourire sur les lèvres du Gascon.

— Nous avons eu une discussion sur la toilette, dit le Gascon.

— Et vous, Aramis ? demanda Athos.

— Pour cause de théologie, répondit Aramis en faisant signe à d'Artagnan qu'il le priait de tenir secrète la cause de son duel.

Athos vit passer un second sourire sur les lèvres de d'Artagnan.

— Oui, un point de saint Augustin sur lequel nous ne sommes pas d'accord, dit le Gascon.

— Décidément, c'est un homme d'esprit, murmura Athos.

— Et maintenant que vous êtes rassemblés, messieurs, dit d'Artagnan, permettez-moi de vous faire mes excuses.

À ce mot d'excuses, un nuage passa sur le front d'Athos, un sourire hautain glissa sur les lèvres de Porthos et un signe négatif fut la réponse d'Aramis.

— Vous ne me comprenez pas, messieurs, dit d'Artagnan en relevant la tête. Je vous demande excuse dans le cas où je ne pourrais vous payer ma dette à tous les trois, car M. Athos a le droit de me tuer le premier, ce qui ôte beaucoup de sa valeur à votre créance, M. Porthos, et ce qui rend la vôtre à peu près nulle, M. Aramis. Maintenant, messieurs, je vous le répète, excusez-moi, mais de cela seulement, et en garde !

À ces mots, d'Artagnan tira son épée. Le sang lui était monté à la tête et, à ce moment, il aurait tiré son épée contre tous les mousquetaires du royaume, comme il venait de le faire contre Athos, Porthos et Aramis.

Il était midi passé. Le soleil était à son zénith, et l'emplacement choisi pour le duel se trouvait exposé à toute son ardeur.

— Il fait très chaud, dit Athos en tirant son épée à son tour, et cependant je ne saurais ôter mon pourpoint, car j'ai senti que ma blessure saignait, et je craindrais de gêner monsieur en lui faisant voir du sang qu'il ne m'aurait pas tiré lui-même.

— C'est vrai, monsieur, dit d'Artagnan. Tiré par un autre ou tiré par moi, je vous assure que je verrai toujours avec du regret le sang d'un aussi brave gentilhomme. Je me battrai donc en pourpoint comme vous.

— Voyons, dit Porthos, assez de compliments comme cela, et songez que nous attendons notre tour.

— Parlez pour vous seul, Porthos, quand vous aurez à dire de pareilles incongruités, interrompit Aramis. Quant à moi, je trouve les choses que ces messieurs se disent fort bien dites et tout à fait dignes de deux gentilshommes.

— Quand vous voudrez, dit Athos en se mettant en garde.

— J'attendais vos ordres, dit d'Artagnan en croisant le fer.

Mais les deux rapières avaient à peine résonné en se touchant, qu'une escouade des gardes de Son Éminence, commandée par M. de Jussac, se montra à l'angle du couvent.

— Les gardes du cardinal ! s'écrièrent à la fois Porthos et Aramis. L'épée au fourreau, messieurs, l'épée au fourreau !

Mais il était trop tard. Les deux combattants avaient été vus dans une pose qui ne permettait pas de douter de leurs intentions.

— Holà ! cria Jussac en s'avançant et en faisant signe à ses hommes d'en faire autant. On se bat ici ? Et les édits, qu'en faisons-nous ?

— Vous êtes bien généreux, messieurs les gardes, dit Athos plein de rancune, car Jussac était l'un des agresseurs de l'avant-veille. Si nous vous voyions battre, je vous en réponds, nous nous garderions bien de vous en empêcher. Laissez-nous donc faire, et vous allez avoir du plaisir sans prendre aucune peine.

— Messieurs, dit Jussac, c'est avec grand regret que je vous déclare que la chose est impossible. Notre devoir avant tout. Rengainez donc, s'il vous plaît, et suivez-nous.

— Monsieur, dit Aramis en parodiant Jussac, ce serait avec grand plaisir que nous obéirions à votre gracieuse invitation si cela dépendait de nous, mais, malheureusement, la chose est impossible : M. de Tréville nous l'a défendu. Passez donc votre chemin, c'est ce que vous avez de mieux à faire.

Cette raillerie exaspéra Jussac.

— Nous vous chargerons donc, dit-il, si vous désobéissez.

— Ils sont cinq, dit Athos à demi-voix, et nous ne sommes que trois. Nous serons encore battus, et il nous faudra mourir ici, car, je le déclare, je ne reparaîtrai pas vaincu devant le capitaine.

Athos, Porthos et Aramis se rapprochèrent à l'instant les uns des autres tandis que Jussac alignait ses soldats.

Ce seul moment suffit à d'Artagnan pour prendre son parti : c'était là un de ces événements qui décident de la vie d'un homme, c'était un choix à faire entre le roi et le cardinal, et ce choix fait, il fallait y persévérer. Se battre, c'est-à-dire désobéir à la loi, c'est-à-dire risquer sa tête, c'est-à-dire se faire d'un seul coup l'ennemi d'un ministre plus puissant que le roi lui-même, voilà ce qu'entrevit le jeune homme, et, disons-le à sa louange, il n'hésita pas une seconde. Se tournant donc vers Athos et ses amis :

— Messieurs, dit-il, je reprendrai, s'il vous plaît, quelque chose à vos paroles. Vous avez dit que vous n'étiez que trois, mais il me semble, à moi, que nous sommes quatre.

— Mais vous n'êtes pas des nôtres, fit Porthos.

— C'est vrai, dit d'Artagnan, je n'ai pas l'habit, mais j'ai l'âme. Mon cœur est mousquetaire, je le sens bien, et cela m'entraîne.

— Écartez-vous, jeune homme, cria Jussac, qui avait deviné le dessein de d'Artagnan. Vous pouvez vous retirer, nous y consentons. Sauvez votre peau : allez, vite !

D'Artagnan ne bougea point.

— Décidément, vous êtes un bon garçon, dit Athos en serrant la main du jeune homme.

— Allons ! Prenons un parti ! reprit Jussac.

Athos, Porthos et Aramis pensaient à la jeunesse de d'Artagnan et redoutaient son inexpérience.

— Nous ne serions que trois, dont un blessé, plus un enfant, reprit Athos, mais l'on n'en dira pas moins que nous étions quatre hommes.

D'Artagnan comprit leur irrésolution.

— Messieurs, essayez-moi toujours ! dit-il. Je vous jure sur l'honneur que je ne veux pas m'en aller d'ici si nous sommes vaincus.

— Comment vous appelle-t-on, mon brave ? dit Athos.

— D'Artagnan, monsieur.

— Eh bien ! Athos, Porthos, Aramis et d'Artagnan, en avant ! cria Athos.

— Voyons, messieurs, vous décidez-vous à vous décider ? cria pour la troisième fois Jussac.

— C'est fait, monsieur, dit Athos.

— Et quel parti prenez-vous ? demanda Jussac.

— Nous allons avoir l'honneur de vous charger, répondit Aramis en levant son chapeau d'une main et en tirant son épée de l'autre.

— Ah ! vous résistez, s'écria Jussac.

— Sangdieu ! cela vous étonne ? dit Porthos.

Et les neuf combattants se précipitèrent les uns sur les autres avec une furie qui n'excluait pas une certaine méthode.

Athos prit un certain Cahusac, favori du cardinal. Porthos eut un nommé Biscarat et Aramis se vit en face de deux adversaires.

Quant à d'Artagnan, il se trouva lancé contre Jussac lui-même.

Le cœur du jeune Gascon battait à lui briser la poitrine, non pas de peur, il n'en avait pas l'ombre, mais d'émulation. Il se battait comme un tigre en fureur, tournant dix fois autour de son adversaire, changeant vingt fois ses gardes et son terrain. Jussac était, comme on le disait alors, friand de la lame et avait fort pratiqué. Cependant il avait toutes les peines du monde à se défendre contre un adversaire qui, agile et bondissant, s'écartait à tout moment des règles reçues, attaquant de tous côtés à la fois, tout en parant en homme qui a le plus grand respect pour son épiderme.

Enfin cette lutte finit par faire perdre patience à Jussac. Furieux d'être tenu en échec par celui qu'il regardait comme un enfant, il s'échauffa et commença à faire des fautes. D'Artagnan, qui, à défaut de la pratique, avait une profonde théorie, redoubla d'agilité. Jussac, voulant en finir, porta un coup terrible à son adversaire en se fendant à fond, mais celui-ci para prime, et tandis que Jussac se relevait, glissant tel un serpent sous son fer, il lui passa son épée au travers du corps. Jussac tomba comme une masse.

D'Artagnan jeta alors un coup d'œil sur le champ de bataille.

Aramis avait déjà tué un de ses adversaires, mais l'autre le pressait vivement. Cependant Aramis était en bonne situation et pouvait encore se défendre.

Biscarat et Porthos venaient de faire coup fourré. Porthos avait reçu un coup d'épée au travers du bras et Biscarat au travers de la cuisse. Mais comme ni l'une ni l'autre des deux blessures n'était grave, ils ne s'en escrimaient qu'avec plus d'acharnement.

Athos, blessé de nouveau par Cahusac, pâlissait à vue d'œil mais ne reculait pas d'une semelle ; il avait changé seulement son épée de main et se battait de la gauche.

D'Artagnan, suivant les lois du duel de cette époque, pouvait secourir quelqu'un. Pendant qu'il cherchait du regard celui de ses compagnons qui avait besoin de son aide, il surprit un coup d'œil d'Athos. Ce coup d'œil était d'une éloquence sublime. Athos serait mort plutôt que d'appeler au secours ; mais il pouvait regarder, et d'un regard demander un appui. D'Artagnan le devina, fit un bond terrible et tomba sur le flanc de Cahusac en criant :

— À moi, monsieur le garde, ou je vous tue.

Cahusac se retourna. Il était temps. Athos, que son extrême courage soutenait seul, tomba sur un genou.

— Sangdieu ! cria-t-il à d'Artagnan, ne le tuez pas, je vous en prie : j'ai une vieille affaire à terminer avec lui, quand je serai guéri. Désarmez-le seulement, liez-lui l'épée. C'est cela. Bien ! très bien !

Cette exclamation était arrachée à Athos par l'épée de Cahusac qui sautait à vingt pas de lui. D'Artagnan et

Cahusac s'élancèrent ensemble, l'un pour la saisir, l'autre pour s'en emparer, mais d'Artagnan, plus leste, arriva le premier et mit le pied dessus.

Cahusac courut à celui des gardes qu'avait tué Aramis, s'empara de sa rapière et voulut revenir à d'Artagnan. Mais sur son chemin il rencontra Athos qui, pendant cette pause d'un instant que lui avait procurée d'Artagnan, avait repris haleine et qui, de crainte que d'Artagnan ne lui tuât son ennemi, voulait recommencer le combat.

D'Artagnan comprit que ce serait désobliger Athos que de ne pas le laisser faire. En effet, quelques secondes après, Cahusac tomba la gorge traversée d'un coup d'épée.

Au même instant, Aramis appuyait la pointe de la sienne contre la poitrine de son adversaire et le forçait à demander merci.

Restaient Porthos et Biscarat. Porthos faisait en se battant mille fanfaronnades, mais il ne gagnait rien. Biscarat était un de ces hommes de fer qui ne tombent que morts.

Cependant il fallait en finir. Le guet pouvait arriver et prendre tous les combattants blessés ou non, royalistes ou cardinalistes. Athos, Aramis et d'Artagnan entourèrent Biscarat et le sommèrent de se rendre. Quoique seul contre tous, et avec un coup d'épée qui lui traversait la cuisse, Biscarat voulait tenir, mais Jussac, qui s'était relevé sur son coude, lui cria de se rendre. Biscarat était un Gascon comme d'Artagnan. Il fit la sourde oreille et se contenta de rire.

— Mais ils sont quatre contre toi ! Finis-en, je te l'ordonne.

— Ah ! si tu l'ordonnes, c'est autre chose, dit Biscarat. Comme tu es mon brigadier, je dois obéir.

Il cassa son épée sur son genou, en jeta les morceaux par-dessus le mur du couvent et se croisa les bras en sifflant un air cardinaliste.

La bravoure est toujours respectée, même dans un ennemi. Les mousquetaires saluèrent Biscarat et remirent leurs épées au fourreau. D'Artagnan en fit autant, puis, aidé de Biscarat, le seul qui restait debout, il porta sous le porche du couvent Jussac, Cahusac et celui des adversaires d'Aramis qui n'était que blessé. Puis ils sonnèrent la cloche, et, emportant quatre épées sur cinq, ils s'acheminèrent ivres de joie vers l'hôtel de M. de Tréville.

On les voyait enlacés, tenant toute la largeur de la rue, et accostant chaque mousquetaire qu'ils rencontraient, si bien qu'à la fin ce fut une marche triomphale. Le cœur de d'Artagnan nageait dans l'ivresse : il marchait entre Athos et Porthos en les étreignant.

— Si je ne suis pas encore mousquetaire, dit-il à ses nouveaux amis en franchissant la porte de l'hôtel de M. de Tréville, au moins me voilà reçu apprenti, n'est-ce pas ?

CHAPITRE 6

SA MAJESTÉ LE ROI LOUIS TREIZIÈME

L'affaire fit grand bruit. M. de Tréville gronda beaucoup tout haut ses mousquetaires et les félicita tout bas, mais comme il n'y avait pas de temps à perdre pour prévenir le roi, il s'empressa de se rendre au Louvre. Sa Majesté était au jeu et gagnait, aussi était-elle d'excellente humeur.

— Venez ici que je vous gronde, dit-il du plus loin qu'il aperçut le capitaine. Savez-vous que Son Éminence est venue me faire des plaintes ? Ce sont des gens à pendre, que vos mousquetaires !

— Non, sire, répondit Tréville, ce sont de bonnes créatures, douces comme des agneaux, et qui n'ont qu'un désir, c'est que leur épée ne sorte du fourreau que pour le service de Votre Majesté. Mais les gardes de M. le cardinal sont sans cesse à leur chercher querelle, et les pauvres jeunes gens sont obligés de se défendre.

Entre-temps, la chance tournait, et comme le roi commençait à perdre, il ne fut pas fâché de trouver un prétexte pour quitter la table, et marchant avec Tréville vers l'embrasure d'une fenêtre :

— Eh bien ! monsieur, continua-t-il, vous dites que ce sont les gardes qui ont été chercher querelle à vos mousquetaires ?

— Oui, sire, comme toujours.

— Et comment la chose est-elle venue, voyons ?

— Trois de mes meilleurs soldats, MM. Athos, Porthos et Aramis, faisaient une partie avec un cadet de Gascogne que je leur avais recommandé le matin même, lorsqu'elle fut troublée par MM. de Jussac, Cahusac, Biscarat, et deux autres gardes qui ne venaient certes pas là sans mauvaise intention contre les édits. Je ne les accuse pas, sire, je laisse Votre Majesté apprécier ce que peuvent aller faire cinq hommes armés dans un lieu aussi désert que les environs du couvent des Carmes.

— Vous avez raison, Tréville, ils venaient pour se battre.

— Quand ils ont vu mes mousquetaires, ils ont changé d'idée et leur ont cherché querelle.

— Mais ils n'étaient pas seuls, vos mousquetaires, il y avait avec eux un enfant.

— Oui, sire, et un blessé, de sorte que trois mousquetaires, dont un blessé, et un enfant, non seulement ont tenu tête à cinq des plus terribles gardes du cardinal, mais encore en ont porté quatre à terre.

— Mais c'est une victoire complète ! s'écria le roi rayonnant ! Quatre hommes ! dont un blessé et un enfant, dites-vous ?

— Un jeune homme à peine, qui s'appelle d'Artagnan. C'est le fils d'un de mes plus anciens amis. Comme il était en habit bourgeois, les gardes l'invitèrent donc à se retirer avant qu'ils n'attaquent.

— Alors, vous voyez bien que ce sont eux qui ont attaqué.

— C'est juste, sire. Mais lui répondit qu'il était mousquetaire de cœur et tout à Sa Majesté, qu'ainsi donc il resterait avec les mousquetaires.

— Brave jeune homme ! murmura le roi.

— En effet, et Votre Majesté a là un si ferme champion, que ce fut lui qui donna à Jussac ce terrible coup d'épée qui met si fort en colère M. le cardinal.

— C'est lui qui a blessé Jussac ? s'écria le roi. Ceci, Tréville, c'est impossible. Jussac, une des meilleures lames du royaume !

— Eh bien ! sire, il a trouvé son maître.

— Je veux voir ce jeune homme, Tréville, je veux le voir.

— Quand Votre Majesté daignera-t-elle le recevoir ?

— Demain à midi. Et amenez-les tous les quatre ensemble. Les hommes dévoués sont rares et il faut récompenser le dévouement. Ah ! venez par le petit escalier. Il est inutile que le cardinal sache...

Le soir même, les quatre amis furent prévenus de l'honneur qui leur était accordé. D'Artagnan, avec son imagination gasconne, y vit sa fortune à venir et passa la nuit à faire des rêves d'or.

Aussi dès huit heures du matin alla-t-il rejoindre Athos, Porthos et Aramis dans un tripot situé près des écuries du Luxembourg, où ils étaient convenus de faire une partie de paume. La blessure d'Athos était encore trop récente pour lui permettre un pareil exercice. D'Artagnan resta donc seul face aux deux autres, mais une des balles, lancée par le poignet herculéen de Porthos, passa si près du visage du Gascon, qu'il pensa que si elle avait donné dedans, il lui aurait été impossible de se présenter chez le roi. Il déclara donc poliment qu'il ne continuerait la partie que lorsqu'il serait assez expérimenté pour leur tenir tête, et il se retira dans les gradins.

Malheureusement, parmi les spectateurs se trouvait un garde de Son Éminence qui s'était promis de saisir la première occasion de venger la défaite de ses compagnons. S'adressant à son voisin :

— Il n'est pas étonnant, dit-il, que ce jeune homme ait eu peur d'une balle : c'est sans doute un apprenti mousquetaire !

D'Artagnan regarda celui de qui venait cet insolent propos.

— Pardieu ! reprit celui-ci, regardez-moi tant que vous voudrez, mon petit monsieur ! J'ai dit ce que j'ai dit.

— Et comme vos paroles n'ont pas besoin d'explication, répondit d'Artagnan à voix basse, je vous prierai de me suivre.

— Ah !... Vous savez qui je suis, sans doute ?

— Moi ? je l'ignore complètement, et je ne m'en inquiète guère.

— Vous avez tort, car si vous saviez mon nom, peut-être seriez-vous moins pressé.

— Comment vous appelez-vous ?

— Bernajoux, pour vous servir.

— Eh bien ! monsieur Bernajoux, dit tranquillement d'Artagnan, je vais vous attendre sur la porte.

— Allez, monsieur, je vous suis, répondit le garde, étonné que son nom n'eût pas produit plus d'effet sur le jeune homme.

Porthos et Aramis étaient si occupés de leur partie, et Athos les regardait avec tant d'attention, qu'ils ne virent pas sortir leur jeune compagnon que suivait Bernajoux. Une fois sorti, d'Artagnan jeta les yeux autour de lui, et voyant que la rue était déserte :

— Malheureusement, dit-il, j'ai peu de temps à moi, ayant un rendez-vous à midi juste. En garde, donc, monsieur !

Bernajoux n'était pas homme à se le faire répéter deux fois. Au même instant son épée brilla à sa main, et il fondit sur son adversaire, que, grâce à sa grande jeunesse, il espérait intimider.

Mais d'Artagnan était résolu à ne pas reculer d'un pas : aussi les deux fers se trouvèrent-ils engagés jusqu'à la garde, et comme d'Artagnan tenait ferme, ce fut son adversaire qui fit un pas de retraite. D'Artagnan saisit le moment où le fer de Bernajoux déviait de la ligne : il dégagea, se fendit et toucha son adversaire à l'épaule. Aussitôt, il fit un pas de retraite et releva son épée. Mais Bernajoux lui cria que ce n'était rien, et se fendant aveuglément sur lui, il s'enferra de lui-même. Cependant, comme il ne tombait pas, comme il ne se déclarait pas vaincu, mais que seulement il rompait du côté de l'hôtel de M. de la Trémouille, d'Artagnan le pressait vivement et, sans doute, allait l'achever d'un troisième coup, lorsque deux des amis du garde sortirent du tripot l'épée à la main et tombèrent sur le vainqueur. Mais aussitôt Athos, Porthos et Aramis parurent à leur tour, et au moment où les deux gardes attaquaient leur jeune camarade, les forcèrent à se retourner.

En ce moment, Bernajoux tomba, et comme les gardes étaient deux seulement contre quatre, ils se mirent à crier : « À nous, l'hôtel de la Trémouille ! » À ces cris, tout ce qui était dans l'hôtel sortit, se ruant sur les quatre compagnons, qui de leur côté se mirent à crier : « À nous, mousquetaires ! »

On aimait les mousquetaires pour la haine qu'ils portaient au cardinal, aussi les membres des autres compagnies prenaient-ils en général leur parti. Deux gardes de M. des Essarts qui passaient vinrent donc en aide aux quatre compagnons, tandis qu'un autre courait à l'hôtel de Tréville en criant :

— À nous, mousquetaires, à nous !

Comme d'habitude, l'hôtel de M. de Tréville était plein de soldats qui accoururent au secours de leurs camarades. La mêlée devint générale, mais la force était aux mousquetaires. Les gardes du cardinal et les gens de M. de la Trémouille se retirèrent dans l'hôtel, dont ils fermèrent les portes à temps pour empêcher que leurs ennemis n'y fassent irruption en même temps qu'eux. Quant au blessé, il y avait déjà été transporté, et en fort mauvais état.

L'agitation était à son comble parmi les mousquetaires et leurs alliés, et l'on délibérait déjà si, pour punir l'insolence qu'avaient eue les domestiques de M. de la

Trémouille de faire une sortie contre les mousquetaires, on ne mettrait pas le feu à son hôtel. La proposition avait été accueillie avec enthousiasme, lorsque onze heures sonnèrent. D'Artagnan et ses compagnons se souvinrent de leur audience, et comme ils auraient regretté qu'on fasse un si beau coup sans eux, ils parvinrent à calmer les têtes. On se contenta donc de jeter quelques pavés dans les portes pendant que les quatre amis s'acheminaient vers l'hôtel de M. de Tréville, qui les attendait, déjà au courant de cette nouvelle algarade.

— Vite, au Louvre ! dit-il. Nous raconterons la chose au roi comme une suite de l'affaire d'hier, et les deux passeront ensemble.

Une fois là, au grand étonnement du capitaine, La Chesnaye, le valet de Sa Majesté, lui annonça que le roi était allé chasser à courre dans la forêt de Saint-Germain.

— A-t-il vu le cardinal ?

— Son Éminence s'est rendue à Saint-Germain, répondit le valet.

— Nous voici prévenus, dit M. de Tréville à ses compagnons. Je verrai le roi ce soir, mais sans vous. Rentrez chez vous et attendez de mes nouvelles.

En regagnant son hôtel, il eut une idée pour tout terminer : c'était d'aller trouver lui-même M. de la Trémouille.

Il se rendit donc aussitôt chez le duc.

— Monsieur, lui dit-il, nous croyons avoir à nous plaindre l'un de l'autre, et je suis venu pour tirer de compagnie cette affaire au clair.

— Volontiers, mais je vous préviens que je suis bien renseigné et que tout le tort est à vos mousquetaires.

— Cependant, vous êtes un homme trop juste pour ne pas accepter la proposition que je vais vous faire.

— Faites, monsieur, j'écoute.

— Comment se trouve M. Bernajoux ?

— Fort mal, monsieur. Le second coup d'épée qu'il a reçu lui a traversé le poumon. Le médecin en dit de pauvres choses.

— Mais le blessé a-t-il conservé sa connaissance ? Parle-t-il ?

— Avec difficulté, mais il parle.

— Rendons-nous près de lui. Adjurons-le de dire la vérité. Je le prends pour juge dans sa propre cause, et ce qu'il dira, je le croirai.

M. de la Trémouille réfléchit un instant, puis il accepta. Tous deux descendirent dans la chambre où était le blessé. Alors M. de Tréville invita le duc à l'interroger lui-même. Ce qu'il avait prévu arriva : placé entre la vie et la mort comme il l'était, Bernajoux raconta les choses exactement telles qu'elles s'étaient passées. C'était tout ce que voulait M. de Tréville.

Il souhaita à Bernajoux une prompte convalescence, prit congé du duc, rentra chez lui et fit prévenir les quatre amis qu'il les attendait.

Vers six heures, M. de Tréville se rendit au Louvre avec les quatre jeunes gens et se plaça dans l'antichambre. Au bout d'une demi-heure, on annonça Sa Majesté. D'Artagnan se sentit frémir jusqu'à la moelle des os. L'instant qui allait suivre devait, selon toute probabilité, décider du reste de sa vie. Louis XIII parut. Visiblement, l'esprit du roi était à l'orage. Il passa devant tous ceux qui attendaient, sans parler et comme s'il ne voyait personne, avant de rentrer dans son appartement.

— Attendez ici, dit M. de Tréville, et si au bout de dix minutes vous ne me voyez pas sortir, retournez à mon hôtel.

Les quatre jeunes gens attendirent vingt minutes, et voyant que le capitaine ne reparaissait pas, ils sortirent fort inquiets.

M. de Tréville était entré hardiment dans le cabinet du roi, et avait trouvé Sa Majesté de très méchante humeur, ce qui ne l'avait pas empêché de lui demander des nouvelles de sa santé.

— Mauvaises, répondit le roi, je m'ennuie. De plus, M. le cardinal ne me laisse pas un instant de repos ; il me parle de l'Espagne, il me parle de l'Autriche, de l'Angleterre ! Ah ! à propos de M. le cardinal, monsieur de Tréville, je suis mécontent de vous.

— En quoi ai-je été assez malheureux pour vous déplaire, sire ? demanda Tréville en feignant le plus profond étonnement.

— Est-ce que je vous ai nommé capitaine de mes mousquetaires, continua le roi sans répondre à la question, pour que ceux-ci assassinent un homme, émeuvent tout un quartier et veuillent brûler Paris ? Mais au reste, sans doute que je me hâte de vous accuser et que vous venez m'annoncer que les perturbateurs sont en prison.

— Sire, répondit tranquillement M. de Tréville, je viens vous demander justice au contraire.

— Et contre qui ? s'écria le roi.

— Contre les calomniateurs, dit M. de Tréville.

— Ah ! voilà qui est nouveau, reprit le roi. N'allez-vous pas dire que vos trois damnés, Athos, Porthos, Aramis, et votre cadet de Gascogne ne se sont pas jetés sur le pauvre Bernajoux qui est probablement en train de trépasser à cette heure ! Allez-vous dire qu'ensuite ils n'ont pas fait le siège de l'hôtel du duc de la Trémouille, et qu'ils n'ont pas voulu le brûler !

— Et qui vous a fait ce beau récit, sire ?

— Qui voulez-vous que ce soit, sinon celui qui veille quand je dors, qui travaille quand je m'amuse, qui mène tout au-dedans et au-dehors du royaume, en France comme en Europe ?

— Sa Majesté veut parler de Dieu, sans doute, car je ne connais que Dieu qui soit si fort au-dessus de Sa Majesté.

— Non, monsieur, je veux parler de mon seul serviteur, de mon seul ami, de M. le cardinal.

— Son Éminence n'est pas infaillible, sire !

— Vous voulez dire qu'il me trompe ?

— Non, sire, je dis qu'il se trompe lui-même. Il a été mal renseigné et n'a pas été puiser ses informations aux bonnes sources.

— L'accusation vient de M. de la Trémouille. Que répondez-vous à cela ?

— Je pourrais répondre qu'il est trop intéressé dans la question pour être un témoin impartial. Mais je connais le duc pour un loyal gentilhomme, et je me fierai à lui. Mais à cette condition que Votre Majesté le fera venir, l'interrogera en tête-à-tête, et que je reverrai Votre Majesté aussitôt qu'elle aura vu le duc.

— Oui-da ! fit le roi. Et vous accepterez son jugement ?

— Sans doute. Mais Votre Majesté me donne sa parole qu'elle ne verra personne entre M. de la Trémouille et moi ?

— Personne ! foi de gentilhomme. À demain, monsieur !

— À quelle heure, s'il plaît à Votre Majesté ?

— Venez à sept heures. Mais gare à vous si vos hommes sont coupables !

M. de Tréville dormit mal. Il avait fait prévenir ses trois mousquetaires et leur compagnon de se trouver chez lui à six heures du matin. Il les emmena au Louvre avec lui, mais, arrivé au bas du petit escalier, il les fit attendre. Si le roi était toujours irrité, ils s'éloigneraient sans être vus. S'il consentait à les recevoir, on n'aurait qu'à les faire appeler.

Il était dans l'antichambre depuis dix minutes quand la porte du cabinet du roi s'ouvrit.

— Ah ! c'est vous, Tréville ? dit Louis XIII en s'avançant jusque sur la porte. Où sont vos mousquetaires ? Je vous avais dit de me les amener, pourquoi ne l'avez-vous pas fait ?

— Ils sont en bas, sire. La Chesnaye va leur dire de monter.

— Qu'ils viennent tout de suite ! Entrez, Tréville.

En ce moment, les trois mousquetaires et d'Artagnan apparurent au haut de l'escalier.

— Venez, mes braves, dit le roi, j'ai à vous gronder. Comment diable ! à vous quatre, sept gardes de Son Éminence mis hors de combat en deux jours ! C'est trop, messieurs ! Un par hasard, je ne dis pas. Mais sept en deux jours, je le répète, c'est beaucoup trop.

— Aussi, Votre Majesté voit qu'ils viennent tout contrits et tout repentants lui faire leurs excuses.

— Hum ! fit le roi, je ne me fie pas à leurs faces hypocrites. Il y a surtout là-bas une figure de Gascon. Venez ici, monsieur !

D'Artagnan, qui comprit que c'était à lui que le compliment s'adressait, s'approcha en prenant son air le plus désespéré.

— Eh bien, vous me disiez que c'était un jeune homme ! C'est un enfant, monsieur de Tréville ! Et c'est celui-là qui a donné ce rude coup d'épée à Jussac ?

— Et ces deux beaux coups d'épée à Bernajoux.

— Mais c'est un véritable démon que ce Gascon, ventre-saint-gris ! comme aurait dit le roi mon père. La Chesnaye, allez voir si, en fouillant dans mes poches, vous trouvez quarante pistoles, et apportez-les-moi. Maintenant, comment cela s'est-il passé ?

D'Artagnan raconta l'aventure de la veille dans tous ses détails.

— C'est bien ainsi que le duc m'a raconté la chose, reprit le roi. Pauvre cardinal ! sept hommes en deux jours ! Mais c'est assez comme cela, messieurs, entendez-vous ? Vous avez pris votre revanche de la rue Férou, et au-delà. Vous devez être satisfaits.

— Si Votre Majesté l'est, dit Tréville, nous le sommes.

— Oui, je le suis, ajouta le roi en prenant une poignée d'or de la main de La Chesnaye et la mettant dans celle de d'Artagnan. Voici une preuve de ma satisfaction.

D'Artagnan mit les quarante pistoles dans sa poche sans faire aucune façon et en remerciant grandement Sa Majesté.

— Là ! dit le roi, retirez-vous. J'attends quelqu'un. Merci de votre dévouement, messieurs. J'y puis compter, n'est-ce pas ?

— Oh ! s'écrièrent d'une même voix les quatre compagnons, nous nous ferions couper en morceaux pour Votre Majesté.

— Bien ! Mais restez entiers, vous me serez plus utiles ainsi. Tréville, ajouta le roi pendant que les autres se retiraient, comme il ne peut entrer chez vous sans faire un noviciat, placez ce jeune homme dans la compagnie de M. des Essarts. Ah ! pardieu ! je me réjouis de la grimace que va faire le cardinal. Il sera furieux, mais cela m'est égal. Je suis dans mon droit.

Le roi salua de la main Tréville, qui sortit rejoindre ses hommes. Il les trouva partageant avec d'Artagnan les quarante pistoles.

Le cardinal fut effectivement furieux, si furieux que pendant huit jours il abandonna le jeu du roi, ce qui n'empêchait pas celui-ci de lui faire la plus charmante mine du monde, et toutes les fois qu'il le rencontrait de lui demander de sa voix la plus caressante :

— Eh bien ! monsieur le cardinal, comment vont ce pauvre Bernajoux et ce pauvre Jussac, qui sont à vous ?

CHAPITRE 7

L'INTÉRIEUR DES MOUSQUETAIRES

Lorsque d'Artagnan fut hors du Louvre et qu'il consulta ses amis sur l'emploi qu'il devait faire de sa part des quarante pistoles, Athos lui conseilla de commander un bon repas à la *Pomme de Pin,* Porthos de prendre un laquais, et Aramis de se faire une maîtresse convenable.

Le repas eut lieu le jour même, et le laquais y servit à table. C'était un Picard, que Porthos embaucha sur le pont de la Tournelle pendant qu'il faisait des ronds en crachant dans l'eau. La grande mine de ce gentilhomme, pour le compte duquel il se crut engagé, avait séduit Planchet – c'était le nom du Picard – qui eut un léger désappointement lorsqu'il sut qu'il lui fallait entrer au service de d'Artagnan. Cependant, lorsqu'il vit son maître tirer en payant une poignée d'or de sa poche, il crut sa fortune faite. Mais en faisant, le soir, le lit de ce dernier, les chimères de Planchet s'évanouirent. Le lit était le seul de l'appartement, qui se composait d'une antichambre et d'une chambre à coucher. Planchet coucha dans l'antichambre, sur une couverture tirée du lit de d'Artagnan, et dont celui-ci se passa depuis.

Athos, de son côté, avait un valet qu'il avait dressé à son service et que l'on appelait Grimaud. Il était fort silencieux, ce seigneur. Nous parlons d'Athos, bien entendu. Depuis cinq ou six ans qu'il vivait dans la plus profonde intimité avec ses compagnons Porthos et Aramis, ceux-ci se rappelaient l'avoir vu sourire souvent, mais jamais ils ne l'avaient entendu rire. Ses paroles étaient brèves et expressives, disant toujours ce qu'elles voulaient dire, rien de plus.

Quoique Athos eût à peine vingt-huit ans et fût d'une grande beauté, personne ne lui connaissait de maîtresse. Jamais il ne parlait des femmes. Sa réserve, sa sauvagerie et son mutisme en faisaient presque un vieillard. Il avait donc, pour ne pas déroger à ses habitudes, habitué Grimaud à lui obéir sur un simple geste. Il ne lui parlait que dans des circonstances suprêmes. Quelquefois Grimaud, qui craignait son maître comme le feu, tout en ayant pour sa personne un grand attachement, croyait avoir compris ce qu'il désirait et faisait le contraire. Alors Athos, sans se mettre en colère, rossait Grimaud. Ces jours là, il parlait un peu.

Porthos avait un caractère tout opposé à celui d'Athos. Non seulement il parlait beaucoup, mais il parlait haut ; peu lui importait qu'on l'écoute ou non : il parlait pour le plaisir de s'entendre. Il avait moins grand air qu'Athos, et le sentiment de son infériorité à ce sujet le poussait à dépasser ce gentilhomme par ses splendides toilettes. Mais, avec sa simple casaque de mousquetaire, Athos prenait la place qui lui était due et reléguait le fastueux Porthos au second rang. Ce dernier s'en consolait en remplissant l'antichambre de M. de Tréville du bruit de ses bonnes fortunes.

Un vieux proverbe dit : « Tel maître, tel valet ». Passons donc du valet d'Athos au valet de Porthos, de Grimaud à Mousqueton.

Mousqueton était un Normand dont son maître avait changé le nom pacifique de Boniface en celui plus sonore de Mousqueton. Il était entré au service de Porthos à la condition qu'il serait seulement habillé et logé, mais d'une façon magnifique. Porthos lui faisait tailler des pourpoints dans ses vieux habits et manteaux, et, grâce à un tailleur habile qui remettait ses hardes à neuf en les retournant, Mousqueton faisait à la suite de son maître fort bonne figure.

Quant à Aramis, dont nous croyons avoir suffisamment exposé le caractère, son laquais s'appelait Bazin. Grâce à l'espoir qu'avait son maître d'entrer un jour dans les ordres, il était toujours vêtu de noir, comme doit l'être le serviteur d'un homme d'Église. C'était un Berrichon de trente-cinq ans, doux, paisible, grassouillet, occupant à lire de pieux ouvrages les loisirs que lui laissait son maître. Au reste, muet, aveugle, sourd et d'une fidélité à toute épreuve.

Maintenant que nous connaissons les maîtres et les valets, passons aux demeures occupées par chacun d'eux.

Athos habitait rue Férou, près du Luxembourg. Son appartement se composait de deux petites chambres proprement meublées dans une maison garnie dont l'hôtesse, encore jeune et belle, lui faisait inutilement les doux yeux. Quelques fragments d'une grande splendeur passée éclataient çà et là aux murailles. C'était une épée, richement damasquinée, qui remontait au règne de François Ier, dont la poignée seule, incrustée de pierres précieuses, pouvait valoir deux cents pistoles ; un portrait représentant un seigneur du temps de Henri III, vêtu avec la plus grande élégance et qui portait l'ordre du Saint-Esprit, et ce portrait avait avec Athos certaines ressemblances de lignes qui indiquaient que ce grand seigneur était son ancêtre. Enfin, un coffre de magnifique orfèvrerie, aux mêmes armes que l'épée et le portrait, faisait un milieu de cheminée qui jurait avec le reste de la garniture. Athos l'avait ouvert un jour devant Porthos : il ne contenait que des lettres et des papiers.

Porthos occupait un appartement très vaste et d'une très somptueuse apparence, rue du Vieux-Colombier. Chaque fois qu'il passait devant avec un ami, il levait la main et disait : « Voilà ma demeure ! » Mais jamais on ne le trouvait chez lui, jamais il n'invitait personne à y monter, et nul ne pouvait se faire une idée de ce que cette somptueuse apparence renfermait de richesses réelles.

Aramis, lui, habitait un petit logement composé d'un boudoir, d'une salle à manger et d'une chambre à coucher. Situé au rez-de-chaussée, il donnait sur un petit jardin frais, vert, ombreux et impénétrable aux yeux du voisinage.

Fort curieux de nature, d'Artagnan fit tous ses efforts pour savoir ce qu'étaient au juste ses amis, car, sous leurs noms de guerre, chacun d'eux cachait un nom de gentilhomme. Il s'adressa donc à Porthos pour avoir des informations sur les deux autres, et à Aramis pour connaître Porthos. Malheureusement, ce dernier ne savait de la vie de son silencieux camarade que ce qui s'en disait : il avait eu de grands malheurs dans ses affaires amoureuses et une affreuse trahison avait empoisonné à jamais sa vie.

Quant à Porthos, au contraire, excepté son véritable nom, que M. de Tréville savait seul, sa vie était facile à connaître. Vaniteux et indiscret, on voyait à travers lui comme à travers un cristal.

Pour Aramis, tout en ayant l'air de n'avoir aucun secret, c'était un garçon confit de mystères, répondant peu aux questions qu'on lui faisait sur les autres, et éludant celles qu'on lui faisait sur lui-même. Un jour, d'Artagnan voulut savoir aussi à quoi s'en tenir sur les affaires amoureuses de son interlocuteur :

— Et vous, mon cher compagnon, lui dit-il, il me semble que vous êtes assez familier avec les armoiries, témoin certain mouchoir brodé auquel je dois l'honneur de votre connaissance.

Aramis ne se fâcha pas, mais répondit du ton le plus modeste :

— Mon cher, n'oubliez pas que je veux être d'Église, et que je fuis toutes les occasions mondaines. Ce mouchoir avait été oublié chez moi par un ami. J'ai dû le garder pour ne pas compromettre la dame. Seulement, je n'ai point et ne veux point avoir de maîtresse.

— Mais vous n'êtes pas abbé, puisque vous êtes mousquetaire.

— Par intérim, mon cher ! Athos et Porthos m'ont fourré là-dedans pour m'occuper, car j'ai eu, au moment d'être ordonné, une petite difficulté avec... Mais cela ne vous intéresse pas, et je vous prends un temps précieux.

— Pas du tout, cela m'intéresse fort, s'écria d'Artagnan, et je n'ai pour le moment absolument rien à faire.

— Oui, mais moi, j'ai mon bréviaire à dire, répondit Aramis, puis quelques vers à composer pour Mme d'Aiguillon. Ensuite je dois passer rue Saint-Honoré acheter du rouge pour Mme de Chevreuse. Vous voyez, mon cher ami, que je suis très pressé, moi.

Et Aramis tendit la main à son compagnon, et prit congé de lui.

Quelque peine qu'il se donne, d'Artagnan ne put en savoir davantage sur ses trois nouveaux amis. Il en prit donc son parti.

Et maintenant que nous avons jeté un coup d'œil sur les quatre amis, reprenons le cours de notre narration.

La vie des quatre jeunes gens était devenue commune. Le Gascon, qui n'avait aucune habitude puisqu'il tombait dans un monde nouveau pour lui, prit aussitôt les habitudes de ses amis.

Sitôt levé, on allait prendre le mot d'ordre et l'air des affaires chez M. de Tréville. Bien qu'il ne soit pas mousquetaire, d'Artagnan était toujours de garde, parce qu'il tenait toujours compagnie à celui de ses trois amis qui montait la sienne. De leur côté, ces derniers aimaient fort leur jeune camarade, et l'on rencontrait toujours ces inséparables se cherchant du Luxembourg à la place

Saint-Sulpice, ou de la rue du Vieux-Colombier au Luxembourg.

Un beau jour, le roi commanda à M. des Essarts de prendre d'Artagnan comme cadet dans sa compagnie des gardes. Le jeune homme endossa en soupirant cet habit, qu'il aurait voulu troquer contre la casaque de mousquetaire au prix de dix années de son existence. Mais, dès le lendemain, il commença son service. Alors ce fut au tour d'Athos, de Porthos et d'Aramis de monter la garde avec lui quand il était de service. La compagnie de M. des Essarts prit ainsi quatre hommes au lieu d'un quand elle prit d'Artagnan.

CHAPITRE 8

UNE INTRIGUE DE COUR

Cependant les quarante pistoles du roi Louis XIII, ainsi que toutes les choses de ce monde, après avoir eu un commencement, avaient eu une fin, et depuis cette fin nos quatre compagnons étaient tombés dans la gêne.

D'Artagnan réfléchit alors et comprit que cette coalition de quatre hommes, jeunes, braves, entreprenants et actifs, devait avoir un autre but que des promenades déhanchées, des leçons d'escrime et des plaisanteries plus ou moins spirituelles. Il y songeait, se creusant la cervelle pour trouver une direction à cette force unique quatre fois multipliée, lorsque l'on frappa doucement à la porte. D'Artagnan ordonna à Planchet d'aller ouvrir.

Un homme fut introduit, qui avait l'air d'un bourgeois. D'Artagnan fit asseoir son hôte puis s'inclina en signe qu'il écoutait.

— J'ai entendu parler de M. d'Artagnan comme d'un jeune homme fort brave et cette réputation m'a poussée à lui confier un secret, commença le visiteur. J'ai ma femme qui est lingère chez la reine. M. de Laporte, le premier valet qui est son parrain, la protège. Elle a été enlevée hier, comme elle sortait de son travail.

— Diable ! Et que soupçonnez-vous ?

— Je crois que c'est à cause des amours d'une plus grande dame qu'elle. Infiniment plus grande qu'elle.

— Serait-ce à cause des amours de Mme d'Aiguillon ? fit d'Artagnan.

— Plus haut, Monsieur, plus haut.

— De Mme de Chevreuse ?

— Plus haut, beaucoup plus haut !

— Vous voulez dire de la... ?

— Oui, monsieur, répondit très bas le bourgeois épouvanté. Elle... Avec le duc de... Or, ma femme est venue il y a quatre jours, et m'a confié que la reine, en ce moment, avait de grandes craintes.

— Vraiment ? Comment cela ?

— M. le cardinal la persécute plus que jamais. La reine croit que l'on a écrit à Buckingham en son nom pour l'attirer dans un piège.

— Diable ! mais l'homme qui a enlevé votre femme...

— Je ne sais pas son nom, mais je peux le décrire : c'est un seigneur de haute mine, poil noir, teint basané, œil perçant, dents blanches, et une cicatrice à la tempe.

— Une cicatrice à la tempe ! s'écria d'Artagnan. C'est mon homme de Meung ! Il a, dites-vous, enlevé votre femme ?

— Oui, mais je ne sais si je ne commets pas une imprudence.

— Cette fois, il est un peu tard pour reculer.

— Aussi, je ne recule pas, mordieu, foi de Bonacieux !

— Vous vous appelez Bonacieux ? interrompit d'Artagnan. Il me semble que ce nom ne m'est pas inconnu.

— C'est possible, monsieur. Je suis votre propriétaire. Et comme depuis trois mois vous avez oublié de me payer mon loyer, et comme je ne vous ai pas tourmenté, j'ai pensé que vous auriez égard à ma délicatesse en acceptant...

— Croyez que si je puis vous être bon à quelque chose..., dit d'Artagnan. Mais vous n'avez rien appris d'autre ?

— Si fait. Voici ce que j'ai reçu ce matin.

Le bourgeois tira une lettre de sa poche et la présenta à d'Artagnan qui s'empressa de lire : « Ne cherchez pas votre femme. Elle vous sera rendue quand on n'aura plus besoin d'elle. Si vous faites une seule démarche pour la retrouver, vous êtes perdu. »

— Hum ! reprit-il après un instant de réflexion. C'est que je me soucie de la Bastille, moi. S'il s'agissait juste d'un coup d'épée, passe encore.

— Cependant, monsieur, vous voyant sans cesse entouré de mousquetaires et sachant qu'ils étaient ennemis du cardinal, j'avais pensé que, tout en rendant justice à notre reine, vous et vos amis seriez enchantés de jouer un mauvais tour à Son Éminence. Et ajoutez à cela une cinquantaine de pistoles si vous vous trouviez gêné en ce moment... Ah ! mais..., s'écria le bourgeois.

— Quoi ? demanda d'Artagnan.

— Dans la rue, dans l'embrasure de cette porte, cet homme...

— C'est lui ! s'écrièrent à la fois d'Artagnan et le bourgeois.

— Ah ! cette fois-ci, gronda d'Artagnan, il ne m'échappera pas.

Et tirant son épée du fourreau, il courut hors de l'appartement.

Dans l'escalier, il rencontra Athos et Porthos qui venaient le voir. Ils s'écartèrent. D'Artagnan passa entre eux comme un trait.

— Ah çà ! où courez-vous ainsi ? lui crièrent-ils.

— L'homme de Meung ! répondit d'Artagnan.

Et il disparut. Il leur avait plus d'une fois raconté son aventure avec l'inconnu, ainsi que l'apparition de la belle voyageuse à laquelle cet homme avait paru confier une importante missive. Ils comprirent donc de quelle affaire il était question. Et comme ils pensèrent que leur ami finirait toujours par rentrer chez lui, ils continuèrent leur chemin.

Lorsqu'ils entrèrent dans la chambre de d'Artagnan, elle était vide. Le propriétaire avait jugé qu'il était prudent de décamper.

CHAPITRE 9

D'ARTAGNAN SE DESSINE

Comme l'avaient prévu Athos et Porthos, au bout d'une demi-heure d'Artagnan rentra. Cette fois encore il avait manqué son homme, qui avait disparu comme par enchantement.

Pendant qu'il courait les rues, Aramis avait rejoint ses deux compagnons, de sorte qu'en revenant chez lui d'Artagnan trouva la réunion au grand complet.

— Eh bien ? dirent les trois mousquetaires en voyant entrer d'Artagnan, la sueur au front et la figure bouleversée par la colère.

— Eh bien ! il faut que cet homme soit le diable en personne. Il a disparu comme un fantôme, comme une ombre. Mais, dans tous les cas, il est né pour ma damnation, car sa fuite nous fait manquer une affaire superbe, messieurs, dans laquelle il y avait cent pistoles et peut-être plus à gagner.

— Comment cela ? dirent à la fois Porthos et Aramis.

— Planchet, cria d'Artagnan à son domestique, qui passait la tête par la porte entrebâillée pour tâcher de surprendre quelques bribes de la conversation, descendez chez mon propriétaire et dites-lui de nous envoyer une demi-douzaine de bouteilles de vin de Beaugency.

— Ah çà ! mais vous avez donc crédit ouvert chez votre propriétaire ? demanda Porthos.

— Oui ! répondit d'Artagnan, à compter d'aujourd'hui.

— Mais enfin, voyons, qu'y a-t-il ? demanda Porthos.

— Oui, dit Aramis, confiez-nous cela, mon cher ami.

Et alors d'Artagnan raconta mot à mot à ses amis ce qui venait de se passer entre lui et son hôte, et comment l'homme qui avait enlevé la femme du digne propriétaire était le même avec lequel il avait eu maille à partir à l'hôtellerie du *Franc-Meunier.*

— Votre affaire n'est pas mauvaise, dit Athos, après avoir goûté le vin et indiqué d'un signe qu'il le trouvait bon, et l'on pourra tirer de ce brave homme cinquante à soixante pistoles. Maintenant, reste à savoir si elles valent la peine de risquer quatre têtes.

— Mais attention, s'écria d'Artagnan, il y a une femme dans cette affaire, une femme enlevée, qu'on menace sans doute, qu'on torture peut-être, et tout cela parce qu'elle est fidèle à sa maîtresse !

— Prenez garde, d'Artagnan ! dit Aramis. Vous vous échauffez trop sur le sort de Mme Bonacieux. La femme a été créée pour notre perte, et c'est d'elle que nous viennent toutes nos misères.

Athos, à ces mots, fronça le sourcil et se mordit les lèvres.

— Ce n'est point de Mme Bonacieux que je m'inquiète, s'écria d'Artagnan, mais de la reine, que le roi abandonne, que le cardinal persécute, et qui voit tomber, les unes après les autres, les têtes de tous ses amis.

— Pourquoi aime-t-elle ce que nous détestons le plus au monde, les Espagnols et les Anglais ?

— L'Espagne est sa patrie, répondit d'Artagnan, et il est tout simple qu'elle aime les Espagnols, qui sont enfants de la même terre qu'elle. Quant au second reproche que vous lui faites, j'ai entendu dire qu'elle aimait non pas les Anglais, mais un Anglais.

— Ma foi ! dit Athos, il faut avouer que cet Anglais est bien digne d'être aimé. Je n'ai jamais vu un plus grand air que le sien.

— Sans compter qu'il s'habille comme personne, dit Porthos.

— Et vous, Aramis, le connaissez-vous ? demanda d'Artagnan.

— Aussi bien que vous, car j'étais de ceux qui l'ont arrêté dans le jardin d'Amiens, où m'avait introduit l'écuyer de la reine. J'étais au séminaire à l'époque, et l'aventure me parut cruelle pour le roi.

— Ce qui ne m'empêcherait pas, dit d'Artagnan, si je savais où est le duc de Buckingham, de le prendre par la main et de le conduire près de la reine, ne fût-ce que pour faire enrager M. le cardinal. Car notre véritable, notre seul éternel ennemi, messieurs, c'est lui, et, si nous pouvions trouver moyen de lui jouer quelque tour bien cruel, j'avoue que j'y engagerais volontiers ma tête.

— Le mercier vous a dit, d'Artagnan, reprit Athos, que la reine pensait qu'on avait fait venir Buckingham sur un faux avis ?

— Elle en a peur, dit d'Artagnan. Et maintenant, je suis convaincu que l'enlèvement de cette femme se rattache aux événements dont nous parlons, et peut-être à la présence de M. de Buckingham à Paris.

— Le Gascon est plein d'idées, dit Porthos avec admiration.

— Messieurs, intervint Aramis, écoutez ceci.

— Écoutons Aramis, dirent les trois amis.

— Hier, je me trouvais chez un savant docteur en théologie que je consulte quelquefois pour mes études...

Athos sourit.

— Il habite un quartier désert, continua Aramis ; ses goûts, sa profession l'exigent. Or, au moment où je sortais de chez lui...

Ici Aramis s'arrêta et parut faire un effort sur lui-même, comme un homme qui, en plein courant de mensonge, se voit arrêté par quelque obstacle imprévu. Mais les yeux de ses trois compagnons étaient fixés sur lui, leurs oreilles attendaient béantes, et il n'y avait pas moyen de reculer.

— Ce docteur a une nièce, continua Aramis. Dame fort respectable.

Les trois amis se mirent à rire.

— Ah ! si vous riez ou si vous doutez, reprit Aramis, vous ne saurez rien.

— Nous sommes croyants comme des mahométistes et muets comme des catafalques, dit Athos.

— Je continue donc, reprit Aramis. Cette nièce vient quelquefois voir son oncle ; or, elle s'y trouvait hier en même temps que moi, par hasard, et je dus m'offrir pour la conduire à son carrosse.

— Elle a un carrosse, la nièce du docteur ? interrompit Porthos.

— Porthos, reprit Aramis, je vous ai déjà fait observer que vous êtes fort indiscret, et que cela vous nuit près des femmes.

— Messieurs ! dit d'Artagnan, la chose est sérieuse ! Tâchons donc de ne pas plaisanter si nous pouvons. Allez, Aramis, allez.

— Tout à coup, un homme grand, brun, aux manières de gentilhomme... tenez, dans le genre du vôtre, d'Artagnan.

— Le même peut-être, dit celui-ci.

— C'est possible, continua Aramis,... s'approcha de moi, accompagné de cinq ou six hommes qui le suivaient à dix pas, et du ton le plus poli : « Monsieur le duc, me dit-il, et vous, madame », continua-t-il en s'adressant à la dame que j'avais au bras.

— À la nièce du docteur ?

— Silence donc, Porthos ! dit Athos. Vous êtes insupportable !

— « Veuillez monter dans ce carrosse, et cela sans essayer la moindre résistance, sans faire le moindre bruit. »

— Il vous avait pris pour Buckingham ! dit d'Artagnan.

— Je le crois, répondit Aramis.

— Mais cette dame ? demanda Porthos.

— Il l'avait prise pour la reine ! dit d'Artagnan.

— Justement, répondit Aramis.

— Le fait est, dit Porthos, qu'Aramis est de la taille et a quelque chose de la tournure du beau duc. Cependant, il me semble que l'habit de mousquetaire...

— J'avais un manteau énorme, dit Aramis.

— Au mois de juillet ? diable ! fit Porthos. Est-ce que le docteur craint que tu ne sois reconnu ?

— Je comprends que l'espion se soit laissé prendre par la tournure, dit Athos. Mais le visage...

— J'avais un grand chapeau, dit Aramis.

— Oh ! mon Dieu ! s'écria Porthos, que de précautions pour étudier la théologie !

— Messieurs, dit d'Artagnan, ne perdons pas notre temps à badiner. Cherchons la femme du mercier : c'est la clé de l'intrigue.

— Une femme de condition si inférieure, vous croyez, d'Artagnan ? fit Porthos en allongeant les lèvres avec mépris.

— C'est la filleule de Laporte, le valet de confiance de la reine. Ne vous l'ai-je pas dit, messieurs ? Et d'ailleurs, c'est peut-être un calcul de Sa Majesté d'avoir été cette fois chercher ses appuis si bas. Les hautes têtes se voient de loin, et le cardinal a bonne vue.

— Eh bien ! dit Porthos, faites d'abord prix avec le mercier.

— C'est inutile, dit d'Artagnan, car je crois que s'il ne nous paie pas, nous serons assez payés d'un autre côté.

En ce moment, un bruit précipité de pas retentit dans l'escalier, la porte s'ouvrit, et le malheureux mercier s'élança dans la chambre.

— Ah ! messieurs, s'écria-t-il, sauvez-moi, au nom du ciel ! Il y a là quatre hommes qui viennent pour m'arrêter, sauvez-moi !

Porthos et Aramis se levèrent.

— Un moment, s'écria d'Artagnan en leur faisant signe de laisser au fourreau leurs épées. Ce n'est pas du courage qu'il faut ici, mais de la prudence.

— Laissez faire d'Artagnan ! dit Athos. C'est la forte tête de nous tous et, moi, je lui obéis. Fais ce que tu voudras, d'Artagnan !

En ce moment, quatre gardes apparurent à la porte de l'antichambre et, voyant quatre mousquetaires debout et l'épée au côté, hésitèrent à aller plus loin.

— Entrez, messieurs, cria d'Artagnan. Vous êtes ici chez moi, et nous sommes tous de fidèles serviteurs du roi et de M. le cardinal.

— Alors, messieurs, vous ne vous opposerez pas à ce que nous exécutions les ordres que nous avons reçus, demanda celui qui paraissait le chef de l'escouade.

— Au contraire, nous vous prêterions main-forte, si besoin était.

— Mais vous m'avez promis..., dit tout bas le pauvre mercier.

— Nous ne pouvons vous sauver qu'en restant libres, répondit tout bas d'Artagnan, et si nous faisons mine de vous défendre, on nous arrête avec vous.

— Il me semble, cependant...

— Venez, messieurs, dit tout haut d'Artagnan. Je n'ai aucun motif de défendre monsieur. Je l'ai vu aujourd'hui pour la première fois, et encore était-ce pour me réclamer le prix de mon loyer. Est-ce vrai, monsieur Bonacieux ? Répondez !

— C'est la vérité, dit le mercier, mais monsieur ne vous dit pas...

— Silence sur moi, silence sur mes amis, silence sur la reine, surtout, ou vous perdriez tout le monde sans vous sauver. Allez ! messieurs, emmenez cet homme !

Et d'Artagnan poussa le mercier tout étourdi aux mains des gardes en lui disant :

— Vous êtes un maraud, mon cher ! Vous venez me demander de l'argent, à moi ! à un mousquetaire ! En prison ! Messieurs, emmenez-le en prison et gardez-le sous clé le plus longtemps possible, cela me donnera du temps pour payer.

Les sbires se confondirent en remerciements et emmenèrent leur proie. Au moment où ils descendaient, d'Artagnan frappa sur l'épaule du chef.

— Ne boirai-je pas à votre santé et vous à la mienne ? dit-il en remplissant deux verres du vin de Beaugency qu'il tenait de la libéralité de M. Bonacieux.

— Ce sera bien de l'honneur pour moi, dit le chef des sbires, et j'accepte avec reconnaissance.

— Donc, à la vôtre, monsieur... comment vous nommez-vous ?

— Boisrenard.

— Monsieur Boisrenard.

— À la vôtre, mon gentilhomme ! Comment vous nommez-vous, à votre tour, s'il vous plaît ?

— D'Artagnan.

— À la vôtre, monsieur d'Artagnan !

— Et par-dessus toutes celles-là, s'écria d'Artagnan comme emporté par son enthousiasme, à celle du roi et du cardinal.

Le garde aurait peut-être douté de la sincérité de d'Artagnan si le vin avait été mauvais, mais il était bon. Il fut convaincu.

— Mais quelle diable de vilenie avez-vous donc faite là ? dit Porthos lorsque le chef des sbires eut rejoint ses compagnons, et que les quatre amis se retrouvèrent seuls. Fi donc ! quatre mousquetaires laisser arrêter un malheureux qui crie à l'aide ! Un gentilhomme trinquer avec un recors !

— Porthos, dit Aramis, Athos t'a déjà dit que tu étais un niais, et je me range de son avis. D'Artagnan, tu es un grand homme, et quand tu seras à la place de M. de Tréville, je te demande ta protection pour me faire avoir une abbaye.

— Je m'y perds, dit Porthos. Vous approuvez ce que d'Artagnan vient de faire ?

— Je le crois bien, dit Athos. Non seulement j'approuve, mais encore je l'en félicite.

— Et maintenant, messieurs, dit d'Artagnan sans se donner la peine d'expliquer sa conduite à Porthos, tous pour un, un pour tous. C'est notre devise, n'est-ce pas ?

— Cependant, dit Porthos.

— Étends la main et jure, s'écrièrent à la fois Athos et Aramis.

Vaincu par l'exemple, maugréant tout bas, Porthos étendit la main, et les quatre amis répétèrent d'une seule voix la formule dictée par d'Artagnan : « Tous pour un, un pour tous. »

— C'est bien ! Que chacun se retire maintenant chez soi, dit d'Artagnan, comme s'il n'avait fait autre chose que de commander toute sa vie. Et attention, car, à partir de ce moment, nous voilà aux prises avec le cardinal.

CHAPITRE 10

UNE SOURICIÈRE AU XVIIe SIÈCLE

L'invention de la souricière ne date pas de nos jours ; dès que les sociétés, en se formant, eurent inventé une police quelconque, cette police à son tour inventa les souricières.

On fit donc une souricière de l'appartement de M. Bonacieux, et quiconque y parut fut pris et interrogé par les gens du cardinal. Comme une allée particulière conduisait au premier étage qu'habitait d'Artagnan, ceux qui venaient chez lui étaient exemptés de toutes visites. Lui, il ne bougeait pas de chez lui. Il avait converti sa chambre en observatoire. Des fenêtres il voyait arriver ceux qui venaient se faire prendre et, comme un simple plafond le séparait de la chambre du rez-de-chaussée où se faisaient les interrogatoires, il entendait tout ce qu'il s'y passait. Ces derniers portaient toujours sur la personne de Mme Bonacieux et quelque chose qu'elle aurait pu remettre au visiteur.

— S'ils savaient quelque chose, ils ne questionneraient pas ainsi, se dit-il à lui-même. J'en suis persuadé, ils cherchent à apprendre si le duc est à Paris.

Le soir du lendemain de l'arrestation de Bonacieux, on entendit frapper à la porte de la rue. Aussitôt cette porte s'ouvrit et se referma : quelqu'un venait de se prendre à la souricière.

D'Artagnan s'élança vers l'endroit décarrelé et écouta.

Des cris retentirent bientôt, puis des gémissements qu'on cherchait à étouffer. D'interrogatoire, il n'en était pas question.

— Diable ! se dit d'Artagnan, il me semble que c'est une femme ! On la fouille ; elle résiste, on la violente... Les misérables !

— Mais je vous dis que je suis la maîtresse de la maison ; je vous dis que j'appartiens à la reine ! s'écriait la malheureuse.

— Mme Bonacieux ! murmura d'Artagnan. Serais-je assez heureux pour avoir trouvé ce que tout le monde cherche ?

— C'est justement vous que nous attendions, reprirent les interrogateurs.

La voix devint de plus en plus étouffée. Un mouvement tumultueux fit retentir les boiseries. La victime résistait autant qu'une femme peut résister à quatre hommes.

— Ils la bâillonnent, ils vont l'entraîner, s'écria d'Artagnan. Mon épée ! Bon, elle est à mon côté. Planchet ! Cours chercher Athos, Porthos et Aramis. Qu'ils prennent des armes, qu'ils accourent !

— Mais où allez-vous, monsieur ?

— Je descends par la fenêtre, s'écria d'Artagnan, afin d'être plus tôt arrivé. Toi, cours où je te dis.

Et s'accrochant de la main au rebord de la croisée ; il se laissa tomber du premier étage, qui heureusement n'était pas élevé. Puis il alla aussitôt frapper à la porte en murmurant :

— Je vais me faire prendre à mon tour dans la souricière, et malheur aux chats qui se frotteront à pareille souris.

À peine le marteau eut-il résonné que le tumulte cessa, que des pas s'approchèrent, que la porte s'ouvrit et que d'Artagnan, l'épée nue, s'élança dans l'appartement de maître Bonacieux, dont la porte se referma d'elle-même après lui avoir donné passage.

Alors les voisins les plus proches entendirent de grands cris, un cliquetis d'épées et un bruit prolongé de meubles. Puis, un moment après, ceux qui s'étaient mis aux fenêtres pour connaître la cause du bruit purent voir la porte se rouvrir et quatre hommes vêtus de noir non pas en sortir, mais s'envoler comme des corbeaux effarouchés, laissant par terre des plumes de leurs ailes, c'est-à-dire des loques de leurs habits et des bribes de leurs manteaux.

D'Artagnan était vainqueur sans beaucoup de peine, car un seul des alguazils était armé et se défendit pour la forme. Il est vrai que les trois autres avaient essayé d'assommer le jeune homme avec les chaises, les tabourets et les poteries, mais quelques égratignures faites par l'épée du Gascon les avaient épouvantés, et ce dernier était resté maître du champ de bataille. Resté seul avec Mme Bonacieux, il se retourna vers elle, qui était renversée sur un fauteuil, à demi évanouie, et l'examina d'un coup d'œil rapide.

C'était une charmante femme de vingt-cinq ans, brune avec des yeux bleus, le nez légèrement retroussé, des dents admirables, un teint marbré de rose et d'opale. Les mains étaient blanches, mais sans finesse, et les pieds n'annonçaient pas la femme de qualité.

En ce moment, Mme Bonacieux reprenait ses sens. Elle ouvrit les yeux, regarda avec terreur autour d'elle, vit que l'appartement était vide et qu'elle était seule avec son libérateur. Elle lui tendit aussitôt les mains en souriant – Mme Bonacieux avait le plus charmant sourire du monde.

— Monsieur, vous m'avez sauvée ! Permettez que je vous remercie.

— Madame, dit d'Artagnan, je n'ai fait que ce que tout gentilhomme aurait fait à ma place.

— J'espère pouvoir vous prouver que vous n'avez pas rendu service à une ingrate. Mais que me voulaient ces hommes, que j'ai pris d'abord pour des voleurs, et pourquoi mon mari n'est point ici ?

— Madame, ces hommes sont des agents de M. le cardinal. Quant à M. Bonacieux, il n'est point ici parce que, hier, on est venu le prendre pour le conduire à la Bastille.

— À la Bastille ! Qu'a-t-il donc fait, pauvre cher homme ?

— Ce qu'il a fait ? dit d'Artagnan. Je crois que son seul crime est d'avoir à la fois le bonheur et le malheur d'être votre mari.

— Mais, monsieur, vous savez donc...

— Je sais que vous avez été enlevée, madame.

— Et mon mari le savait-il ? En connaissait-il la cause ?

— Il en avait été prévenu par une lettre qu'avait écrite le ravisseur et attribuait, je crois, cet enlèvement à une cause politique. Mais, comment vous êtes-vous enfuie ?

— J'ai profité d'un moment où l'on m'a laissée seule, et, à l'aide de mes draps, je suis descendue par la fenêtre. Puis comme je croyais mon mari ici, je suis accourue.

— Pour vous mettre sous sa protection ?

— Non, je savais bien qu'il était incapable de me défendre. Mais comme il pouvait nous servir à autre chose, je voulais le prévenir.

— De quoi ?

— Ceci n'est point mon secret, je ne puis pas vous le dire.

— D'ailleurs, dit d'Artagnan, je crois que nous ne sommes pas en lieu opportun pour des confidences. Les hommes que j'ai fait fuir vont revenir en force, et s'ils nous trouvent ici, nous sommes perdus.

— Vous avez raison, s'écria Mme Bonacieux. Sauvons-nous !

À ces mots, elle passa le bras sous celui de d'Artagnan et l'entraîna vivement. Ils descendirent rapidement la rue des Fossoyeurs, prirent la rue des Fossés-Monsieur-le-Prince et ne s'arrêtèrent que place Saint-Sulpice.

— Et maintenant, demanda d'Artagnan, où voulez-vous que je vous conduise ?

— Mon intention était de faire prévenir M. de Laporte par mon mari, afin qu'il nous dise ce qui s'était passé au Louvre depuis trois jours, et s'il n'y avait pas danger pour moi de m'y présenter.

— Mais moi, dit d'Artagnan, je puis aller prévenir M. de Laporte.

— Sans doute, seulement on connaît M. Bonacieux et on le laisserait passer, lui, tandis qu'on ne vous connaît pas, vous, et qu'on vous fermera la porte.

— Bah ! dit d'Artagnan, vous avez bien à quelque guichet du Louvre un concierge qui, grâce à un mot d'ordre...

Mme Bonacieux regarda fixement le jeune homme.

— Et si je vous donnais ce mot d'ordre, dit-elle, l'oublieriez-vous aussitôt que vous vous en seriez servi ?

— Parole d'honneur, foi de gentilhomme ! dit d'Artagnan.

— Je vous crois. Vous avez l'air d'un brave jeune homme.

— Je ferai tout ce que je pourrai pour être agréable à la reine, dit d'Artagnan. Disposez donc de moi comme d'un ami.

— Mais moi, où me mettrez-vous pendant ce temps-là ?

— Attendez ! dit d'Artagnan, nous sommes à la porte d'Athos. C'est un de mes amis, et il n'est pas chez lui.

Tous deux reprirent leur course. Comme prévu, Athos n'était pas chez lui. D'Artagnan prit la clé, qu'on avait l'habitude de lui donner comme à un ami de la maison, et introduisit Mme Bonacieux dans le petit appartement dont nous avons déjà fait la description.

— Vous êtes chez vous, dit-il. Fermez la porte en dedans et n'ouvrez à personne, à moins d'entendre frapper trois coups ainsi.

Et il frappa trois fois, deux coups rapprochés l'un de l'autre et assez forts, un coup plus distant et plus léger.

— À mon tour de vous donner mes instructions, dit Mme Bonacieux. Présentez-vous au guichet du Louvre, du côté de la rue de l'Échelle, et demandez Germain. Il s'informera de ce que vous voulez, et alors vous lui répondrez par ces deux mots : Tours et Bruxelles. Aussitôt il se mettra à vos ordres.

— Et que lui ordonnerai-je ?

— D'aller chercher M. de Laporte, le valet de chambre de la reine. Et quand ce dernier sera venu, vous me l'enverrez.

— C'est bien, mais où et comment vous reverrai-je ?

— Y tenez-vous beaucoup, à me revoir ?

— Certainement.

— Eh bien ! reposez-vous sur moi de ce soin, et soyez tranquille.

D'Artagnan salua Mme Bonacieux en lui lançant le coup d'œil le plus amoureux qu'il lui fut possible, et, tandis qu'il descendait l'escalier, il entendit la porte se fermer à double tour. En deux bonds, il fut au Louvre. Comme il entrait au guichet de l'Échelle, dix heures sonnaient. Les nombreux événements que nous venons de raconter s'étaient succédé en une demi-heure.

Tout s'exécuta comme l'avait annoncé Mme Bonacieux. Dix minutes après, était dans la loge. En deux mots, d'Artagnan le mit au fait et lui indiqua où était Mme Bonacieux. Laporte partit tout en courant. Cependant, à peine eut-il fait dix pas qu'il revint.

— Jeune homme, dit-il, un conseil, si vous le permettez. Vous pourriez être inquiété pour ce qui vient de se passer.

— Vous croyez ?

— Oui. Avez-vous quelque ami dont la pendule retarde ?

— Eh bien ?

— Allez le voir pour qu'il puisse témoigner que vous étiez chez lui à neuf heures et demie. En justice, cela s'appelle un alibi.

D'Artagnan trouva le conseil prudent. Il prit ses jambes à son cou et arriva chez M. de Tréville. Mais au lieu de passer au salon, il demanda à entrer dans son cabinet. On ne fit aucune difficulté pour accéder à sa demande, et l'on alla prévenir M. de Tréville que son jeune compatriote sollicitait une audience particulière. Cinq minutes après, M. de Tréville demandait à d'Artagnan ce qui lui valait sa visite à une heure si avancée.

— Pardon, monsieur, dit d'Artagnan, qui avait profité du moment où il était resté seul pour retarder l'horloge de trois quarts d'heure, mais j'ai pensé que, comme il n'était que neuf heures vingt-cinq minutes, il était encore temps de me présenter chez vous.

— Neuf heures vingt-cinq minutes ! s'écria M. de Tréville en regardant sa pendule. J'aurais cru qu'il était plus tard. Mais, voyons, que me voulez-vous ?

Alors d'Artagnan fit à M. de Tréville un long exposé des craintes qu'il avait conçues à l'égard de la reine. Il lui raconta ce qu'il avait entendu dire des projets du cardinal à l'endroit de Buckingham, et tout cela avec un aplomb dont M. de Tréville fut d'autant mieux la dupe que lui-même avait remarqué qu'il se passait quelque chose de nouveau entre le cardinal, le roi et la reine.

À dix heures sonnant, d'Artagnan quitta M. de Tréville, qui le remercia de ses renseignements et rentra dans le salon. Mais, au bas de l'escalier, il se souvint qu'il avait oublié sa canne : en conséquence, il remonta précipitamment, rentra dans le cabinet, d'un tour de doigt remit la pendule à son heure, pour qu'on ne pût pas s'apercevoir, le lendemain, qu'elle avait été dérangée, et sûr, désormais, qu'il avait un témoin pour prouver son alibi, il redescendit l'escalier et se retrouva bientôt dans la rue.

CHAPITRE II

L'INTRIGUE SE NOUE

Sa visite faite à M. de Tréville, d'Artagnan prit, tout pensif, le plus long pour rentrer chez lui. À quoi pensait-il, tandis qu'il s'écartait ainsi de sa route en regardant les étoiles du ciel et tantôt soupirait, tantôt souriait ?

Il pensait à Mme Bonacieux. La jeune femme était presque un idéal amoureux : jolie, mystérieuse et initiée à nombre de secrets de la cour, ce qui est un attrait irrésistible pour les amants novices.

Paris depuis deux heures était sombre et commençait à se faire désert. Onze heures sonnaient à l'horloge de Saint-Sulpice, quand d'Artagnan reconnut qu'il était tout près du logement d'Aramis et aperçut comme une ombre qui venait depuis l'autre bout de la rue. Elle était enveloppée d'un manteau, mais, à la petitesse de la taille, il comprit vite qu'il s'agissait d'une femme. D'Artagnan fut intrigué.

— Pardieu, se dit d'Artagnan, il serait drôle qu'elle cherche la maison de notre ami !

Et se faisant le plus mince possible, il s'abrita au fond d'une niche. La jeune femme continua de s'avancer, s'approcha du volet d'Aramis et frappa trois fois à intervalles égaux. Le volet s'ouvrit.

D'Artagnan vit que la jeune femme tirait de sa poche un mouchoir blanc, et en fit remarquer le coin à son interlocuteur.

Profitant de la préoccupation dans laquelle la vue du mouchoir paraissait plonger les deux personnages, il alla se coller à un angle de mur d'où son œil pouvait plonger dans l'appartement d'Aramis.

Arrivé là, il pensa jeter un cri de surprise : ce n'était pas Aramis qui causait avec la visiteuse nocturne, c'était une femme. Au même instant, cette dernière tira un autre mouchoir de sa poche et l'échangea avec celui qu'on venait de lui montrer. Puis le volet se referma, la femme qui se trouvait à l'extérieur de la fenêtre se retourna. D'Artagnan reconnut Mme Bonacieux.

Mme Bonacieux ! Il fallait que ce soit pour une affaire bien importante pour qu'elle coure les rues de Paris seule, la nuit, au risque de se faire enlever une seconde fois.

À la vue d'un homme qui se détachait de la muraille, Mme Bonacieux jeta un cri et s'enfuit. D'Artagnan courut après elle. Il la rejoignit au tiers de la rue : la malheureuse était épuisée de terreur, et, quand il lui posa la main sur l'épaule, elle gémit :

— Tuez-moi si vous voulez, mais vous ne saurez rien.

D'Artagnan s'empressa de la rassurer par des protestations de dévouement. Rouvrant les yeux, elle le reconnut...

— Oh ! c'est vous ! dit-elle. Merci, mon Dieu !

— Oui, c'est moi, dit-il. En venant chez Aramis, j'ai vu une femme frapper à sa fenêtre et...

— Aramis ? Qu'est-ce que cela ?

— Allez-vous me dire que vous ne le connaissez pas ?

— C'est la première fois que j'entends prononcer ce nom.

— C'est donc la première fois que vous venez à cette maison ?

— Sans nul doute. D'ailleurs, vous l'avez bien vu : la personne à qui j'ai parlé est une femme.

— Mais qui est-elle ?

— Oh ! cela n'est point mon secret. Maintenant, conduisez-moi.

— Où cela ?

— Vous le verrez, puisque vous me laisserez à la porte.

— Prenez mon bras et marchons alors.

D'Artagnan offrit son bras à Mme Bonacieux, et tous deux gagnèrent le haut de la rue de la Harpe. Arrivée là, la jeune femme sembla reconnaître une porte et s'en approcha.

— Je suis arrivée à ma destination, dit-elle. Mille fois merci de votre compagnie. Le moment est venu de me laisser.

— Et vous n'aurez plus rien à craindre en revenant ? Allons, vous voyez bien qu'il y a encore du danger ! Ah ! madame, confiez-vous à moi : il faut que vos secrets deviennent les miens.

— Gardez-vous-en bien, s'écria la jeune femme avec un sérieux qui fit frissonner d'Artagnan. Ne vous mêlez en rien de ce qui me regarde. Songez aux dangers que vous pouvez courir, vous !

— Moi ?

— Oui, vous. Il y a danger de la prison, il y a danger de la vie !

— Alors, je ne vous quitte plus.

— Monsieur, dit la jeune femme suppliante et joignant les mains, monsieur, au nom du ciel, éloignez-vous !

— Madame, dit le jeune homme, soyez contente, je m'éloigne.

— Mais vous ne me suivrez pas, vous ne m'épierez pas ?

— Je rentre chez moi à l'instant.

— Ah ! vous êtes un brave jeune homme ! s'écria Mme Bonacieux en lui tendant une main.

De l'autre, elle frappa trois coups lents à la porte.

Déjà d'Artagnan s'éloignait. Arrivé à l'angle de la rue, il se retourna : la jolie mercière avait disparu. Il poursuivit son chemin et rentra, où il trouva Planchet qui l'accueillit en ces termes :

— Ha ! monsieur, tout va mal !

— Comment, mal ? demanda d'Artagnan. Qu'est-il donc arrivé ?

— Toutes sortes de malheurs. D'abord M. Athos est arrêté.

— Athos arrêté ! Pourquoi ? Par qui ?

— On l'a trouvé chez vous ; on l'a pris pour vous.

— Et par qui a-t-il été arrêté ?

— Les hommes en noir que vous avez mis en fuite sont allés chercher des gardes. Ils l'ont trouvé ici et l'ont pris pour vous.

— Pourquoi ne s'est-il pas nommé ?

— Il s'en est bien gardé, monsieur. Il s'est au contraire approché de moi et m'a dit : « Ton maître a besoin de sa liberté en ce moment. On le croira arrêté, et cela lui donnera du temps. »

— Brave Athos ! murmura d'Artagnan. Et Porthos et Aramis ?

— Je ne les avais pas trouvés, ils ne sont pas venus.

— Mais ils peuvent venir d'un moment à l'autre. Toi, ne bouge pas d'ici. S'ils viennent, dis-leur de m'attendre à la *Pomme de Pin*. Je cours annoncer tout cela à M. de Tréville, et je les y rejoins.

Et de toute la vitesse de ses jambes, d'Artagnan se dirigea vers le Louvre où la compagnie du capitaine était de garde. Il descendit la rue des Petits-Augustins et remonta le quai pour prendre le pont Neuf. Comme il arrivait à la hauteur de la rue Dauphine, il vit déboucher de cette rue deux personnes dont l'allure le frappa.

L'une était une femme, l'autre, un mousquetaire. Le capuchon de la femme était rabattu, l'homme tenait un mouchoir sur son visage. Cette précaution l'indiquait, ils avaient intérêt à n'être pas reconnus.

Ils prirent le pont ; d'Artagnan les suivit. Au bout de vingt pas, il fut convaincu que cette femme était Mme Bonacieux et que cet homme était Aramis. Il sentit à l'instant même les feux de la jalousie s'agiter dans son cœur. Il ne réfléchit pas qu'il connaissait la jolie mercière depuis trois heures seulement, qu'elle ne lui devait rien qu'un peu de reconnaissance. Il se regarda comme un amant trahi ; le sang lui monta au visage, il résolut de tout éclaircir.

D'Artagnan prit la course, les dépassa, se retourna et s'arrêta devant eux. Ils s'arrêtèrent devant lui.

— Que voulez-vous, monsieur ? demanda le mousquetaire avec un accent étranger qui prouvait à d'Artagnan qu'il s'était trompé.

— Ce n'est pas Aramis ! s'écria-t-il.

— Non, monsieur, ce n'est point Aramis. Je vois que vous m'avez pris pour un autre, et je vous pardonne. Laissez-moi donc passer, puisque ce n'est pas à moi que vous avez affaire.

— Vous avez raison, monsieur, dit d'Artagnan, ce n'est pas à vous que j'ai affaire, c'est à madame.

— Ah ! fit Mme Bonacieux d'un ton de reproche, j'avais votre parole de gentilhomme : j'espérais pouvoir compter dessus.

— Prenez mon bras, madame, dit l'étranger, et continuons.

Cependant d'Artagnan, étourdi par ce qu'il lui arrivait, restait debout et les bras croisés devant le mousquetaire et Mme Bonacieux. Le mousquetaire fit deux pas en avant et l'écarta avec la main. D'Artagnan fit un bond en arrière et tira son épée. En même temps, et avec la rapidité de l'éclair, l'inconnu tira la sienne.

— Au nom du ciel, Milord ! s'écria Mme Bonacieux en se jetant entre les combattants.

— Milord ! s'écria d'Artagnan, illuminé d'une idée subite. Pardon, monsieur ! mais est-ce que vous seriez...

— Milord duc de Buckingham, dit Mme Bonacieux à mi-voix.

— Milord, madame, cent fois pardon, mais j'étais jaloux. À présent, dites-moi comment je puis me faire tuer pour Votre Grâce.

— Vous êtes un brave jeune homme, dit Buckingham en tendant à d'Artagnan une main que celui-ci serra respectueusement. J'accepte vos services : suivez-nous à vingt pas jusqu'au Louvre, et si quelqu'un nous épie, tuez-le !

Mais d'Artagnan n'eut pas l'occasion de donner au noble ministre de Charles Ier cette preuve de son dévouement. Celui-ci et la jeune femme rentrèrent au Louvre sans avoir été inquiétés.

Quant à d'Artagnan, il se rendit aussitôt au cabaret de la *Pomme de Pin*, où il trouva ses amis qui l'attendaient. Sans leur donner d'autre explication, il leur dit qu'il avait terminé seul l'affaire pour laquelle il avait cru un instant avoir besoin de leur intervention.

CHAPITRE 12

GEORGES VILLIERS, DUC DE BUCKINGHAM

Mme Bonacieux et le duc entrèrent au Louvre sans difficulté ; Mme Bonacieux était connue pour appartenir à la reine ; le duc portait l'uniforme des mousquetaires de M. de Tréville, lesquels, comme nous l'avons dit, étaient de garde ce soir-là.

Une fois dans la cour, ils suivirent la muraille pendant environ vingt-cinq pas. Mme Bonacieux poussa alors une petite porte de service, et tous deux la passèrent. Ils montèrent ensuite un escalier, puis elle introduisit le duc dans un appartement éclairé seulement par une lampe en lui disant : « Restez ici, Milord, on va venir. »

Buckingham, resté seul, s'approcha d'une glace. Cet habit de mousquetaire lui allait à merveille. À trente-cinq ans, il passait à juste titre pour le plus beau gentilhomme et pour le plus élégant de France et d'Angleterre. Riche à millions, tout-puissant dans un royaume qu'il bouleversait à sa fantaisie et calmait à son caprice, Georges Villiers, duc de Buckingham, était arrivé à s'approcher plusieurs fois de la fière Anne d'Autriche et à s'en faire aimer.

En ce moment, une porte cachée dans la tapisserie s'ouvrit, et une femme apparut. Buckingham jeta un cri : c'était la reine. Anne d'Autriche se trouvait alors dans tout l'éclat de sa jeunesse. Buckingham resta un instant ébloui : jamais elle ne lui était apparue aussi belle. Il se précipita à ses genoux et baisa le bas de sa robe.

— Duc, vous le savez déjà, ce n'est pas moi qui vous ai écrit.

— Oh ! oui, madame. Mais je n'ai pas tout perdu à ce voyage, puisque je vous vois.

— Oui, répondit Anne, mais vous savez que, moi, je vous vois seulement pour vous dire qu'il ne faut plus nous voir.

— Je n'en veux pas entendre davantage. Vous m'aimez, je le sais, madame. C'est suffisant.

— Je vous aime, moi ?... Je ne sais si je vous aime ou si je ne vous aime pas. Mais ce que je sais, c'est que je ne serai point parjure. Duc, au nom du ciel, partez !

— Vous êtes belle ainsi ! Que je vous aime ! dit Buckingham.

— Partez ! Je vous en supplie. Et revenez plus tard, comme ambassadeur, comme ministre. Alors je ne craindrai plus pour vos jours, et j'aurai du bonheur à vous revoir.

— Oh ! est-ce bien vrai, ce que vous me dites ?

— Oui...

— Eh bien ! un gage de votre indulgence, un objet qui vienne de vous. Une bague, un collier, une chaîne.

— Et partirez-vous, si je vous donne ce que vous demandez ?

— À l'instant même !

Anne d'Autriche rentra dans son appartement et en sortit presque aussitôt, tenant à la main un petit coffret en bois de rose.

— Tenez, Milord, dit-elle, gardez cela en mémoire de moi.

Buckingham prit le coffret et tomba une seconde fois à genoux.

— Vous m'avez promis de partir, dit la reine.

— Et je tiens ma parole. Votre main, madame, et je pars.

Anne d'Autriche tendit le bras en fermant les yeux.

Buckingham appuya avec passion ses lèvres sur la belle main qu'on lui offrait, puis se relevant :

— Avant six mois, dit-il, si je ne suis pas mort, je vous aurai revue, madame, dussé-je bouleverser le monde pour cela.

Et il s'élança hors de l'appartement. Dans le corridor, il rencontra Mme Bonacieux qui l'attendait, et qui, avec les mêmes précautions et le même bonheur, le reconduisit hors du Louvre.

CHAPITRE 13

MONSIEUR BONACIEUX

Il y avait dans tout cela, comme on a pu le remarquer, un personnage dont, malgré sa position précaire, on n'avait paru s'inquiéter que fort médiocrement. Ce personnage était M. Bonacieux, respectable martyr des intrigues politiques et amoureuses qui s'enchevêtraient si bien les unes aux autres, dans cette époque à la fois si chevaleresque et si galante.

Les estafiers qui l'avaient arrêté le conduisirent droit à la Bastille, où il fut conduit dans la chambre des interrogatoires. Il n'y avait pour tout meuble qu'une table, une chaise et un commissaire.

C'était un homme à la mine rébarbative, qui demanda à l'accusé s'il s'appelait bien Jacque-Michel Bonacieux, âgé de cinquante et un ans, mercier retiré, et demeurant rue des Fossoyeurs, au numéro 11.

Bonacieux ayant approuvé d'un signe de tête, le commissaire lui fit un long discours sur le danger qu'il y a pour un bourgeois à se mêler des choses publiques. Il le conclut en annonçant :

— Vous êtes ici accusé de haute trahison !

— Mais ! s'écria Bonacieux épouvanté, c'est impossible !

— Monsieur Bonacieux, vous avez une femme ?

— Oui, répondit le mercier tout tremblant, c'est-à-dire, j'en avais une. Mais on me l'a enlevée, monsieur.

— Ah ! Et savez-vous quel est l'homme qui a commis ce rapt ?

— Je soupçonne, dit-il, un grand brun, de haute mine, lequel a tout à fait l'air d'un grand seigneur. Je ne sais pas son nom, mais si je le rencontre, je le reconnaîtrai à l'instant même entre mille.

Le front du commissaire se rembrunit.

— Mon brave monsieur, poursuivit-il, il se trouve que votre affaire s'est compliquée récemment. Où est votre femme, d'abord ?

— Mais puisque je vous ai dit qu'on me l'avait enlevée.

— Oui, mais grâce à vous, elle s'est échappée.

— Monsieur, ce n'est pas ma faute, je vous le jure.

— Qu'êtes-vous allé faire chez M. d'Artagnan, alors ?

— Le prier de m'aider à retrouver ma femme. Il m'a promis son aide, mais je me suis bientôt aperçu qu'il me trahissait.

— Vous mentez ! M. d'Artagnan a mis en fuite les policiers qui avaient arrêté votre femme et l'a soustraite aux recherches. Il est entre nos mains, heureusement, et vous allez lui être confronté. Faites entrer M. d'Artagnan ! lança-t-il aux gardes.

Les gardes firent entrer Athos.

— Mais ! s'écria Bonacieux, ce n'est pas M. d'Artagnan !

— Comment ! Pas d'Artagnan ? s'écria le commissaire. Votre nom, monsieur ? demanda-t-il en s'adressant au mousquetaire.

— Athos, répondit ce dernier.

— Mais vous avez dit vous appeler d'Artagnan !

— C'est à moi qu'on a dit : « Vous êtes d'Artagnan ! » J'ai répondu : « Vous croyez ? » Les gardes ont répondu qu'ils en étaient sûrs.

— Pourtant, s'écria M. Bonacieux, il n'y a pas de doute à avoir. M. d'Artagnan est mon hôte, je le connais ! C'est un jeune homme de vingt ans à peine, quand monsieur en a trente au moins. Et il est dans les gardes de M. des Essarts, or monsieur est mousquetaire.

— C'est pardieu vrai ! murmura le commissaire. Conduisez les prisonniers dans leurs cachots. Et le secret le plus absolu !

Athos suivit ses gardes en haussant les épaules, et M. Bonacieux en poussant des lamentations à fendre le cœur d'un tigre.

Le soir, vers les neuf heures, Bonacieux entendit des pas dans son corridor. La porte de son cachot s'ouvrit, des gardes parurent.

— Suivez-nous, dirent-ils.

— Vous suivre ! s'écria Bonacieux. Et où cela, mon Dieu ?

— Où nous avons l'ordre de vous conduire.

— Ah ! mon Dieu, murmura le pauvre mercier, en suivant machinalement les gardes, cette fois je suis perdu !

On le fit monter dans une voiture dont on verrouilla les portières et qui se mit bientôt en mouvement, lente comme un char funèbre.

Au moment d'arriver à Saint-Paul, lieu où l'on exécutait les condamnés de la Bastille, Bonacieux faillit défaillir, mais la voiture continua. Au grand soulagement du prisonnier, elle traversa ensuite, sans s'arrêter, la place de Grève, autre lieu des exécutions.

Toutefois, peu avant la Croix-du-Trahoir où on dépêchait les criminels subalternes, il y eut une rumeur, et la voiture s'immobilisa. C'était plus que n'en pouvait supporter le pauvre mercier : il poussa un gémissement et s'évanouit.

CHAPITRE 14

L'HOMME DE MEUNG

Ce rassemblement était produit non point par l'attente d'un homme qu'on devait pendre, mais par la contemplation d'un pendu. La voiture, arrêtée un instant, reprit donc sa marche, traversa la foule, continua son chemin, enfila la rue Saint-Honoré, tourna la rue des Bons-Enfants et s'arrêta devant une porte basse.

Elle s'ouvrit. On fit monter un escalier à Bonacieux, et on le poussa dans une antichambre. Il resta assis sur une banquette avant de comprendre peu à peu que sa frayeur était exagérée.

Un officier de bonne mine ouvrit une portière et demanda :

— C'est vous qui vous nommez Bonacieux ? dit-il.

— Oui, monsieur l'officier, balbutia le mercier plus mort que vif.

— Entrez, dit l'officier.

Le mercier obéit et entra dans un grand cabinet clos et étouffé dans lequel il y avait du feu, quoique l'on soit à peine fin septembre. Une table carrée, couverte de livres et de papiers, en tenait le milieu. Debout devant la cheminée était un homme de moyenne taille, à la mine hautaine et fière, aux yeux perçants, au front large, à la figure amaigrie, qu'allongeait encore une royale surmontée d'une moustache. Cet homme, c'était Armand-Jean Duplessis, cardinal de Richelieu. Le pauvre mercier demeura debout à la porte, tandis que les yeux du cardinal se fixaient sur lui et semblaient vouloir pénétrer jusqu'au fond de sa pensée.

— Vous êtes Bonacieux ? demanda-t-il.

— Oui, monseigneur, répondit ce dernier.

— Vous êtes accusé de haute trahison, dit lentement le cardinal.

— C'est ce qu'on m'a appris, mais je jure que je n'en savais rien.

— Savez-vous qui vous a enlevé votre femme ?

— Non, monseigneur.

— Votre femme s'est échappée. Le saviez-vous ?

— Non, monseigneur, je l'ai appris depuis que je suis en prison.

— Alors vous ignorez ce qu'elle est devenue depuis sa fuite ?

— Absolument, monseigneur.

— Mais dites-moi, quand vous alliez chercher votre femme au Louvre, revenait-elle directement chez vous ?

— Presque jamais. Elle avait affaire à des marchands de toile. Elle me disait de l'attendre dehors, et je l'attendais.

— Savez-vous leurs adresses ?

— N° 25 rue de Vaugirard, n° 75 rue de la Harpe.

On frappa à la porte, qui s'ouvrit pour laisser passer l'officier.

— Le comte est là, et il demande à parler à Votre Éminence.

— À Votre Éminence ! murmura Bonacieux, qui savait que c'était le titre qu'on donnait d'ordinaire à Richelieu.

— Qu'il vienne, alors ! dit Richelieu. Et emmenez cet imbécile !

Le nouveau personnage qu'on introduisit dès que Bonacieux fut sorti s'approcha vivement du cardinal.

— Ils se sont vus, dit-il. La reine et le duc. Au Louvre.

— Comment cela s'est-il passé ?

— À minuit passé, la reine était avec ses femmes dans sa chambre à coucher, lorsqu'on est venu lui remettre un mouchoir de la part de sa lingère. Aussitôt, elle a manifesté une grande émotion. Elle s'est levée, a ouvert la porte de son alcôve, et elle est sortie.

— Combien de temps la reine est-elle restée hors de la chambre ?

— Trois quarts d'heure. Elle est rentrée ensuite pour prendre un petit coffret de bois de rose et sortir aussitôt. Quand elle est rentrée plus tard, elle n'a pas rapporté le coffret.

— Sait-on ce qu'il y avait dans ce coffret ? demanda le cardinal.

— Les ferrets en diamants que Sa Majesté le roi a donnés à la reine. Elle les a remis à Buckingham !

— Bien ! Rochefort, tout n'est pas perdu ! Et peut-être... Au fait, savez-vous où se cachaient Mme de Chevreuse et Buckingham ?... Je le sais, moi. Ils se tenaient, l'un rue de Vaugirard au n° 25, et l'autre rue de la Harpe, n° 75. Prenez dix hommes de mes gardes et fouillez les deux maisons !

— J'y vais, dit Rochefort en s'élança hors du cabinet.

Le cardinal, resté seul, réfléchit un instant et sonna une troisième fois. Le même officier reparut.

— Remettez ce sac de cent pistoles au prisonnier, dit le cardinal, et laissez-le aller. Dites-lui que nous nous sommes mépris sur son compte et que c'est un brave homme.

Quelque temps après, le cardinal entendit Bonacieux qui criait à tue-tête : « Vive Son Éminence ! Vive le grand cardinal ! »

— Bien, dit Richelieu en souriant, voici désormais un homme qui se fera tuer pour moi.

Et il se mit à examiner avec la plus grande attention la carte de La Rochelle, qui était déployée sur son bureau. Comme il était au plus profond de ses méditations stratégiques, la porte se rouvrit, et Rochefort rentra.

— Effectivement, une jeune femme et un homme d'environ trente-cinq ans ont logé là cinq jours. Mais ils sont partis.

— C'étaient eux ! Mais il est trop tard pour courir après. C'est à Londres qu'il faut les rejoindre.

— Quels sont les ordres de Votre Éminence ?

— Pas un mot de ce qui s'est passé ; que la reine ignore que nous savons son secret. Envoyez-moi Vitray.

Le comte de Rochefort s'inclina et se retira. Resté seul, le cardinal écrivit une lettre qu'il cacheta de son sceau.

Un instant après, l'homme qu'il avait demandé était devant lui, tout botté.

— Vitray, dit-il, vous allez partir pour Londres. Vous remettrez cette lettre à Milady.

Le messager, sans répondre un seul mot, prit la lettre et s'inclina.

Voici ce que contenait la lettre :

Milady,

Trouvez-vous au prochain bal avec le duc de Buckingham. Il aura à son pourpoint douze ferrets de diamants. Coupez-en deux. Aussitôt qu'ils seront en votre possession, prévenez-moi.

CHAPITRE 15

GENS DE ROBE ET GENS D'ÉPÉE

Le lendemain du jour où ces événements étaient arrivés, Athos n'ayant point reparu, M. de Tréville avait été prévenu par d'Artagnan et par Porthos de sa disparition.

Le capitaine des mousquetaires se rendit donc chez le lieutenant criminel, et des indications successives lui apprirent qu'Athos était logé au For-l'Évêque. Sortant de chez le gouverneur du lieu sans avoir pu trouver Athos, il alla chez Sa Majesté.

En ce moment, M. le cardinal était chez le roi. Dès que Son Éminence lui avait dit que Mme de Chevreuse était venue à Paris, le roi était entré dans une furieuse colère. Elle avait redoublé quand il avait appris que, au moment d'arrêter l'émissaire de la reine auprès de l'exilée, un mousquetaire avait osé interrompre le cours de la justice en tombant l'épée à la main sur d'honnêtes gens de loi.

Ce fut alors que M. de Tréville entra.

— Vous arrivez bien, monsieur, dit le roi. J'en apprends de belles sur le compte de vos mousquetaires !

— Et moi, dit froidement Tréville, j'en ai de belles à dire à Votre Majesté sur ses gens de robe. J'ai l'honneur d'apprendre à Votre Majesté qu'un parti de procureurs, de commissaires et de gens de police s'est permis d'arrêter dans une maison, d'emmener en pleine rue et de jeter au For-l'Évêque un de vos mousquetaires, que Votre Majesté connaît favorablement : M. Athos.

— Athos, dit le roi machinalement, je connais ce nom-là.

— M. Athos était allé rendre visite à l'un de ses amis alors absent, continua M. de Tréville, mais à peine venait-il d'arriver qu'une nuée de recors l'a saisi et l'a emmené comme un malfaiteur.

— M. de Tréville ne précise pas, dit le cardinal, que ce mousquetaire innocent venait, une heure auparavant, de frapper à coups d'épée quatre commissaires instructeurs délégués par moi.

— Je défie Votre Éminence de le prouver ! s'écria M. de Tréville. En effet, une heure auparavant, M. Athos causait dans mon salon avec le duc de la Trémouille et le comte de Châlus.

Le roi regarda le cardinal.

— Dans la maison où cette descente de justice a été faite, dit le cardinal impassible, loge, je crois, un Béarnais.

— Votre Éminence veut parler de M. d'Artagnan, sans doute. Il a aussi passé la soirée chez moi.

— Ah çà mais, tout le monde a donc passé la soirée chez vous ?

— Son Éminence douterait-elle de ma parole ? dit Tréville.

— Dieu m'en garde ! Mais à quelle heure était-il chez vous ?

— Oh ! cela, je puis le dire à Votre Éminence, car, comme il entrait, j'ai remarqué qu'il était seulement neuf heures et demie à la pendule, alors que j'aurais cru qu'il était plus tard.

— Et à quelle heure est-il sorti de votre hôtel ?

— À dix heures et demie, une heure juste après l'événement.

— Mais enfin, répondit le cardinal qui sentait la victoire lui échapper, M. Athos a été pris dans une maison suspecte.

— J'ignorais qu'elle était suspecte, dit le capitaine, mais je nie qu'elle le soit dans la partie qu'habite M. d'Artagnan. Il n'existe pas un plus dévoué serviteur de Sa Majesté et de M. le cardinal.

— N'est-ce pas celui qui a blessé un jour Cahusac ? demanda le roi en regardant le cardinal, qui rougit de dépit.

— Et le lendemain Bernajoux, dit Tréville. Sire, c'est bien lui !

— Allons, que résolvons-nous ? demanda le roi.

— Sire, dit Tréville, ordonnez de me rendre mon mousquetaire.

— Voyons, dit le roi, me jurez-vous que M. Athos était chez vous pendant l'événement et qu'il n'y a point pris part ?

— Par votre glorieux père, je le jure !

— Si nous relâchons le prisonnier, on ne pourra plus connaître la vérité, risqua le cardinal.

— M. Athos sera toujours là, reprit M. de Tréville. Il ne désertera pas, monsieur le cardinal ! Je réponds de lui, moi.

— Signez l'ordre de mise en liberté, sire, reprit le cardinal. Je crois que la garantie de M. de Tréville est plus que suffisante.

Le roi signa l'ordre d'élargissement, et Tréville l'emporta sans retard. Mais, à peine le capitaine des mousquetaires eut-il fermé la porte derrière lui, que Son Éminence dit au roi :

— Maintenant que nous sommes seuls, nous allons causer sérieusement, s'il plaît à Votre Majesté... M. de Buckingham était à Paris depuis cinq jours et n'en est parti que ce matin.

CHAPITRE 16

MONSIEUR LE GARDE DES SCEAUX SÉGUIER

Il est impossible de se faire une idée de l'impression que ces quelques mots produisirent sur Louis XIII ; il rougit et pâlit successivement, et le cardinal vit tout d'abord qu'il venait de reconquérir d'un seul coup tout le terrain qu'il avait perdu.

— Buckingham à Paris ! s'écria le roi. Et qu'y vient-il faire ?

— Conspirer avec vos ennemis les huguenots et les Espagnols.

— Non ! Conspirer contre mon honneur !

— Oh, non ! La reine est trop sage, et aime trop Votre Majesté !

— La femme est faible, monsieur le cardinal, dit le roi

— Au fait, répondit ce dernier, Votre Majesté m'y fait penser : Mme de Lannoy m'a dit que toute la journée la reine avait écrit.

— À lui ! s'écria le roi. Il me faut les papiers de la reine.

— Seulement, sire, ni moi ni Votre Majesté ne pouvons nous charger d'une pareille mission.

— Pourtant, monsieur le duc, il me faut ses lettres !

— Il y aurait un moyen : charger de cette mission M. le garde des Sceaux Séguier. La chose entre dans les devoirs de sa charge.

— Faites venir M. Séguier. Instruisez-le de mes ordres et envoyez-le chez la reine.

Peu de temps après, on annonça à la reine la visite de M. Séguier. Le chancelier entra demi-souriant, demi-rougissant. À peine Anne d'Autriche l'eut-elle aperçu qu'elle demanda d'un ton de suprême hauteur :

— Dans quel but, monsieur, vous présentez-vous ici ?

— Pour y faire, madame, une perquisition exacte dans vos papiers, au nom du roi.

— Comment ! À moi ! Mais voilà une chose indigne ! Ah ! monsieur, je suis une criminelle, à ce qu'il paraît. Fouillez donc ! Estefania, donnez les clés de mes tables et de mes secrétaires.

Le chancelier fit une visite des meubles pour la forme. Puis :

— À présent, dit-il, il me reste à faire la perquisition principale. Sa Majesté est sûre que vous avez écrit une lettre dans la journée.

La reine fit un pas en arrière, si pâle qu'on aurait dit qu'elle allait mourir, et, s'appuyant de la main gauche à une table pour ne pas tomber, elle tira de la droite un papier de sa poitrine et le tendit au garde des Sceaux.

— Tenez ! monsieur, la voici, cette lettre ! Prenez-la, et me délivrez de votre odieuse présence.

Le chancelier prit la lettre, salua jusqu'à terre et se retira. Il alla la porter au roi sans la lire. Louis XIII la prit d'une main tremblante, devint très pâle, l'ouvrit lentement, puis, voyant qu'elle était adressée au roi d'Espagne, il la lut très rapidement.

C'était tout un plan d'attaque en règle contre le cardinal, mais il n'y avait pas un seul mot d'amour dans toute la missive. Le roi, tout joyeux, se rendit aussitôt auprès du cardinal.

— Tenez, duc, lui dit-il, vous aviez raison. Toute l'intrigue est politique, et il n'était aucunement question d'amour.

Le cardinal prit la lettre et la lut avec la plus grande attention.

— Seulement, sire, dit-il en la reposant, voilà que vous avez mis inutilement la reine en colère. Si elle boudait, Votre Majesté, je le comprendrais. Faites-vous pardonner.

— Oui ! Mais comment ?

— En lui offrant une chose que vous saurez lui être agréable. Donnez un bal : vous savez combien la reine aime la danse.

Cette dernière, qui s'attendait à des reproches, fut fort étonnée d'entendre le roi lui dire qu'il comptait bientôt donner une fête. C'était une occasion si rare pour elle que, à cette annonce, la dernière trace de ses ressentiments disparut. Elle demanda quel jour elle devait avoir lieu. Le roi répondit qu'il verrait ce point avec Son Éminence, et dix jours s'écoulèrent ainsi.

Puis le cardinal reçut une lettre, au timbre de Londres, qui contenait seulement ces quelques lignes :

Je les ai. Dans quinze jours, je serai à Paris.

Le jour même, quand le roi lui demanda s'il avait envisagé une date pour le bal, Richelieu compta sur ses doigts et répondit :

— Sire, nous sommes le 20 septembre. Les échevins de la ville donnent une fête le 3 octobre. Cela tombera à merveille.

Puis il ajouta :

— À propos, sire, n'oubliez pas de dire à Sa Majesté la reine que vous désirez voir comment lui vont ses ferrets de diamants.

CHAPITRE 17

LE MÉNAGE BONACIEUX

C'était la seconde fois que le cardinal revenait sur ce point des ferrets de diamants avec le roi. Louis XIII fut donc frappé de cette insistance, et pensa que cette recommandation cachait un mystère.

Plus d'une fois le roi avait été humilié que le ministre soit mieux instruit que lui-même de ce qui se passait dans son propre ménage. Il espéra donc tirer quelque lumière d'une conversation avec Anne d'Autriche et revenir auprès de Son Éminence avec un nouveau secret. Il alla donc trouver la reine et pensa que c'était le moment de placer la recommandation relative aux ferrets de diamants.

Anne d'Autriche crut que Louis XIII savait tout. Elle devint excessivement pâle et ne répondit pas une seule syllabe.

— Vous entendez, madame, insista le roi. Vous porterez les ferrets que je vous ai offerts pour votre fête.

— Oui, sire, balbutia la reine.

— C'est bien, dit le roi en se retirant. J'y compte.

— Je suis perdue, murmura la reine avant d'éclater en sanglots.

— Ne puis-je donc être bonne à rien à Votre Majesté ? dit tout à coup une voix pleine de douceur et de pitié.

À l'une des portes qui donnaient dans l'appartement de la reine apparut la jolie Mme Bonacieux. La reine poussa un cri perçant.

— Ne craignez rien, madame, dit la jeune femme. Je suis toute dévouée à Votre Majesté, et je crois avoir trouvé un moyen de la tirer de peine. Ces ferrets, il faut les ravoir et envoyer quelqu'un au duc.

— Certes, oui ! Mais qui ?... À qui me fier ?

— Mon mari a été remis en liberté. C'est un brave et honnête homme qui fera tout ce que je voudrai. Il partira et remettra votre lettre au duc sans même savoir qu'elle est de Votre Majesté.

La reine prit les deux mains de la jeune femme, la regarda, et ne voyant que sincérité dans ses beaux yeux, elle l'embrassa. Puis elle courut à une petite table sur laquelle elle écrivit deux lignes. Elle cacheta la lettre de son cachet, et la remit à Mme Bonacieux.

Mme Bonacieux baisa les mains de la reine, cacha le papier dans son corsage et disparut avec la légèreté d'un oiseau. Dix minutes après, elle était chez elle où elle trouva M. Bonacieux seul.

Les deux époux, bien qu'ils ne se soient pas vus depuis plus de huit jours, s'abordèrent avec une certaine froideur. Néanmoins, M. Bonacieux s'avança vers sa femme et lui baisa le front.

— Causons un peu, dit cette dernière. J'ai une chose du plus haut intérêt à vous dire dont dépend notre fortune à venir peut-être.

— Notre fortune a changé de face depuis que je ne vous ai vue, madame Bonacieux ! Et je ne serais pas étonné que, d'ici peu, elle ne fasse envie à beaucoup de gens.

— Surtout si vous suivez les instructions que je vous donnerai.

— Que faut-il faire ?

— Vous partirez sur-le-champ pour Londres. Je vous remettrai un papier dont vous ne vous dessaisirez sous aucun prétexte et que vous remettrez en mains propres.

— Des intrigues encore ! Merci, je m'en défie maintenant que M. le cardinal m'a éclairé là-dessus.

— Le cardinal ! s'écria Mme Bonacieux. Vous l'avez vu ?

— Il m'a tendu la main et m'a appelé son ami ! Entendez-vous, madame ? Je suis l'ami du grand cardinal et du comte de Rochefort.

— Le comte de Rochefort ! Mais c'est celui qui m'a enlevée !

— Ne m'avez-vous pas dit que cet enlèvement était politique ?

— Oui ! Il avait pour but de me faire trahir ma maîtresse.

— Madame, reprit Bonacieux, votre maîtresse est une perfide Espagnole, et ce que le grand cardinal fait est bien fait.

— Je vous savais lâche, avare et imbécile, mais pas infâme !

— Madame, dit le mercier sans souci de ces reproches, je refuse, décidément. Les intrigues me font peur. J'ai vu la Bastille, moi !

— J'y renoncerai donc, dit-elle en soupirant. N'en parlons plus.

Là-dessus, Bonacieux, qui avait à faire en ville, baisa la main de sa femme et s'en alla.

— Ah ! monsieur Bonacieux, dit-elle lorsque son mari eut refermé la porte de la rue, je ne vous ai jamais beaucoup aimé mais, maintenant, je vous hais, et sur ma parole, vous me le paierez !

Au moment où elle disait ces mots, un coup au plafond lui fit lever la tête, et une voix qui lui parvint à travers le plancher cria :

— Chère madame, ouvrez-moi la petite porte de l'allée, et je vais descendre près de vous.

CHAPITRE 18

L'AMANT ET LE MARI

— Hé ! madame, dit d'Artagnan en entrant par la porte que lui ouvrait la jeune femme, permettez-moi de vous le dire, vous avez là un triste mari.

— Vous avez donc entendu notre conversation ? demanda Mme Bonacieux en regardant d'Artagnan avec inquiétude. Et qu'avez-vous compris à ce que nous disions ?

— Mille choses : d'abord, que votre mari est un niais et un sot. Heureusement, puisque cela me donne une occasion de me mettre à votre service. Ensuite que la reine a besoin d'un homme brave, intelligent et dévoué pour faire un voyage à Londres. J'ai les qualités qu'il vous faut, et me voilà !

Mme Bonacieux ne répondit pas, mais son cœur battait de joie.

— Et quelle garantie me donnerez-vous, demanda-t-elle, si je vous confie cette mission ?

— Mon amour pour vous ! Ordonnez : que faut-il faire ?

— Mon Dieu ! murmura la jeune femme, dois-je vous confier un pareil secret, monsieur ?

— Allons, je vois qu'il vous faut quelqu'un qui réponde de moi.

— J'avoue que cela me rassurerait fort.

— Connaissez-vous Athos ? Non. Porthos ? Non plus. Aramis ?

— Non. Quels sont ces messieurs ?

— Des mousquetaires du roi. Connaissez-vous M. de Tréville, leur capitaine ?

— Oui ! Oh ! pas personnellement, mais pour en avoir entendu la reine en parler comme d'un brave et loyal gentilhomme.

— Vous ne craignez pas qu'il vous trahisse pour le cardinal ?

— Oh ! non, certainement !

— Eh bien ! révélez-lui votre secret et demandez-lui si vous pouvez me le confier.

— Mais ce secret ne m'appartient pas, je ne puis le révéler ainsi.

— Alors, mettez-moi donc à l'épreuve.

Mme Bonacieux regarda le jeune homme. Il y avait une telle ardeur dans ses yeux, une telle persuasion dans sa voix, qu'elle se sentit entraînée à se fier à lui. D'ailleurs, il fallait risquer le tout pour le tout : la reine était aussi bien perdue par une trop grande retenue que par une trop grande confiance. Puis, le sentiment qu'elle éprouvait pour ce jeune protecteur la décida à parler.

— Je cède à vos assurances, lui dit-elle. Mais je jure devant Dieu que si vous me trahissez, je me tuerai en vous accusant de ma mort.

— Et moi, je jure, madame, dit d'Artagnan, que si je suis pris en accomplissant les ordres que vous me donnez, je mourrai avant de rien faire ou dire qui compromette quelqu'un.

Alors la jeune femme lui confia le terrible secret dont le hasard lui avait déjà révélé une partie en face des guichets du Louvre.

Ce fut leur mutuelle déclaration d'amour. D'Artagnan rayonnait de joie et d'orgueil. Ce secret qu'il possédait, cette femme qu'il aimait, la confiance et l'amour, faisaient de lui un géant.

— Je pars ! dit-il. Je pars sur-le-champ !

— Vous partez ! s'écria Mme Bonacieux. Et votre régiment ?

— Vous me l'aviez fait oublier, chère Constance. Mais vous avez raison, il me faut un congé.

— Encore un obstacle ! murmura Mme Bonacieux avec douleur.

— Oh ! celui-là n'est pas grand, s'écria d'Artagnan. J'irai trouver M. de Tréville, que je chargerai de demander pour moi cette faveur à son beau-frère, M. des Essarts.

— Autre chose... Vous n'avez peut-être pas d'argent ?

— Peut-être est de trop, dit d'Artagnan en souriant.

— Alors, reprit Mme Bonacieux en ouvrant une armoire et en tirant de cette armoire le sac de pistoles que son mari y avait rangé si amoureusement. Prenez cet or, c'est celui du cardinal !

— Pardieu ! s'écria d'Artagnan, ce sera une chose doublement divertissante que de sauver la reine avec l'argent de Son Éminence !

— Vous êtes un aimable et charmant jeune homme, dit Mme Bonacieux. Croyez que Sa Majesté ne sera point ingrate.

— Oh ! je suis déjà grandement récompensé, s'écria d'Artagnan. Je vous aime et vous me permettez de vous le dire. C'est déjà plus de bonheur que je n'en osais espérer !

— Silence ! dit Mme Bonacieux en tressaillant. On parle dans la rue. C'est la voix de mon mari. Je l'ai reconnue !

D'Artagnan courut à la porte et poussa le verrou.

— Il n'entrera pas avant que je ne sois parti, dit-il.

— Mais je devrais être partie aussi, moi. La disparition de cet argent, comment la justifier si je suis là ?

— Vous avez raison, il faut sortir.

— Sortir, comment ? Il nous verra si nous sortons.

— Alors il faut monter chez moi.

— Ah ! s'écria-t-elle, vous dites cela d'un ton qui me fait peur !

Mme Bonacieux prononça ces paroles avec une larme dans les yeux. D'Artagnan vit cette larme, et, attendri, il se jeta à ses genoux.

— Chez moi, dit-il, vous serez en sûreté comme dans un temple, je vous en donne ma parole de gentilhomme.

— Partons, dit-elle, je me fie à vous, mon ami.

D'Artagnan rouvrit avec précaution le verrou et tous deux, légers comme des ombres, se glissèrent dans l'allée par la porte intérieure, montèrent sans bruit l'escalier et entrèrent dans la chambre à l'étage. Une fois chez lui, le jeune homme barricada la porte. Puis, ils s'approchèrent de la fenêtre, et par une fente du volet ils virent

M. Bonacieux qui causait avec un homme en manteau. À sa vue, d'Artagnan bondit et, tirant son épée à demi, s'élança vers la porte.

C'était l'homme de Meung.

— Que faites-vous ? s'écria Mme Bonacieux ; vous nous perdez.

— Mais j'ai juré de tuer cet homme ! dit d'Artagnan.

— Votre vie, en ce moment, ne vous appartient pas ! Au nom de la reine, je vous défends de vous jeter dans un péril étranger à celui du voyage.

— Et en votre nom, n'ordonnez-vous rien ?

— En mon nom, je vous en prie, dit Mme Bonacieux avec une vive émotion. Mais écoutons : il me semble qu'ils parlent de moi.

D'Artagnan se rapprocha de la fenêtre et prêta l'oreille.

M. Bonacieux avait rouvert sa porte, et, voyant l'appartement vide, il était revenu à l'homme au manteau qu'il avait laissé seul.

— Elle est partie, dit-il. Elle sera retournée au Louvre.

— Vous êtes sûr, répondit l'étranger, qu'elle ne s'est pas doutée dans quelles intentions vous êtes sorti ?

— Non, répondit Bonacieux, c'est une femme trop superficielle.

— Le cadet aux gardes est il chez lui ?

— Je ne le crois pas. On ne voit pas de lumière briller à travers les fenêtres.

— C'est égal, il faudrait s'en assurer en allant frapper à sa porte.

Bonacieux rentra chez lui, prit la porte qui venait de donner passage aux fugitifs, monta jusqu'au palier de d'Artagnan et frappa. Personne ne répondit. Planchet était sorti, et d'Artagnan n'eut garde de donner signe d'existence.

— Il n'y a personne chez lui, dit Bonacieux.

— Rentrons toujours chez vous, nous serons mieux pour parler.

— Hélas ! murmura Mme Bonacieux, nous n'allons plus rien entendre.

— Au contraire, dit d'Artagnan, nous n'entendrons que mieux.

Il enleva les quatre carreaux que Planchet avait replacés, se mit à genoux et fit signe à son invitée de se pencher vers l'ouverture.

— Vous pensez que votre femme est retournée au Louvre, sans parler à aucune autre personne qu'à vous ? demanda le visiteur.

— Ainsi, la nouvelle que je vous ai apportée a donc une valeur.

— Très grande, mon cher Bonacieux, je ne vous le cache pas.

— Alors le grand cardinal sera content de moi ?

— Je n'en doute pas. Mais êtes-vous sûr que, en parlant avec vous, votre femme n'a pas prononcé de noms propres ?

— Oui ! Elle m'a dit seulement qu'elle voulait m'envoyer à Londres pour servir les intérêts d'une personne illustre.

— Le traître ! murmura Mme Bonacieux.

— Silence ! dit d'Artagnan en lui prenant une main qu'elle lui abandonna sans y penser.

— N'importe, continua l'homme au manteau, vous êtes un niais de n'avoir pas feint d'accepter la mission. Vous auriez la lettre à présent. L'État qu'on menace était sauvé, et vous... Eh bien ! le cardinal vous donnait des lettres de noblesse.

— Il vous l'a dit ?

— Oui, je sais qu'il voulait vous faire cette surprise.

— Soyez tranquille, reprit Bonacieux. Il est encore temps.

— Comment est-il encore temps ? reprit l'homme au manteau.

— Je retourne au Louvre, je demande Mme Bonacieux, je dis que j'ai réfléchi, j'obtiens la lettre, et je cours chez le cardinal.

— Allez vite ! Je reviendrai savoir le résultat de votre démarche.

L'inconnu sortit.

— L'infâme ! dit Mme Bonacieux à l'adresse de son mari.

Silence ! dit d'Artagnan en lui serrant la main plus fort.

Un hurlement terrible interrompit alors les réflexions de d'Artagnan et de Mme Bonacieux. C'était le mari, qui s'était aperçu de la disparition de son sac et qui criait au voleur.

— L'idiot ! dit Mme Bonacieux, il va ameuter tout le quartier.

Le mercier cria longtemps puis, voyant que personne ne venait, il sortit en continuant de crier, et l'on entendit sa voix qui s'éloignait dans la direction de la rue du Bac.

— Maintenant qu'il est parti, à votre tour de vous éloigner, dit Mme Bonacieux. Du courage, mais surtout de la prudence !

— Soyez tranquille, belle Constance ! s'écria d'Artagnan, je reviendrai digne de la reconnaissance de la reine. Mais reviendrai-je digne aussi de votre amour ?

La jeune femme ne répondit que par la vive rougeur qui colora ses joues. Quelques instants après, d'Artagnan sortit à son tour, enveloppé d'un grand manteau. Mme Bonacieux le suivit des yeux avec ce regard dont la femme accompagne l'homme qu'elle se sent aimer. Mais lorsqu'il eut disparu à l'angle de la rue, elle tomba à genoux, et joignant les mains :

— Mon Dieu ! s'écria-t-elle, protégez la reine, protégez-moi !

CHAPITRE 19

PLAN DE CAMPAGNE

D'Artagnan se rendit droit chez M. de Tréville. Il avait réfléchi que dans quelques minutes le cardinal serait averti par ce damné inconnu, qui paraissait être son agent, et il pensait avec raison qu'il n'y avait pas un instant à perdre.

Le cœur du jeune homme débordait de joie. Une aventure où il y avait à la fois gloire à acquérir et argent à gagner se présentait à lui et venait de le rapprocher d'une femme qu'il adorait. Ce hasard faisait plus pour lui qu'il n'aurait osé demander à la Providence.

Il alla droit au cabinet du capitaine et le fit prévenir qu'il l'attendait pour chose d'importance. Au bout de cinq minutes à peine, ce dernier entra et, au premier coup d'œil, comprit qu'il se passait effectivement quelque chose de nouveau.

Tout le long de la route, d'Artagnan s'était demandé s'il se confierait à lui ou si seulement il lui demanderait de lui accorder carte blanche pour une affaire secrète. Mais M. de Tréville était si fort dévoué au roi et à la reine, il haïssait si cordialement le cardinal, que d'Artagnan avait résolu de tout lui dire.

— Vous m'avez fait demander, mon jeune ami ? dit M. de Tréville. Alors, je vous écoute.

— Il ne s'agit de rien moins, dit d'Artagnan en baissant la voix, que de l'honneur et peut-être de la vie de la reine. Le hasard m'a rendu maître d'un secret...

— ... Que vous garderez, j'espère, jeune homme, sur votre vie.

— Mais que je dois vous confier, car vous seul pouvez m'aider dans la mission que je viens de recevoir de Sa Majesté.

— Et pourquoi donc allez-vous le trahir vis-à-vis de moi ?

— J'ai peur que vous ne me refusiez la grâce que je viens vous demander, si vous ne savez pas dans quel but je vous la demande.

— Gardez votre secret, et dites-moi ce que vous désirez.

— Je désire que vous obteniez de M. des Essarts un congé de quinze jours. Et ce, cette nuit même.

— Vous quittez Paris ? Pouvez-vous me dire où vous allez ?

— À Londres.

— Quelqu'un a-t-il intérêt que vous n'arriviez pas à votre but ?

— Le cardinal, je le crois, donnerait tout au monde pour m'empêcher de réussir.

— Et vous partez seul ? En ce cas, vous ne passerez pas Bondy, foi de Tréville. Croyez-moi, dans les entreprises de ce genre, il faut être quatre pour arriver un.

— Mais vous savez si je puis disposer d'Athos, Porthos et Aramis !

— Je puis leur envoyer à chacun un congé de quinze jours, voilà tout. À Athos, que sa blessure fait toujours souffrir, pour aller aux eaux de Forges. À Porthos et à Aramis, pour suivre leur ami. L'octroi de leur congé sera la preuve que j'autorise le voyage.

— Merci, monsieur, et vous êtes cent fois bon.

— Allez donc les trouver à l'instant même. Avant deux heures du matin, les quatre congés seront à vos domiciles respectifs.

— Ayez la bonté d'envoyer le mien chez Athos, dit d'Artagnan. Je craindrais, chez moi, de faire quelque mauvaise rencontre.

— Soyez tranquille. Adieu, et bon voyage !

D'Artagnan salua M. de Tréville, et s'en alla. Sa première visite fut pour Aramis. Ils causaient depuis quelques instants quand un serviteur de M. de Tréville entra, porteur d'un paquet cacheté.

— Le congé que monsieur a demandé, annonça le laquais.

— Moi ? je n'ai pas demandé de congé.

— Taisez-vous et prenez ! dit d'Artagnan. Et vous, vous direz à M. de Tréville, ajouta-t-il à l'intention du laquais, que M. Aramis le remercie bien sincèrement. Allez !

— Que signifie cela ? demanda Aramis.

— Prenez ce qu'il vous faut pour un voyage de quinze jours, et suivez-moi. Nous partons en Angleterre.

— Et quelle cause nous y fait aller ? demanda Aramis.

— Vous le saurez un jour, Aramis. Mais pas pour le moment.

— Bien ! je suis prêt à vous suivre. Vous dites que nous allons...

— Chez Athos, pour commencer. À propos, prévenez Bazin.

— Bazin vient avec nous ? demanda Aramis.

— Du moins jusque chez Athos. Après, nous aviserons.

Aramis appela Bazin, et après lui avoir ordonné de le venir rejoindre chez Athos :

— Partons donc, dit-il en prenant son manteau, son épée et ses pistolets.

Tous deux arrivèrent bientôt chez Athos. Ils le trouvèrent tenant son congé d'une main et une lettre de M. de Tréville de l'autre.

— Pouvez-vous m'expliquer ce que signifient ce congé et cette lettre que je viens de recevoir ? demanda Athos étonné.

Mon cher Athos,

Je veux bien, puisque votre santé l'exige absolument, que vous vous reposiez quinze jours. Allez donc prendre les eaux de Forges et rétablissez-vous promptement.

Votre affectionné,

TRÉVILLE

— Eh bien ! ils signifient qu'il faut me suivre, Athos.

— Aux eaux de Forges ?

— Là ou ailleurs.

— Pour le service du roi ?

— Ou de la reine : ne sommes-nous pas serviteurs des deux ?

En ce moment, Porthos entra.

— Pardieu ! dit-il, depuis quand accorde-t-on aux mousquetaires des congés sans qu'ils les demandent ?

— Depuis qu'ils ont des amis qui les demandent pour eux, dit d'Artagnan.

— Ah ! ah ! dit Porthos, il y a du nouveau ici !

— Oui, nous partons, dit Aramis.

— Pour Londres, messieurs ! dit d'Artagnan.

— Et qu'allons-nous faire à Londres ? s'écria Porthos.

— Je ne puis vous le dire, messieurs. Il faut vous fier à moi.

— Mais, ajouta Porthos, il faut de l'argent pour aller à Londres.

— J'en ai, reprit d'Artagnan en posant son trésor sur la table. Prenons chacun soixante-quinze pistoles. C'est autant qu'il en faut. D'ailleurs, soyez tranquilles, nous n'arriverons pas tous à Londres. Selon toute probabilité, il y en aura quelques-uns d'entre nous qui resteront en route.

— Mais est-ce donc une campagne que nous entreprenons ?

— Et des plus dangereuses, je vous en avertis.

— Puisque nous risquons de nous faire tuer, dit Porthos, je voudrais bien savoir pourquoi, au moins.

— Je suis de l'avis de Porthos, dit Aramis.

— Le roi a-t-il l'habitude de vous rendre des comptes ? demanda d'Artagnan. Non. Il vous dit : « Messieurs, allez vous battre ! » et vous y allez. Pourquoi ? Vous ne vous en inquiétez même pas.

— D'Artagnan a raison, dit Athos. Allons nous faire tuer où l'on nous dit d'aller. D'Artagnan, je suis prêt à te suivre.

— Et moi aussi ! dit Porthos.

— Et moi aussi ! dit Aramis.

— Quand partons-nous ? demanda Athos.

— Tout de suite, répondit d'Artagnan. Il n'y a pas une minute à perdre.

— Holà ! Grimaud, Planchet, Mousqueton, Bazin ! crièrent les quatre jeunes gens. Graissez nos bottes et amenez les chevaux.

Les quatre valets partirent en toute hâte.

— Maintenant, dressons le plan de la campagne, dit Porthos. Où allons-nous d'abord ?

— À Calais, dit d'Artagnan ; c'est le chemin le plus direct pour arriver à Londres.

— Eh bien ! dit Porthos, voici mon avis. Quatre hommes voyageant ensemble seraient suspects. D'Artagnan nous donnera à chacun ses instructions. Je partirai en avant par la route de Boulogne pour éclairer le chemin. Athos partira deux heures après par celle d'Amiens. Aramis nous suivra par celle de Noyon. Quant à d'Artagnan, il partira par celle qu'il voudra avec les habits de Planchet, tandis que Planchet suivra avec l'uniforme des gardes.

— Messieurs, dit Athos, mon avis est qu'il ne convient pas de mettre en rien des laquais dans une pareille affaire.

— Le plan de Porthos me semble impraticable, dit d'Artagnan, car j'ignore quelles instructions je puis vous donner. Je suis porteur d'une lettre, voilà tout. Il faut donc, à mon avis, voyager de compagnie. Cette lettre est là, dans cette poche. Si je suis tué, l'un de vous la prendra, et vous continuerez la route. S'il est tué, ce sera le tour d'un autre. Pourvu qu'un seul arrive, c'est tout ce qu'il faut.

— Bravo, d'Artagnan ! ton avis est le mien, dit Athos. Au lieu des eaux de Forges, je vais prendre les eaux de mer et vous m'accompagnez. On veut nous arrêter, je montre la lettre de M. de Tréville et vous montrez vos congés. On nous attaque, nous nous défendons. On aurait trop bon marché de quatre hommes isolés, tandis que quatre hommes réunis font une troupe. Nous armerons les valets de pistolets et de mousquetons. Si on envoie une armée contre nous, nous livrerons bataille, et le survivant, comme l'a dit d'Artagnan, portera la lettre.

— Bien dit, s'écria Aramis. J'adopte le plan d'Athos.

— Moi aussi, dit Porthos, s'il convient à d'Artagnan.

— Eh bien ! dit ce dernier, nous adoptons le plan d'Athos et nous partons dans une demi-heure.

— Adopté ! reprirent en chœur les trois mousquetaires.

CHAPITRE 20

VOYAGE

À deux heures du matin, nos quatre aventuriers sortirent de Paris par la barrière Saint-Denis ; tant qu'il fit nuit, ils restèrent muets ; malgré eux, ils subissaient l'influence de l'obscurité et voyaient des embûches partout.

Avec le soleil, la gaîté revint : on sentait que la vie qu'on allait peut-être quitter était, au bout du compte, une bonne chose.

Tout alla bien jusqu'à Chantilly, où l'on arriva vers les huit heures du matin. Il fallait déjeuner. On descendit devant une auberge, on enjoignit aux laquais de ne pas desseller les chevaux et de se tenir prêts à repartir immédiatement, on entra dans la salle commune et l'on se mit à table.

Un gentilhomme qui venait d'arriver était assis à cette même table. Il entama la conversation sur la pluie et le beau temps, les voyageurs répondirent. Mais au moment où l'on se levait pour repartir, l'étranger proposa à Porthos la santé du cardinal. Porthos répondit qu'il ne demandait pas mieux, si l'étranger voulait boire à la santé du roi. L'étranger s'écria qu'il ne connaissait d'autre roi que Son Éminence. Porthos l'appela ivrogne. L'étranger tira son épée.

— Vous avez fait une sottise ! dit Athos. N'importe, tuez cet homme et venez nous rejoindre le plus vite que vous pourrez.

Tous trois remontèrent à cheval et repartirent à toute bride.

— Et d'un ! dit Athos au bout de cinq cents pas.

— Mais pourquoi cet homme s'est-il attaqué à Porthos plutôt qu'à un autre ? demanda Aramis.

— Parce que Porthos parlant plus haut que nous tous, il l'a pris pour le chef, répondit d'Artagnan.

À Beauvais, on s'arrêta pour faire souffler les chevaux et attendre Porthos. Au bout de deux heures, comme Porthos n'arrivait pas, ni aucune nouvelle de lui, on se remit en chemin.

À une lieue de là, à un endroit où le chemin se trouvait resserré entre deux talus, on rencontra des hommes qui, profitant de ce que la route était dépavée en cet endroit, avaient l'air d'y travailler en y pratiquant des ornières boueuses.

Aramis, craignant de salir ses bottes dans ce bourbier artificiel, les apostropha durement. Athos voulut le retenir, il était trop tard. Chacun de ces faux ouvriers recula jusqu'au fossé et y prit un mousquet caché. Il en résulta que nos voyageurs furent littéralement passés par les armes. Aramis reçut une balle qui lui traversa l'épaule, et Mousqueton une autre, qui se logea dans les parties charnues qui prolongent le bas des reins. Cependant seul ce dernier tomba de cheval, non pas qu'il soit grièvement blessé, mais parce qu'il crut être plus dangereusement touché qu'il ne l'était.

Aramis saisit la crinière de son cheval qui l'emporta avec les autres.

— Ah çà ! dit-il, ils vont tuer le pauvre Porthos quand il passera.

— Si Porthos était sur ses jambes, il nous aurait rejoints, dit Athos. M'est avis que, sur le terrain, l'ivrogne se sera dégrisé.

Et l'on galopa encore pendant deux heures, quoique les chevaux soient fatigués. Les voyageurs avaient pris la traverse, en espérant être moins inquiétés, mais, à Crèvecœur, Aramis déclara qu'il ne pouvait aller plus loin. En effet, il lui avait fallu tout son courage pour arriver jusque-là. On le descendit à la porte d'un cabaret, on lui laissa Bazin, et on repartit avec l'espérance de coucher à Amiens.

— Morbleu ! dit Athos, quand ils se remirent en route, réduits à deux maîtres et à Grimaud et Planchet, je ne serai plus dupe, et je vous jure qu'ils ne me feront pas tirer l'épée d'ici à Calais.

— Ne jurons pas, dit d'Artagnan, galopons !

On arriva à Amiens à minuit où on descendit à l'auberge du *Lys d'Or*. L'hôtelier voulut loger les deux voyageurs chacun dans une chambre, mais ceux-ci déclarèrent qu'ils coucheraient dans une pièce commune, chacun sur un matelas posé à terre. Grimaud était resté à l'écurie pour garder les chevaux, et Planchet s'installa en travers de la porte sur une botte de paille.

— De cette façon, dit-il, nous serons sûrs que personne n'arrivera jusqu'à vous.

— Tu as raison, dit d'Artagnan. La figure de l'hôte ne me revient pas, elle est trop gracieuse.

La nuit fut assez tranquille. On essaya bien vers les deux heures du matin d'ouvrir la porte, mais comme Planchet se réveilla et cria : « Qui va là ? » on répondit qu'on se trompait et on s'éloigna.

À quatre heures du matin, on entendit un grand bruit dans les écuries. Grimaud avait voulu éveiller les garçons d'écurie, et ces derniers le battaient. Quand on ouvrit la fenêtre, on vit le pauvre valet sans connaissance : il avait la tête fendue d'un coup de manche de fourche. Planchet descendit pour seller les chevaux, mais ils étaient fourbus. Celui de Mousqueton seul, qui avait voyagé sans cavalier, aurait pu continuer la route, mais par une erreur inconcevable, le vétérinaire qu'on avait envoyé chercher, à ce qu'il paraît, pour saigner le cheval de l'hôte, avait saigné celui-là.

Ces accidents successifs commençaient à devenir inquiétants. Athos et d'Artagnan sortirent. Athos alla payer la dépense, tandis que d'Artagnan et Planchet se tenaient à côté de la porte de la rue. Près d'eux se tenaient deux chevaux tout équipés, frais et vigoureux. Leurs maîtres avaient passé la nuit dans l'auberge, et réglaient leur compte à cette heure avec l'hôtelier.

Ce dernier était dans une pièce à l'arrière du bâtiment. On pria Athos d'y passer. Il y entra sans défiance et tira deux pistoles pour payer. L'hôte était assis devant son bureau. Il prit l'argent que lui présenta Athos, le tourna et le retourna dans ses mains, et tout à coup, s'écriant que la pièce était fausse, il déclara qu'il allait le faire arrêter, lui et son compagnon, comme faux monnayeurs.

— Drôle ! dit Athos, je vais te couper les oreilles !

Au même instant, quatre hommes armés jusqu'aux dents entrèrent par des portes latérales et se jetèrent sur Athos.

— Je suis pris, cria Athos, de toutes les forces de ses poumons. Au large, d'Artagnan ! Au large !

D'Artagnan et Planchet ne se le firent pas dire deux fois. Ils détachèrent les chevaux qui se trouvaient non loin d'eux, sautèrent dessus et partirent au triple galop.

— Brave Athos ! murmura d'Artagnan. Et quand on pense qu'il faut l'abandonner ! Au reste, autant nous en attend peut-être à dix pas d'ici. En avant, Planchet !

Et tous deux, piquant de plus belle, arrivèrent à Saint-Omer d'une seule traite. À Saint-Omer ils firent souffler les chevaux et mangèrent un morceau sur le pouce. Après quoi ils repartirent.

À cent pas des portes de Calais, leurs chevaux s'arrêtèrent, épuisés, et il n'y eut pas moyen de les faire repartir.

Heureusement, ils étaient tout près de la ville. Ils coururent au port. Planchet fit remarquer à son maître un gentilhomme qui arrivait avec son valet et qui ne les précédait que d'une cinquantaine de pas. Ils s'approchèrent de ce gentilhomme, qui paraissait fort affairé. Il avait ses bottes couvertes de poussière et s'informait s'il ne pourrait point passer à l'instant même en Angleterre.

— Rien ne serait plus facile, répondit le patron du bâtiment prêt à mettre à la voile, mais ce matin est arrivé l'ordre de ne laisser partir personne sans une permission expresse de M. le cardinal.

— J'ai cette permission, dit le gentilhomme en tirant un papier de sa poche. La voici.

— Faites-la viser par le gouverneur du port, dit le patron. Il se trouve à sa campagne. Tenez, vous la voyez d'ici, au pied de cette petite éminence, ce toit en ardoise.

— Très bien ! dit le gentilhomme en prenant le chemin de la demeure du gouverneur.

D'Artagnan et Planchet suivirent le gentilhomme. Une fois hors de la ville, d'Artagnan pressa le pas et rejoignit le gentilhomme alors qu'il entrait dans un petit bois.

— Monsieur, lui dit d'Artagnan, comme je suis très pressé, je voulais vous prier de me laisser passer le premier.

— Impossible, dit l'autre. J'ai fait soixante lieues en quarante-quatre heures et il faut que demain à midi je sois à Londres.

— J'ai fait le même chemin en quarante heures, et il faut que demain à dix heures du matin je sois à Londres.

— Je suis arrivé le premier et je ne passerai pas le second.

— Désolé, monsieur, mais je suis arrivé le second et je passerai le premier.

— Service du roi ! dit le gentilhomme.

— Service de moi ! dit d'Artagnan.

— Mais c'est une mauvaise querelle que vous me cherchez là, ce me semble. Que désirez-vous ?

— Eh bien ! je veux l'ordre dont vous êtes porteur, attendu que je n'en ai pas, moi, et qu'il m'en faut un.

— Vous plaisantez, je présume. Laissez-moi passer !

— Vous ne passerez pas, dit d'Artagnan. Planchet, charge-toi du valet, je me charge du maître.

Planchet sauta sur Lubin, et, comme il était fort et vigoureux, il le renversa les reins contre terre et lui mit le genou sur la poitrine.

— Faites votre affaire, monsieur ! dit-il. Moi j'ai fait la mienne.

Le gentilhomme tira son épée et fondit sur d'Artagnan, mais il avait affaire à forte partie. En trois secondes, d'Artagnan lui fournit trois coups d'épée, disant à chaque coup :

— Un pour Athos ! un pour Porthos ! un pour Aramis !

Au troisième coup le gentilhomme tomba comme une masse.

D'Artagnan le crut mort, ou tout au moins évanoui, et s'approcha pour lui prendre l'ordre. Mais au moment où il étendait le bras afin de le fouiller, le blessé, qui n'avait pas lâché son épée, lui porta un coup de pointe dans la poitrine en disant :

— Un pour vous !

— Et un pour moi ! s'écria d'Artagnan furieux, en le clouant par terre d'un quatrième coup d'épée dans le ventre.

Cette fois le gentilhomme ferma les yeux et s'évanouit.

D'Artagnan fouilla dans sa poche et prit l'ordre de passage. Il était au nom du comte de Wardes.

Puis, jetant un coup d'œil sur le beau jeune homme qui gisait là, privé de sentiment et peut-être mort, il poussa un soupir sur cette étrange destinée qui porte les hommes à se détruire mutuellement pour les intérêts de gens qui ne savent pas même qu'ils existent.

Mais il fut bientôt tiré de ses réflexions par Lubin, qui poussait des hurlements en criant de toutes ses forces au secours.

— Attends ! dit d'Artagnan.

Et prenant son mouchoir, il le bâillonna.

— Maintenant, dit Planchet, lions-le à un arbre.

La chose fut faite en conscience, puis on tira le comte de Wardes près de son domestique, et comme la nuit commençait à tomber, il était évident qu'ils devaient rester là jusqu'au lendemain.

— Et maintenant, dit d'Artagnan, vite, chez le gouverneur.

— Mais vous êtes blessé, ce me semble, dit Planchet.

— Ce n'est rien ! Occupons-nous du plus pressé !

Et tous deux s'acheminèrent vers la demeure du fonctionnaire.

On annonça M. le comte de Wardes. D'Artagnan fut introduit.

— Vous avez un ordre signé du cardinal ? dit le gouverneur.

— Oui, monsieur, répondit d'Artagnan. Le voici.

— Il est en règle, dit le gouverneur. C'est qu'il paraît que Son Éminence veut empêcher quelqu'un de parvenir en Angleterre.

— Oui, un certain d'Artagnan, qui est parti de Paris avec trois de ses amis dans l'intention de gagner Londres.

— Le connaissez-vous personnellement, ce d'Artagnan ?

— À merveille.

— Donnez-moi son signalement alors.

Et d'Artagnan donna le signalement du comte de Wardes.

— Il est accompagné d'un valet nommé Lubin, ajouta-t-il.

— Si on leur met la main dessus, ils seront reconduits à Paris sous bonne escorte.

— Et ce faisant, monsieur, vous aurez bien mérité du cardinal.

Ravi, le gouverneur visa le laissez-passer et le remit à d'Artagnan, qui, sans perdre de temps, salua le fonctionnaire, le remercia et partit.

Une fois dehors, lui et Planchet prirent leur course et rentrèrent en ville par une autre porte. Le bâtiment était toujours prêt à partir ; le patron attendait sur le port.

— Voici ma passe visée, dit d'Artagnan.

— En ce cas, partons, dit le patron.

D'Artagnan sauta avec Planchet dans le canot. Cinq minutes après, ils étaient à bord. À une demi-lieue en mer, d'Artagnan vit briller une lumière et entendit une détonation.

C'était le coup de canon qui annonçait la fermeture du port.

Il était temps pour d'Artagnan de s'occuper de sa blessure. Comme il l'avait pensé, elle n'était pas des plus dangereuses : l'épée avait rencontré une côte et avait glissé le long de l'os, et à peine avait-elle répandu quelques gouttes de sang.

D'Artagnan était brisé de fatigue : on lui étendit un matelas sur le pont, il se jeta dessus et s'endormit.

Le lendemain, au point du jour, il se trouva à trois ou quatre lieues seulement des côtes d'Angleterre.

À dix heures, le bâtiment jetait l'ancre dans le port de Douvres.

À dix heures et demie, d'Artagnan mettait le pied sur la terre d'Angleterre, en s'écriant :

— Enfin, m'y voilà !

Mais ce n'était pas tout. Il fallait gagner Londres. En Angleterre, la poste était assez bien servie. D'Artagnan et Planchet prirent chacun un bidet. Un postillon courut devant eux, et en quatre heures ils arrivèrent aux portes de la capitale.

D'Artagnan ne connaissait pas Londres et ne savait pas un mot d'anglais, mais il écrivit le nom de Buckingham sur un papier, et chacun lui indiqua l'hôtel du duc.

Celui-ci était à la chasse à Windsor avec le roi.

D'Artagnan s'adressa à son valet de confiance, Patrice, qui parlait parfaitement français. Il lui dit qu'il arrivait de Paris pour affaire de vie et de mort et qu'il fallait qu'il parle à son maître à l'instant. Son assurance convainquit ce ministre du ministre, qui fit seller deux chevaux et se chargea de conduire le jeune garde.

Une fois au château de Windsor, on apprit que le roi et Buckingham chassaient à l'oiseau à deux ou trois lieues de là. On y courut, et, une fois sur place, Patrice demanda à d'Artagnan :

— Qui faut-il que j'annonce à Milord-duc ?

— Le jeune homme qui, une nuit, lui a cherché une querelle sur le pont Neuf.

— Singulière recommandation !

— Vous verrez qu'elle en vaut bien une autre.

Patrice courut annoncer au duc qu'un messager l'attendait. Buckingham reconnut d'Artagnan à l'instant même, et se doutant que quelque chose se passait en France, il mit son cheval au galop et vint droit au jeune émissaire.

— Il n'est point arrivé malheur à la reine ? s'écria Buckingham.

— Je ne crois pas, répondit le Gascon. Cependant je pense qu'elle court quelque grand péril dont Votre Grâce seule peut la tirer. Prenez cette lettre, ajouta-t-il. De Sa Majesté, à ce que je sais.

Buckingham pâlit si fort en brisant le cachet que d'Artagnan crut qu'il allait se trouver mal.

— Juste ciel ! Qu'ai-je lu ! s'écria-t-il. Patrice, rejoins le roi où il sera, et dis à Sa Majesté que je la supplie de m'excuser, mais qu'une affaire de la plus haute importance me rappelle à Londres.

— Venez, monsieur ! dit-il ensuite à d'Artagnan.

Et tous deux reprirent au galop le chemin de la capitale.

CHAPITRE 21

LA COMTESSE DE WINTER

Tout le long de la route, le duc se fit mettre au courant par d'Artagnan non pas de tout ce qui s'était passé, mais de ce que d'Artagnan savait. En rapprochant ce qu'il entendait sortir de la bouche du jeune homme de ses souvenirs à lui, il put donc se faire une idée assez exacte d'une position de la gravité de laquelle, au reste, la lettre de la reine, si courte et si explicite qu'elle fût, lui donnait la mesure.

Ce qui l'étonnait surtout, c'est que le cardinal ne soit pas parvenu à arrêter le jeune homme en route. D'Artagnan lui raconta les précautions prises, et comment, grâce au dévouement de ses amis qu'il avait éparpillés tout sanglants sur la route, il était arrivé là.

En quelques minutes, ils furent à l'hôtel de Buckingham. Le duc, marchant rapidement, mena le jeune homme dans une petite chapelle où, au-dessous d'un portrait d'Anne d'Autriche, était le coffret qui renfermait les ferrets de diamants.

— Tenez, dit le duc en tirant du coffret un gros nœud de ruban bleu tout étincelant de diamants, voici les précieux ferrets !

Tout à coup, il poussa un cri terrible.

— Qu'y a-t-il ? demanda d'Artagnan avec inquiétude.

— Il y a que deux ferrets manquent, répondit le duc ! On me les a volés, et c'est le cardinal qui a fait le coup !

— Si Milord pouvait se douter qui a commis le vol... Peut-être la personne les a-t-elle encore entre les mains.

— Attendez ! s'écria le duc. Je les ai seulement portés au bal du roi, il y a huit jours. La comtesse de Winter s'est rapprochée de moi à ce bal. Depuis, je ne l'ai pas revue. Cette femme est un agent du cardinal... Cependant, quand doit avoir lieu le bal de Paris ?

— Lundi prochain.

— Cinq jours encore ! C'est plus de temps qu'il ne nous en faut ! Patrice ! Mon joaillier et mon secrétaire !

La secrétaire parut d'abord.

— Jackson, je veux qu'aucun vaisseau ne sorte des ports de la Grande-Bretagne sans permission particulière de ma part.

D'Artagnan regarda avec stupéfaction cet homme qui mettait son pouvoir illimité au service de ses amours.

Il était plongé dans ses réflexions lorsque l'orfèvre entra.

— M. O'Reilly, lui dit le duc, voyez ces ferrets et dites-moi combien il faudrait de jours pour en faire deux semblables.

— Huit jours, Milord.

— Il me les faut pour après-demain.

— Milord les aura.

Ce point réglé, Buckingham revint à d'Artagnan.

— Maintenant, mon ami, lui dit-il, que désirez-vous ?

— Un lit, répondit d'Artagnan. C'est la chose dont j'ai besoin !

Le duc donna à d'Artagnan une chambre proche de la sienne.

Une heure après fut promulguée dans Londres l'ordonnance de ne laisser sortir des ports aucun bâtiment pour la France.

Le surlendemain à onze heures, les deux ferrets en diamants étaient achevés et si exactement imités qu'on ne pouvait reconnaître les nouveaux des anciens.

Aussitôt Buckingham fit appeler d'Artagnan.

— Tenez, lui dit-il, voici ce que vous êtes venu chercher.

D'Artagnan salua le duc et s'apprêta à partir.

— Vous vous en allez comme cela ? Par où ? Comment ?

— J'avais oublié que l'Angleterre était une île !

— Allez au port, demandez le brick le *Sund,* remettez cette lettre au capitaine. Il vous conduira à Saint-Valery où on ne vous attend pas. Là, vous entrerez dans une auberge. Il n'y a pas à vous tromper, il n'y en a qu'une. Vous demanderez l'hôte et vous lui direz : « *Forward* ». Il vous donnera un cheval tout sellé et vous indiquera le chemin à suivre. Vous trouverez ainsi quatre relais sur votre route. À chacun d'eux, donnez le mot de passe.

D'un signe de tête, d'Artagnan confirma qu'il avait compris. Il salua le duc et gagna vivement le port. Il y trouva le bateau désigné, qu'il appareilla aussitôt. Cinquante bâtiments attendaient. En passant près de l'un d'eux, d'Artagnan crut reconnaître la femme de Meung, que l'inconnu avait appelée Milady. Mais grâce au bon vent qui soufflait, son navire allait si vite qu'elle fut bientôt hors de vue.

Le lendemain, on aborda à Saint-Valery. Tout se passa comme l'avait dit le duc. L'hôte le conduisit à l'écurie, où l'attendait un cheval tout sellé, et lui demanda s'il avait besoin d'autre chose.

— De connaître la route que je dois suivre, dit d'Artagnan.

— Allez à Neufchâtel. Entrez à l'auberge de la *Herse-d'Or*, et donnez le mot d'ordre à l'hôtelier.

À Neufchâtel, une monture toute sellée l'attendait.

— Prenez la route de Rouen, lui dit-on. Au petit village d'Écouis, arrêtez-vous à l'*Écu-de-France*.

D'Artagnan repartit à fond de train. À Écouis, la même scène se répéta, et il continua à grande allure jusqu'à Pontoise. Là, il changea une dernière fois de monture, et, à neuf heures, il entrait chez M. de Tréville. Il avait fait près de soixante lieues en douze heures.

Le capitaine le reçut comme s'il l'avait vu le matin même. En lui serrant la main, il lui annonça que la compagnie de M. des Essarts était de garde au Louvre et qu'il pouvait se rendre à son poste.

CHAPITRE 22

LE BALLET DE LA MERLAISON

Le lendemain, il n'était bruit dans tout Paris que du bal que MM. les échevins de la ville donnaient au roi et à la reine, et dans lequel Leurs Majestés devaient danser le fameux ballet de la Merlaison.

Depuis huit jours, on préparait toutes choses à l'Hôtel de Ville pour cette solennelle soirée.

À dix heures du matin, La Coste, enseigne des gardes du roi, vint demander toutes les clés de l'hôtel. À partir de ce moment, il fut chargé de la garde de toutes les portes et de toutes les avenues.

À trois heures arrivèrent deux compagnies des gardes.

À six heures du soir, les invités commencèrent à entrer. À mesure qu'ils arrivaient, ils étaient placés dans la grande salle.

À neuf heures arriva Mme la première présidente. Elle fut installée dans la loge en face de celle que devait occuper la reine.

À minuit, on entendit des acclamations : c'était le roi qui s'avançait dans les rues qui conduisent du Louvre à l'Hôtel de Ville. Aussitôt, les échevins allèrent au-devant du roi pour lui souhaiter la bienvenue. Sa Majesté, en habit de cérémonie, était accompagnée de nombreux grands de la cour.

Chacun remarqua que le roi avait l'air triste et préoccupé.

Une demi-heure plus tard, de nouvelles acclamations retentirent. Elles annonçaient l'arrivée de la reine. Quand elle entra dans la salle, on vit qu'elle avait l'air triste et surtout fatiguée.

En ce moment, le rideau d'une tribune qui jusque-là était resté fermé s'ouvrit, et l'on vit apparaître la tête pâle de Richelieu. Ses yeux se fixèrent sur la reine et un sourire de joie terrible passa sur ses lèvres : elle n'avait pas ses ferrets de diamants.

Tout à coup, le roi apparut avec le cardinal à l'une des portes de la salle. Il s'approcha de la reine et, d'une voix altérée, demanda :

— Madame, pourquoi n'avez-vous pas vos ferrets de diamants ?

— Sire, j'ai craint qu'au milieu de cette foule il ne leur arrive malheur. Mais je puis les envoyer chercher, et ainsi les désirs de Votre Majesté seront accomplis.

— Faites-le, car dans une heure le ballet va commencer.

La reine retourna dans son cabinet, et le roi regagna le sien.

Les violons sonnaient de toutes leurs forces quand Louis XIII ressortit. Il était en costume de chasse des plus élégants. Le cardinal s'approcha de lui et lui remit une boîte. En l'ouvrant, le roi y trouva deux ferrets de diamants.

— Que veut dire cela ? demanda-t-il.

— Rien. Seulement, si la reine a les ferrets, ce dont je doute, comptez-les, sire. Et si vous n'en trouvez que dix, demandez à Sa Majesté qui peut lui avoir dérobé les deux que voici.

Un cri d'admiration sortit de toutes les bouches quand parut la reine. Sa toilette de chasseresse lui allait à merveille. Sur son épaule gauche étincelaient les ferrets de diamants. Le roi tressaillit de joie et le cardinal de colère. Cependant, distants comme ils l'étaient, ils ne pouvaient compter les ferrets. La reine les avait ; seulement, y en avait-il dix ou douze ?

En ce moment, les violons sonnèrent le signal du ballet. On se mit en place, et la danse commença. Le roi figurait en face de la reine, et chaque fois qu'il passait près d'elle, il dévorait du regard ces ferrets dont il ne pouvait savoir le compte.

Le ballet dura une heure ; il avait seize entrées.

Il finit enfin au milieu des applaudissements. Le roi en profita pour s'avancer vivement vers la reine.

— Je vous remercie, madame, lui dit-il, d'avoir répondu à mes désirs, mais je crois qu'il vous manque ces deux ferrets.

Et il lui tendit les deux que lui avait remis le cardinal.

— Comment, sire, s'écria la reine jouant la surprise, vous m'en donnez deux autres ! Mais alors, cela m'en fera quatorze !

Le roi compta. Les douze ferrets de diamants se trouvaient bien sur Sa Majesté. Le roi appela le cardinal.

— Que signifie cela, monsieur ? demanda-t-il d'un ton sévère.

— Cela signifie, sire, que je désirais faire accepter ces deux ferrets à la reine, et que je n'osais pas les lui offrir moi-même.

— Et j'en suis d'autant plus reconnaissante à Votre Éminence, répondit Anne d'Autriche avec un sourire narquois.

Puis, ayant salué le roi et le cardinal, la reine reprit le chemin de la chambre où elle s'était habillée et où elle devait se dévêtir.

L'attention que nous avons été obligés de porter à ces personnages illustres nous a écartés un temps de celui à qui Anne d'Autriche devait ce triomphe inouï, et qui, ignoré, perdu dans la foule entassée à l'une des portes, regardait de là cette scène.

D'Artagnan s'apprêtait donc à se retirer, lorsqu'on lui toucha légèrement l'épaule. Il se retourna et vit une jeune femme dont le visage était couvert d'un loup de velours noir. Elle lui fit signe de le suivre. Malgré le masque, il reconnut à l'instant Mme Bonacieux qu'il avait à peine vue la veille chez le portier Germain pour lui remettre les ferrets. D'Artagnan la suivit donc.

Après une minute ou deux de tours et de détours, Mme Bonacieux ouvrit une porte et introduisit le jeune homme dans une pièce obscure. Il comprit qu'il était dans un cabinet attenant à la chambre de la reine, et attendit dans l'ombre derrière une tenture.

Il entendit qu'on s'approchait et, tout à coup, une main et un bras passèrent à travers la tapisserie. D'Artagnan comprit que c'était sa récompense ; il se jeta à genoux, saisit cette main, y appuya respectueusement ses lèvres. Puis la main se retira, laissant dans les siennes un objet qu'il reconnut pour être une bague. Il la mit à son doigt et attendit encore.

La porte du cabinet se rouvrit, et Mme Bonacieux s'y élança.

— Vous, enfin ! s'écria d'Artagnan.

— Silence ! dit-elle. Allez-vous-en par où vous êtes venu.

— Mais où et quand vous reverrai-je ? s'écria d'Artagnan.

— Un billet que vous trouverez en rentrant vous le dira. Partez !

D'Artagnan obéit tel un enfant, preuve qu'il était amoureux.

CHAPITRE 23

LE RENDEZ-VOUS

D'Artagnan revint chez lui tout courant, et quoiqu'il fût plus de trois heures du matin et qu'il eût les plus méchants quartiers de Paris à traverser, il ne fit aucune mauvaise rencontre. On sait qu'il y a un dieu pour les ivrognes et les amoureux.

En rentrant, il trouva une lettre sur la table de sa chambre à coucher. Elle était de Mme Bonacieux, et conçue en ces termes :

> *On a de vifs remerciements à vous faire. Trouvez-vous ce soir vers dix heures à Saint-Cloud, en face du pavillon situé à l'angle de la maison de M. d'Estrées.*
>
> *C. B.*

En lisant, d'Artagnan sentit son cœur se dilater. C'était le premier rendez-vous qui lui était accordé. Il lut et relut son billet, baisa et rebaisa vingt fois ces lignes tracées par la main de sa belle maîtresse. Enfin il se coucha, s'endormit et fit des rêves d'or.

À sept heures du matin, il se leva et dit à Planchet :

— À sept heures du soir, tiens-toi prêt avec deux chevaux.

— Allons, dit Planchet, nous allons encore nous faire traverser la peau en plusieurs endroits !

Sans l'écouter, il se dirigea vers l'hôtel de M. de Tréville, qu'il trouva fort joyeux : le roi et la reine avaient été charmants pour lui au bal, et le cardinal, parfaitement maussade.

— Maintenant, dit-il, il est évident que votre heureux retour est pour quelque chose dans le triomphe de la reine et l'humiliation de Son Éminence. Or, il n'est pas homme à oublier une mystification tant qu'il n'aura pas réglé ses comptes avec le mystificateur.

— Vous croyez donc que j'ai quelque chose à craindre ? demanda d'Artagnan. Diable ! Et que faut-il faire ?

— Ne vous endormez pas dans votre sécurité, ou vous êtes perdu ! Et, surtout, défiez-vous de tout le monde... Mais à propos, reprit le capitaine, que sont devenus vos trois compagnons ?

Eh bien ! je les ai laissés sur ma route.

— Et comment avez-vous échappé, vous ?

— Par miracle, monsieur, je dois le dire.

Voyez-vous, encore ! Tenez, mon ami, il me vient une idée. À votre place, tandis que Son Éminence me ferait chercher à Paris, je m'en irais savoir des nouvelles de mes trois compagnons. Ils méritent bien cette petite attention de votre part.

— Le conseil est bon, monsieur, et demain je partirai.

— Vous reverrai-je avant votre départ ?

— Je ne pense pas, monsieur, à moins qu'il n'y ait du nouveau.

— Alors, bon voyage !

— Merci, monsieur.

CHAPITRE 24

LE PAVILLON

À neuf heures, d'Artagnan était à l'hôtel des gardes. Il y trouva Planchet sous les armes : son mousqueton et un pistolet. D'Artagnan avait son épée et passa deux pistolets à sa ceinture. Tous deux enfourchèrent chacun un cheval et sortirent par la porte de la Conférence, puis prirent le chemin de Saint-Cloud. Planchet suivait le mouvement de son maître comme s'il avait été son ombre.

— Est-ce que nous allons marcher comme cela toute la nuit, monsieur ? demanda-t-il au bout d'un moment.

— Non, Planchet, car tu es arrivé, toi. Tu entreras dans un de ces cabarets que tu vois là-bas, et tu m'attendras. À demain !

D'Artagnan descendit de son cheval, jeta la bride au bras de Planchet et s'éloigna rapidement en s'enveloppant de son manteau.

À Saint-Cloud, il gagna une ruelle écartée et se trouva bientôt en face du pavillon indiqué. Il était situé dans un lieu tout à fait désert. Les fenêtres étaient fermées par des volets, excepté une seule, au premier étage, à travers laquelle brillait une lumière douce.

D'Artagnan était arrivé au rendez-vous. Il attendit, adossé à une haie. Au bout de quelques instants, le beffroi de Saint-Cloud laissa lentement tomber dix coups de sa large gueule mugissante.

Bercé par la douce idée que la jolie Mme Bonacieux l'attendait, d'Artagnan patienta. Mais quand onze heures sonnèrent, il commença à craindre qu'il ne lui soit arrivé quelque chose. Il avisa un arbre qui était facile à escalader. En un instant il fut au milieu des branches, et par les vitres transparentes ses yeux plongèrent dans l'intérieur du pavillon.

La lampe éclairait une scène de désordre épouvantable : la porte de la chambre avait été enfoncée, une table et des chaises gisaient à terre. Tout témoignait d'une lutte violente et désespérée.

D'Artagnan se hâta de redescendre sur la route avec un horrible battement de cœur. Il avisa alors une cabane voisine, obscure et silencieuse, et, comme elle était sa dernière ressource, il y frappa.

Une tête de vieillard finit par apparaître à la porte.

— J'attendais quelqu'un qui ne vient pas, dit le jeune homme. Je meurs d'inquiétude. Avez-vous vu quelque chose ?

— Hélas, monsieur, oui. Il était neuf heures quand trois hommes à cheval sont venus avec un carrosse. L'un d'eux s'est approché de la porte du pavillon et l'a ouverte. Les trois hommes sont entrés. Peu après, de grands cris ont retenti à l'étage. Puis ces hommes sont ressortis. Ils portaient la femme dans leurs bras et l'ont placée dans la voiture qui s'est éloignée au galop, escorté par les trois cavaliers. Après, je n'ai plus rien vu ni entendu.

D'Artagnan, écrasé par une si terrible nouvelle, reprit le chemin de la capitale. Mais il s'agissait pour cela de retrouver Planchet : il se fit ouvrir l'un après l'autre tous les cabarets. Au sixième, il finit par le découvrir.

CHAPITRE 25

LA MAÎTRESSE DE PORTHOS

Au lieu de rentrer chez lui, d'Artagnan mit pied à terre à la porte de M. de Tréville, et monta rapidement l'escalier. Cette fois, il était décidé à lui raconter tout ce qui venait de se passer.

M. de Tréville écouta le récit du jeune homme avec gravité.

— Quittez Paris le plus tôt possible, lui dit-il enfin. Pour le reste, reposez-vous sur moi.

Décidé à mettre ce conseil en pratique à l'instant même, d'Artagnan regagna son appartement.

— Planchet, mon ami, lança-t-il en arrivant, as-tu autant de hâte d'avoir des nouvelles de Grimaud, de Mousqueton et de Bazin, que j'en ai de savoir ce que sont devenus Athos, Porthos et Aramis ?

— Si fait, monsieur, dit Planchet.

— Ainsi donc, fais notre paquet, et partons !

Le jeune homme descendit le premier, comme si de rien n'était. Peu après, Planchet le rejoignait à l'hôtel des gardes. Outre leurs propres chevaux, son maître lui fit seller trois autres montures.

— Ainsi, nous pourrons ramener nos trois amis, expliqua-t-il, si toutefois nous les retrouvons vivants.

— Ce qui serait une grande chance ! répondit Planchet.

Là-dessus, ils prirent la route de Chantilly. Quelques heures plus tard, ils atteignaient l'hôtel dans lequel ils s'étaient arrêtés lors de leur premier voyage. Ayant commandé une bouteille de vin et un déjeuner aussi bon que possible, d'Artagnan entreprit l'hôte :

— J'étais chez vous il y a dix jours avec des amis, des mousquetaires. L'un d'eux s'est pris de dispute avec un étranger...

— N'est-ce pas de M. Porthos que Votre Seigneurie veut parler ? intervint l'hôte. Il nous a fait l'honneur de rester ici. Et je puis dire que nous sommes même bien inquiets.

— Porthos est donc blessé ?

— C'est-à-dire que nous avons risqué de grandes avances.

— Au diable l'argent ! On vous paiera ! Puis-je le voir ?

— Certainement, monsieur. Prenez l'escalier, montez au premier et frappez au numéro 1.

D'Artagnan monta l'escalier. Sur la première porte du corridor était tracé un numéro 1 gigantesque. D'Artagnan frappa un coup et entra. Porthos était couché et faisait une partie de lansquenet avec Mousqueton. À la vue de son ami, il jeta un cri de joie.

— Ah ! pardieu ! c'est vous ! Soyez le bienvenu ! Mais, ajouta-t-il avec une certaine inquiétude, vous savez ce qui m'est arrivé ?

— Non. Que vous est-il donc arrivé, mon cher Porthos ?

— Il m'est arrivé qu'en me fendant sur mon adversaire, mon pied a porté sur une pierre, et je me suis foulé le genou.

— De sorte que c'est cette foulure qui vous retient au lit ?

— Oui, voilà tout ! Mais dans quelques jours je serai sur pied.

— Mais pourquoi ne vous êtes-vous pas fait transporter à Paris ?

— C'était mon intention, mais il faut que je vous avoue une chose : comme je m'ennuyais, j'ai fait monter près de moi un gentilhomme à qui j'ai proposé une partie de dés. Et, ma foi, mes pistoles et mon cheval sont passés de ma poche dans la sienne.

— Que vous importent les revers de la fortune ? N'avez-vous pas votre duchesse qui ne peut manquer de vous venir en aide ?

— Voyez-vous, je joue de guignon. Je lui ai écrit de m'envoyer les cinquante louis dont j'avais besoin, mais il faut qu'elle soit dans ses terres, car elle ne m'a pas répondu.

— Néanmoins, votre hôte se conduit bien envers vous, à ce qu'il paraît, dit d'Artagnan, montrant au malade les casseroles pleines et les bouteilles vides qui se trouvaient dans la chambre.

— Coussi, coussi ! répondit Porthos.

En ce moment, Planchet entra prévenir son maître que les chevaux étaient reposés, et qu'il serait possible d'aller coucher à Clermont. Comme d'Artagnan était à peu près rassuré sur Porthos, et qu'il lui tardait d'avoir des nouvelles de ses deux autres amis, il tendit la main au malade et le prévint qu'il allait continuer ses recherches. Au reste, comme il comptait revenir par la même route, si, dans sept à huit jours, Porthos était encore là, il le reprendrait en passant. Porthos répondit que, probablement, sa foulure ne lui permettrait pas de se lever d'ici là.

— Au fait, dit d'Artagnan, j'ai amené un cheval de Paris que Planchet laissera pour vous à l'écurie.

Sur quoi, il se remit en route avec Planchet.

CHAPITRE 26

LA THÈSE D'ARAMIS

D'Artagnan n'avait rien dit à Porthos ni de sa blessure ni de sa maîtresse. C'était un garçon fort sage que notre Béarnais, si jeune qu'il fût. En conséquence, il avait fait semblant de croire à tout ce que lui avait raconté le glorieux mousquetaire...

Il franchit les six ou huit lieues qui séparent Chantilly de Crèvecœur. Là, il aperçut le cabaret où il avait laissé Aramis, et s'arrêta à la porte. Cette fois, ce fut une hôtesse qui le reçut.

— Ma bonne dame, lui demanda d'Artagnan, pourriez-vous me dire ce qu'est devenu un de mes amis, que nous avons été forcés de laisser ici il y a une douzaine de jours ?

— Eh bien, il est toujours ici. Mais je doute qu'il vous reçoive en ce moment. Il est avec le curé et le supérieur des jésuites d'Amiens.

— Le pauvre garçon irait-il plus mal ? dit d'Artagnan.

— Non, monsieur, mais la grâce l'a touché, et il s'est décidé à entrer dans les ordres.

— N'importe ! Il me faut le voir sur-le-champ.

Et l'hôtesse lui ayant indiqué qu'il le trouverait au numéro 5, d'Artagnan s'élança dans l'escalier, tourna le bouton de la porte et pénétra dans la chambre. Aramis, en surtout noir, portait sur la tête une calotte. Il était assis à une table couverte de papiers. À ses côtés étaient le supérieur des jésuites et le curé de Montdidier.

Aramis leva la tête, mais, à l'étonnement de son ami, sa vue ne parut pas produire une grande impression sur le mousquetaire.

— Bonjour, cher d'Artagnan, dit-il, je me réjouis de vous voir sain et sauf. Mais vous arrivez à propos, continua-t-il. Vous allez nous éclairer de votre avis. Nous discutons de ma thèse.

— Votre thèse ! Vous faites donc une thèse ?

— C'est que, avant l'ordination, une thèse est de rigueur !

— L'ordination ! s'écria d'Artagnan en promenant ses yeux stupéfaits sur les trois personnages qu'il avait devant lui.

— Or, continua Aramis, M. le principal me proposait ce sujet : « Les deux mains sont indispensables aux prêtres des ordres inférieurs quand ils donnent la bénédiction. »

S'ensuivit une discussion entre les trois hommes en noir, partie en français, partie en latin, qui dura bien une heure.

D'Artagnan tournait à l'idiotisme ; il lui semblait être dans une maison de fous, et qu'il allait devenir fou comme ceux qu'il voyait.

Enfin, les deux ecclésiastiques se levèrent, saluèrent Aramis et d'Artagnan, et sortirent. Restés seuls, les deux amis gardèrent d'abord un silence embarrassé. Cependant, il fallait que l'un des deux le rompît, et d'Artagnan dit à son ami :

— Ainsi, décidément, Aramis, vous entrez en religion. Mais pourquoi aujourd'hui plutôt qu'hier et que demain ?

— Cette blessure m'a été un avertissement du ciel.

— Cette blessure ? Bah ! elle est à peu près guérie, et je suis sûr que ce n'est pas celle-là qui vous fait le plus souffrir.

— Et laquelle ? demanda Aramis, en rougissant.

— Une plus vive et plus saignante faite par une femme.

L'œil d'Aramis étincela malgré lui.

— Ainsi, vous renoncez à jamais au monde, reprit d'Artagnan. C'est un parti pris, une résolution arrêtée ?

— À tout jamais.

— Alors, n'en parlons plus, dit d'Artagnan. Brûlons cette lettre.

— Quelle lettre ? s'écria vivement Aramis.

— Une lettre qui est arrivée et qu'on m'a remise pour vous. Mais qu'importe ? L'amour est un sentiment dont vous faites fi !

— Ah ! d'Artagnan, s'écria Aramis, tu me fais mourir !

— La voici, dit d'Artagnan en la tirant de sa poche.

Aramis saisit la lettre et la dévora, le visage rayonnant.

— Merci, d'Artagnan ! s'écria Aramis presque en délire. Elle a été forcée de retourner à Tours ! Elle m'aime toujours. Viens, mon ami ! Viens que je t'embrasse : le bonheur m'étouffe !

Et les deux amis se mirent à danser, piétinant les feuillets de la thèse qui avaient roulé sur le parquet. En ce moment, Bazin entra.

— Va ! lui cria Aramis. Demande un lièvre piqué, un chapon gras, un gigot à l'ail et quatre bouteilles de vieux bourgogne.

Bazin, qui ne comprenait rien à ce changement, sortit de la chambre le visage empreint de la plus extrême mélancolie.

— Mon cher d'Artagnan, buvons, morbleu, buvons ! Et racontez-moi un peu ce qu'on fait là-bas.

CHAPITRE 27

LA FEMME D'ATHOS

— Il reste maintenant à savoir des nouvelles d'Athos, dit d'Artagnan au fringant Aramis, quand il l'eut mis au courant de ce qui s'était passé dans la capitale depuis leur départ, et qu'un excellent dîner leur eut fait oublier à l'un sa thèse, à l'autre sa fatigue.

Mais le lendemain, lorsque Aramis voulut se mettre en selle pour accompagner son ami, il ressentit des douleurs tellement insupportables qu'il chancela. On dut le reconduire à sa chambre.

— C'est bien, dit d'Artagnan, j'irai seul à la recherche d'Athos.

Dix minutes après, il trottait dans la direction d'Amiens. Vers onze heures du matin, on aperçut cette ville. À onze heures et demie, on était à la porte de l'auberge maudite.

— Me reconnaissez-vous ? dit d'Artagnan à l'hôtelier.

— Je n'ai pas cet honneur, monseigneur, répondit celui-ci.

— Eh bien ! ceci va vous rendre la mémoire : qu'avez-vous fait de ce gentilhomme que vous avez accusé de fausse monnaie ?

— Ah ! monseigneur, combien j'ai payé cher cette faute ! J'avais été prévenu par les autorités qu'un faux monnayeur célèbre arriverait à mon auberge avec plusieurs de ses compagnons. On m'avait donné l'ordre de m'assurer de ces personnes !

— Mais, ce gentilhomme, où est-il ? Qu'est-il devenu ?

— Hélas ! monseigneur, monsieur votre ami, après avoir mis hors de combat quatre hommes, a battu en retraite et s'est précipité dans l'escalier de la cave où il s'est barricadé. Il y est depuis.

— Comment, malheureux, vous le retenez dans la cave ?

— Bonté divine ! Non ! Il s'est obstiné à y rester. Tous les jours on lui passe par le soupirail du pain et de la viande, mais, hélas ! ce n'est pas ce dont il fait la plus grande consommation.

D'Artagnan ne put s'empêcher de rire de la mine de l'hôte.

— Toutes nos provisions sont enfermées avec lui : le vin, la bière, l'huile et les épices, le lard et les saucissons. Et comme il nous est défendu d'y descendre, nous sommes forcés de refuser les voyageurs. Encore une semaine, et nous sommes ruinés.

— Et ce ne sera que justice, drôle ! Et maintenant, à la cave !

Il dévala l'escalier qui y menait en appelant :

— Athos, mon ami, laissez-moi entrer, je vous en prie !

— D'Artagnan ! Est-ce vous ? J'ouvre à l'instant même !

On entendit un grand bruit de fagots et de planches entrechoqués : c'étaient les bastions que l'assiégé démolissait lui-même. Un instant après, on vit paraître la tête pâle d'Athos. D'Artagnan se jeta à son cou et l'embrassa tendrement. Puis il l'entraîna hors de ce séjour humide, et tous deux montèrent s'installer dans la meilleure chambre de l'auberge qu'ils occupèrent d'autorité.

— Maintenant, dit Athos, en attendant qu'on nous apporte du vin, conte-moi, d'Artagnan, ce que sont devenus les autres.

En peu de mots, d'Artagnan lui raconta comment il avait trouvé Porthos et Aramis, qu'il avait laissés se remettre de leurs blessures.

— Mais vous, mon ami, dit Athos, que vous est-il arrivé ? Je vous trouve un air sinistre.

D'Artagnan raconta son aventure avec Mme Bonacieux. Athos l'écouta sans sourciller. Puis, lorsque le jeune homme eut fini :

— Misères que tout cela, dit Athos, misères !

— Cela vous va mal de dire cela, vous qui n'avez jamais aimé.

— Enfant ! il n'y a pas un homme qui n'ait été trompé par sa maîtresse, dit Athos avec un sourire sombre. Je serais curieux de savoir ce que vous diriez si je vous racontais une histoire d'amour arrivée à un de mes amis. Un des comtes de ma province devint amoureux à vingt-cinq ans d'une jeune fille de seize ans, belle comme les amours. Elle vivait dans un petit bourg, avec son frère qui était curé. Mon ami était honnête homme, il l'épousa, le sot !

— Mais pourquoi cela, puisqu'il l'aimait ? demanda d'Artagnan.

— Eh bien ! un jour, le hasard fit que le comte lui découvrit l'épaule. Devinez ce qu'il y trouva, dit Athos avec un grand éclat de rire. Une fleur de lys ! Elle était marquée.

— Horreur ! s'écria d'Artagnan. Et que fit le comte ?

— Le comte avait sur ses terres droit de haute et basse justice. Il lui lia les mains derrière le dos et la pendit à un arbre.

— Ciel ! Athos, ainsi elle est morte ? s'écria d'Artagnan.

— Parbleu ! dit Athos pâle comme la mort. Mais cela m'a guéri des femmes, belles, poétiques et amoureuses.

CHAPITRE 28

RETOUR

D'Artagnan était resté étourdi de la terrible confidence d'Athos. Bien des choses lui paraissaient encore obscures dans cette demi-révélation.

En se réveillant le lendemain matin, il passa chez son ami avec l'intention bien arrêtée de renouer sa conversation de la veille. Mais il trouva Athos tel qu'il était d'ordinaire : le plus impénétrable des hommes.

Alors, on ne songea plus qu'à partir. La paix signée avec l'aubergiste, outre le vieux cheval d'Athos, coûta six pistoles. D'Artagnan et Athos, suivis de Planchet et de Grimaud, arrivèrent à Crèvecœur. De loin, ils aperçurent Aramis appuyé sur sa fenêtre qui, les voyant approcher, s'écria :

— Ah ! c'est vous, d'Artagnan ! C'est vous, Athos !

— Et qu'avez-vous fait de vos docteurs ? demanda d'Artagnan.

— Mon cher, je les ai invités à dîner le lendemain de votre départ, dit Aramis. Il y a ici du vin exquis. Je les ai grisés de mon mieux. Alors le curé m'a défendu de quitter la casaque, et le jésuite m'a prié de le faire recevoir mousquetaire.

— Sans thèse ? cria d'Artagnan.

— Depuis lors, continua Aramis, je vis agréablement. J'ai commencé un poème en vers d'une syllabe... Mais, ah çà ! mes amis, nous retournons à Paris, n'est-ce pas ? Bravo, je suis prêt ! Nous allons donc retrouver ce bon Porthos ? Tant mieux ! Vous ne croyez pas qu'il me manquait, ce grand niais-là. Pourtant, j'aime à le voir content de lui, cela me raccommode avec moi.

On fit une halte d'une heure pour faire souffler les chevaux. Aramis solda son compte et l'on se mit en route pour aller rejoindre Porthos. On le trouva à peu près guéri, et assis devant une table où, quoiqu'il fût seul, figurait un dîner de quatre personnes.

— Ah ! messieurs, vous arrivez à merveille, dit-il en se levant. J'en étais justement au potage. Vous allez dîner avec moi.

— Mais ce dîner n'était pas pour vous seul ? demanda Aramis.

— J'attendais des gentilshommes du voisinage qui ne viendront pas. Vous les remplacerez. Et qu'on double les bouteilles !

Les quatre amis firent honneur au repas, dont les restes furent abandonnés à MM. Mousqueton, Bazin, Planchet et Grimaud.

En arrivant à Paris, d'Artagnan trouva une lettre de M. de Tréville, qui le prévenait que l'intention de Sa Majesté étant d'ouvrir la campagne le 1er mai, il devait préparer ses équipages. Il courut aussitôt chez ses camarades qui venaient de recevoir, chacun, une lettre pareille de leur capitaine.

— À combien estimez-vous ces équipages ? dit d'Artagnan.

— Quatre fois deux font huit, soit huit mille livres, dit Athos.

CHAPITRE 29

LA CHASSE À L'ÉQUIPEMENT

Le plus préoccupé des quatre amis était bien certainement d'Artagnan, quoique d'Artagnan, en sa qualité de garde, fût bien plus facile à équiper que messieurs les mousquetaires qui étaient des seigneurs.

Porthos fut le premier à agir. D'Artagnan l'aperçut un jour entrer dans l'église de Saint-Leu et le suivit. Porthos s'adossa au côté d'un pilier. D'Artagnan remarqua sur un banc voisin une espèce de beauté mûre, un peu jaune, un peu sèche, mais raide et hautaine sous ses coiffes noires. Il ne s'agissait pas moins de l'épouse du procureur Coquenard, un vieillard riche à millions, mais dont l'avarice, d'après ceux qui le connaissaient, dépassait de loin la fortune. La procureuse, de vingt ans plus jeune que lui, avait la tête farcie de romans et en pinçait fort pour l'avantageux mousquetaire.

De temps en temps, elle rougissait en lui lançant un coup d'œil. Ce que voyant, Porthos se mit à faire des signaux à une belle dame blonde qui était près du chœur. La procureuse suivit le regard de Porthos et ne manqua pas de voir qu'il s'arrêtait sur l'inconnue.

Le sermon fini, elle s'avança vers le bénitier. Porthos l'y devança et, au lieu d'un doigt, y mit toute la main. La procureuse sourit, croyant que c'était pour elle qu'il se mettait en frais, mais elle fut cruellement détrompée. Lorsqu'elle fut à trois pas de lui, il détourna la tête, tira sa main du bénitier et la tendit à la belle dévote.

En ce moment, d'Artagnan reconnut son inconnue de Meung et, plantant là Porthos et sa procureuse, emboîta le pas à Milady.

— Eh ! monsieur Porthos, s'écria la procureuse. Vous ne m'en offrez pas, à moi, de l'eau bénite ?

— Ma... Madame ! est-ce vous ? Je ne vous avais pas aperçue.

— C'est parce que vous n'aviez d'yeux que pour cette dame.

— Oh ! dit Porthos, c'est seulement une duchesse de mes amies.

— Ah ! Traître ! dit la procureuse. Je le savais... Voyons, monsieur Porthos, une dernière fois : m'aimez-vous encore ?

— Hélas ! madame, dit Porthos, nous allons entrer dans une campagne où mes pressentiments me disent que je serai tué...

— Ne dites pas de pareilles choses ! s'écria la procureuse en éclatant en sanglots. Dites plutôt que vous avez un nouvel amour.

— Non, nul objet nouveau ne me touche, et même, je sens dans mon cœur quelque chose qui parle pour vous. Mais, dans quinze jours, cette fatale campagne s'ouvre.

Je vais être affreusement occupé à financer mon équipement. Nous ne nous verrons plus.

Porthos remarqua un dernier combat entre l'amour et l'avarice.

— Venez chez moi demain, finit-elle par concéder. Je verrai ce que je puis faire pour vous.

— Fort bien. Je serai ponctuel !

— À demain, mon ange !

— À demain, flamme de ma vie !

CHAPITRE 30

MILADY

D'Artagnan avait suivi Milady sans être aperçu par elle : il la vit monter dans son carrosse, et il l'entendit donner à son cocher l'ordre d'aller à Saint-Germain.

Il était inutile d'essayer de suivre à pied une voiture emportée au trot de deux vigoureux chevaux. D'Artagnan ordonna à Planchet d'aller seller deux montures des écuries de M. de Tréville, en ajoutant qu'il viendrait l'y rejoindre sans tarder. Peu après, le maître, suivi de son valet, prenait le chemin de Saint-Germain. Il allait tâcher de savoir ce que c'était que Milady. Elle avait parlé à l'homme au manteau noir, donc elle le connaissait, et, assurément, c'était lui qui avait enlevé Mme Bonacieux une seconde fois.

D'Artagnan et Planchet étaient arrivés à Saint-Germain et traversaient une rue fort déserte, quand on entendit le bruit d'une voiture. D'Artagnan poussa son cheval dans un bosquet de noisetiers, afin de voir sans être vu. Le carrosse de Milady s'arrêta à quelques pas de là, devant un pavillon. Une femme de chambre sauta en bas du marchepied et se dirigea vers la bâtisse où elle entra.

Elle en ressortit presque aussitôt et courut vers le carrosse qui, entre-temps, s'était retourné du côté par lequel il était venu. Elle s'élança sur le marchepied, et la voiture repartit.

— Maintenant, dit d'Artagnan, rattrapons-les.

Ce ne fut pas long. Au bout de cinq minutes, on trouva la voiture arrêtée sur le bord de la route. Un cavalier richement vêtu se tenait à la portière. La discussion entre Milady et le cavalier était tellement animée, que d'Artagnan s'arrêta de l'autre côté du véhicule sans que personne s'aperçoive de sa présence. Au bout d'un moment, la conversation, qui se tenait en anglais et que d'Artagnan ne comprenait pas, lui parut tourner à la dispute.

— Madame, intervint-il alors, me permettrez-vous de vous offrir mes services ? Dites un mot, et je me charge de punir ce malotru de son manque de courtoisie.

— Mais de quoi se mêle ce jeune étourneau ! lança le cavalier.

Milady se tourna et regarda le jeune homme avec étonnement.

— Je me mettrais volontiers sous votre protection, dit-elle en français, si cette personne n'était point mon frère, Lord de Winter.

— Ah ! excusez-moi, alors, dit d'Artagnan. Je j'ignorais.

Sur quoi, et sans rien dire de plus, Milady se rejeta au fond de son siège et cria froidement au cocher :

— Touche à l'hôtel !

Le carrosse partit, laissant les deux hommes face-à-face. Lord Winter fit un mouvement pour suivre la voiture, mais d'Artagnan le retint. Il n'allait pas laisser passer sa remarque injurieuse.

— Monsieur, soyez ce soir à six heures derrière le Luxembourg.

— C'est bien, on y sera, dit l'Anglais d'un ton désinvolte.

Et piquant son cheval, il reprit au galop le chemin de Paris.

CHAPITRE 31

ANGLAIS ET FRANÇAIS

L'heure venue, on se rendit avec les quatre laquais derrière le Luxembourg, dans un enclos abandonné aux chèvres.

Naturellement, d'Artagnan avait amené ses trois amis comme seconds. Bientôt une troupe silencieuse s'approcha du même enclos, y pénétra et rejoignit les mousquetaires. Puis, selon les habitudes, les présentations eurent lieu. Quand ce fut fait :

— Messieurs, dit d'Artagnan en s'adressant à ses compagnons et à ses adversaires, y sommes-nous ?

— Oui ! répondirent tout d'une voix Anglais et Français.

— Alors, en garde ! dit le Gascon.

Et aussitôt huit épées brillèrent aux rayons du soleil couchant, et le combat commença avec un acharnement bien naturel entre gens deux fois ennemis.

Athos le premier tua son adversaire. Il ne lui avait porté qu'un coup, mais il avait été mortel, l'épée lui traversant le cœur. Porthos, le second, étendit le sien sur l'herbe : il lui avait percé la cuisse. Alors, comme l'Anglais s'était rendu, Porthos le porta dans son carrosse. Aramis poussa le sien si vigoureusement, qu'après l'avoir fait rompre une cinquantaine de pas, il le mit hors de combat. Quant à d'Artagnan, qui se battait avec Lord de Winter, il avait d'abord joué simplement un jeu défensif.

Puis, d'une vigoureuse flanconade, il lui fit sauter son épée. D'un bond, il fut sur lui, et lui portant l'épée à la gorge :

— Je pourrais vous tuer, monsieur, mais je vous donne la vie par égard pour votre sœur.

L'Anglais, enchanté d'avoir affaire à un gentilhomme d'aussi bonne composition, serra d'Artagnan entre ses bras. Puis comme les adversaires de Porthos et d'Aramis avaient pris la fuite, on ne songea plus qu'au défunt. Comme on le déshabillait dans l'espoir que sa blessure n'était pas mortelle, une grosse bourse s'échappa de sa ceinture. D'Artagnan la ramassa et la tendit à Lord de Winter.

— Eh ! que voulez-vous que j'en fasse ? demanda l'Anglais.

— Vous la rendrez à sa famille, dit d'Artagnan.

— Sa famille se soucie bien de cette misère ! Gardez cette bourse pour vos laquais.

Cependant, Athos s'était approché de d'Artagnan.

— Donnons cela, dit-il en lui prenant la bourse, non à nos laquais, mais aux Anglais.

Puis, la jetant dans la main du cocher :

— Pour vous et vos camarades, cria-t-il.

Cette grandeur de manières, cette générosité française, répétée par Lord de Winter et son ami, eut partout un grand succès... excepté auprès de MM. Grimaud, Mousqueton, Planchet et Bazin.

CHAPITRE 32

UN DÎNER DE PROCUREUR

Cependant le duel dans lequel Porthos avait joué un rôle si brillant ne lui avait pas fait oublier le dîner auquel l'avait invité la femme du procureur.

Le lendemain, vers une heure, il gagna la rue aux Ours. Le mousquetaire savait la réputation d'avarice qui courait sur les procureurs. Mais comme la procureuse s'était toujours montrée généreuse, il espéra trouver une maison montée sur un pied flatteur.

À la porte, il eut quelques doutes : allée puante et noire, escalier mal éclairé, porte basse et ferrée d'énormes clous. Porthos heurta du doigt. Depuis midi, Mme Coquenard, la procureuse, avait l'œil au guet. Elle fut à la porte presque en même temps que son convive.

— C'est mon cousin ! s'écria-t-elle. Entrez, monsieur Porthos !

Le procureur, prévenu de cette visite, ne témoigna aucune surprise. Ses petits yeux gris et brillants semblaient, avec sa bouche grimaçante, la seule partie de son visage où la vie soit demeurée.

On passa dans la salle à manger, grande pièce noire où M. Coquenard fut poussé jusqu'à la table sur son fauteuil à roulettes par son épouse. Attendait là un bouillon pâle, parfaitement aveugle, et sur lequel quelques croûtes nageaient, rares, comme les îles d'un archipel. Après quoi vint une poule bouillie. La pauvre bête était maigre, revêtue de ces grosses peaux hérissées que les os ne percent jamais malgré leurs efforts. Il fallait qu'on l'ait cherchée longtemps avant de la trouver sur le perchoir où elle s'était retirée pour mourir de vieillesse.

— Diable, pensa Porthos, voilà qui est triste. Je respecte la vieillesse, mais j'en fais peu de cas bouillie.

Il mangea timidement une aile de poulet et but un demi-verre de cet horrible cru de Montreuil. Puis Mme Coquenard tira d'un buffet de la gelée de coing qu'elle avait confectionnée elle-même. Porthos passa la langue sur une petite cuillerée de confiture et s'englua les dents dans la pâte collante.

Après les délices d'un pareil repas, maître Coquenard éprouva le besoin de faire sa sieste. La procureuse emmena Porthos dans une chambre voisine, et l'on commença à parler de l'équipement.

— À combien ? dit-elle frémissante. J'espère bien que cela ne passe point...

Elle s'arrêta, la parole lui manquait.

— Oh ! non, cela ne passe point deux mille livres.

— Bon Dieu ! Mais c'est une fortune !

Porthos fit une grimace des plus significatives.

L'ensemble de l'équipement fut débattu, et il résulta de la séance que la procureuse avancerait huit cents livres en argent et fournirait le cheval et le mulet de Porthos et de Mousqueton.

Ces conditions arrêtées, Porthos prit congé. Mme Coquenard voulut le retenir, mais il prétexta les exigences du service, et la procureuse dut céder le pas au roi. Le mousquetaire rentra chez lui, affamé et de fort mauvaise humeur.

CHAPITRE 33

SOUBRETTE ET MAÎTRESSE

Cependant, malgré les conseils d'Athos et le tendre souvenir de Mme Bonacieux, d'Artagnan ne manquait pas, chaque jour, d'aller rendre visite à Milady, séduit qu'il était par la beauté de la jeune femme.

Un soir qu'il arrivait le nez au vent, il rencontra la soubrette qu'il avait aperçue à Saint-Germain. Elle lui prit tout doucement la main.

— Je voudrais bien vous dire deux mots, balbutia-t-elle. Si monsieur le chevalier voulait me suivre...

Elle l'entraîna par un petit escalier sombre, et, après lui avoir fait monter une quinzaine de marches, ouvrit une porte.

— C'est ma chambre, dit-elle. Elle communique avec celle de ma maîtresse par cette porte. Je tenais à vous faire savoir qu'elle ne vous aime pas du tout. Si vous ne me croyez pas, écoutez ce qu'elle dira, quand elle m'aura appelée auprès d'elle.

Peu après, minuit sonna, et l'on entendit retentir la sonnette dans la chambre de Milady.

— Me voici ! s'écria la soubrette en s'élançant chez sa maîtresse.

— Eh bien ! dit Milady, je n'ai pas vu notre Gascon ce soir.

— Il faut qu'il ait été empêché par M. de Tréville ou par M. des Essarts.

— N'importe, Ketty ! Je le tiens, celui-là !

— Qu'en fera madame ?

— Ce que j'en ferai ? Sois tranquille, Ketty. Il a manqué me faire perdre mon crédit près de Son Éminence. Oh ! je me vengerai.

— Je croyais que madame l'aimait ?

— Moi, l'aimer ! Je le déteste ! Aussi me serais-je déjà vengée si, je ne sais pourquoi, le cardinal ne m'avait recommandé de le ménager.

— Mais madame n'a pas ménagé cette petite femme qu'il aimait.

— Oh ! la mercière de la rue des Fossoyeurs ! La belle vengeance, ma foi !

Une sueur froide coulait sur le front de d'Artagnan : c'était donc un monstre que cette femme ! Il se remit à écouter, mais malheureusement la toilette était finie.

— C'est bien, dit Milady à la soubrette, rentrez chez vous !

D'Artagnan entendit la porte qui se refermait, puis le bruit de deux verrous que mettait Milady, afin de s'enfermer chez elle. De son côté, Ketty donna à la serrure un tour de clé.

— Oh ! mon Dieu ! dit tout bas Ketty, comme vous êtes pâle !

— L'abominable créature ! murmura d'Artagnan.

Avant de s'en aller, il demanda à Ketty de venir chez lui le lendemain matin pour lui apprendre quels étaient les ordres donnés par sa maîtresse. La pauvre fille promit tout ce qu'il voulut : elle était folle.

À onze heures, il la vit arriver. Elle tenait à la main un billet de Milady. D'Artagnan l'ouvrit et lut ce qui suit :

Voilà la troisième fois que je vous écris pour vous dire que je vous aime ; prenez garde que je ne vous écrive une quatrième fois pour vous dire que je vous déteste. Si vous vous repentez de la façon dont vous avez agi avec moi, la jeune fille qui vous remettra ce billet vous dira de quelle manière un galant homme peut obtenir son pardon

D'Artagnan rougit et pâlit plusieurs fois en lisant ces mots.

— Oh ! vous l'aimez toujours ! dit Ketty.

— Non, Ketty, tu te trompes ; je ne l'aime plus. Mais je veux me venger de ses mépris.

D'Artagnan prit une plume et écrivit :

Madame,

Jusqu'ici j'avais douté que ce fût bien à moi que vos propos étaient adressés tant je me croyais indigne d'un pareil honneur.

J'irai implorer mon pardon, ce soir à onze heures. Tarder d'un jour serait, maintenant, une nouvelle offense.

Celui que vous rendez le plus heureux des hommes.

Comte DE WARDES.

Ce billet était d'abord un faux, c'était ensuite une indélicatesse et, même, quelque chose comme une infamie. Mais d'Artagnan n'avait pour Milady qu'une estime fort mince, et il avait à se venger de sa conduite envers Mme Bonacieux.

— Tiens ! dit le jeune homme en remettant à Ketty le billet tout cacheté. Donne ce message à ta maîtresse ; c'est la réponse de M. de Wardes.

La pauvre Ketty pleura beaucoup avant de se décider à le remettre à Milady mais, enfin, elle s'y résolut. C'est tout ce que voulait d'Artagnan.

CHAPITRE 34

OÙ IL EST TRAITÉ DE L'ÉQUIPEMENT D'ARAMIS ET DE PORTHOS

Depuis que les quatre amis étaient chacun à la chasse de son équipement, il n'y avait plus entre eux de réunion arrêtée. On dînait les uns sans les autres, où l'on se trouvait, ou plutôt on se rencontrait où l'on pouvait. Seulement on était convenu de se réunir une fois la semaine au logis d'Athos, attendu que ce dernier, selon le serment qu'il avait fait, ne passait plus le seuil de sa porte.

C'était jour de réunion. D'Artagnan se rendit rue Férou, où il trouva Athos et Aramis. Porthos arriva un instant après.

Au bout d'un instant de conversation, Mousqueton entra. Il venait prier Porthos de passer à son logis.

Porthos se leva, salua ses amis et suivit Mousqueton. Un instant après, Bazin apparut au seuil de la porte.

— Un homme attend monsieur à la maison, dit-il à Aramis. Il m'a chargé de vous annoncer qu'il vient de Tours.

— De Tours ? J'y vais ! s'écria Aramis en se levant aussitôt. Et il s'éloigna tout courant.

— Je crois que ces gaillards-là ont trouvé leur affaire, dit Athos.

— Je ne me suis jamais fait du souci pour eux, dit juste d'Artagnan.

Aramis ne fit qu'un saut jusqu'à la rue de Vaugirard.

En entrant chez lui, il trouva effectivement un homme de petite taille aux yeux intelligents, qui lui demanda :

— Est-ce vous qui vous appelez M. Aramis ?

— Moi-même. Avez-vous quelque chose à me remettre ?

Ouvrant sa veste, l'homme se mit à découdre le haut de son pourpoint, d'où il tira une lettre. Aramis jeta un cri de joie à la vue du cachet et ouvrit l'épître, qui contenait ce qui suit :

Ami, le sort veut que nous soyons séparés pour quelque temps encore. Prenez ce que le porteur vous remettra ; faites la campagne en beau et bon gentilhomme, et pensez à moi.

L'homme décousait toujours. Il tira une à une cent cinquante doubles pistoles, qu'il aligna sur la table. Puis il ouvrit la porte, salua, et partit avant que le mousquetaire lui ait adressé la parole.

Entre-temps, Porthos était arrivé chez lui, où un billet l'attendait. Il était de la procureuse, qui lui donnait rendez-vous dans le cloître Saint-Magloire, où elle l'attendrait.

— Écoutez ! lui dit cette dernière quand le mousquetaire alla la retrouver. Ce soir, M. Coquenard va chez

M. le duc de Chaumes, qui l'a mandé. C'est une consultation qui durera deux heures au moins. Venez, nous serons seuls, et nous ferons nos comptes.

— À la bonne heure ! dit majestueusement Porthos. Voilà qui est parler, ma chère.

Et tous deux se séparèrent en répétant : « À ce soir ! »

— Diable ! pensa Porthos en s'éloignant, il me semble que je me rapproche enfin du bahut de maître Coquenard.

CHAPITRE 35

LA NUIT TOUS LES CHATS SONT GRIS

Ce soir, si impatiemment attendu, arriva enfin.

D'Artagnan se présenta vers dix heures chez Milady. Il la trouva d'une humeur charmante ; jamais elle ne l'avait si bien reçu. À onze heures, toutefois, elle commença à paraître inquiète ; elle regardait la pendule, se levait, se rasseyait, souriait d'un air qui voulait dire :

— Vous êtes aimable, mais vous seriez charmant si vous partiez.

D'Artagnan comprit qu'elle en attendait un autre. Il se leva, prit son chapeau et sortit. Ketty ne l'attendait pas. Il lui fallut trouver seul l'escalier et la petite chambre. La jeune fille était là, assise, en sanglots. Mais d'Artagnan tenait trop à ses projets pour en changer : se venger de Milady et obtenir d'elle des renseignements sur Mme Bonacieux. Ce plan, au reste, était d'autant plus facile à exécuter, que cette Milady avait commandé qu'on éteigne toutes les lumières dans l'appartement.

Au bout d'un instant, on entendit la maîtresse entrer dans sa chambre. La sonnette résonna, et Ketty reçut l'ordre d'introduire son visiteur aussitôt qu'il se présenterait. À peine d'Artagnan eut-il vu que tout était dans l'obscurité, qu'il s'élança de sa cachette.

— C'est moi, le comte de Wardes, dit-il à mi-voix en entrant dans la chambre.

— Oh ! comte, répondit Milady de sa plus douce voix en lui serrant tendrement une main dans les siennes, je suis heureuse de l'amour que vos regards et vos paroles m'ont exprimé chaque fois que nous nous sommes rencontrés. Moi aussi, je vous aime. Oh ! demain je veux un gage de vous qui me prouve que vous pensez à moi. Et comme vous pourriez m'oublier, tenez.

Et elle passa une bague de son doigt à celui de d'Artagnan.

Cependant, une heure ne tarda pas à sonner. Il fallut se séparer, mais, dans l'adieu qu'ils s'adressèrent réciproquement, une nouvelle entrevue fut convenue pour la semaine suivante.

Le lendemain matin, d'Artagnan courut chez Athos. Il lui raconta tout, y compris le don de la bague. C'était un magnifique saphir entouré de brillants. Athos fronça le sourcil.

— Votre Milady, lui dit-il, me paraît une créature infâme. Mais vous n'en avez pas moins eu tort de la tromper.

Et tout en parlant, il continuait de regarder la bague.

— Étrange ! dit-il enfin. Elle me rappelle un bijou de famille. Je ne croyais pas qu'il existait deux saphirs d'une si belle eau. Il est pourtant impossible que ce soit le même. Comment cette bague se trouverait-elle entre les mains de Milady Clarick de Winter ?

Sur quoi, il salua son hôte de la tête, en homme qui veut faire comprendre qu'il n'est pas fâché de rester seul avec ses pensées.

En rentrant chez lui, d'Artagnan trouva Ketty qui l'attendait. Elle était envoyée par sa maîtresse au comte de Wardes. Sa maîtresse était ivre de joie ; elle voulait savoir quand le comte lui donnerait une seconde entrevue. Et la pauvre Ketty, pâle et tremblante, attendait la réponse de d'Artagnan.

Athos avait une grande influence sur le jeune homme. Les conseils de son ami, joints au souvenir de Mme Bonacieux, l'avaient déterminé, maintenant que son orgueil était sauvé et sa vengeance satisfaite, à ne plus revoir milady. Il prit donc une plume et écrivit la lettre suivante :

Ne comptez pas sur moi, madame, pour le prochain rendez-vous ; depuis ma convalescence j'ai tant d'occupations de ce genre, qu'il m'a fallu y mettre un certain ordre. Quand votre tour viendra, j'aurai l'honneur de vous en faire part.

Je vous baise les mains.

Comte DE WARDES.

Du saphir, pas un mot : le Gascon voulait-il le garder jusqu'à nouvel ordre, comme une arme contre milady ? Ou bien, soyons franc, ne le conservait-il pas comme une dernière ressource pour l'équipement ?

D'Artagnan passa sa lettre tout ouverte à Ketty, qui faillit devenir folle de joie en la lisant. Elle revint place Royale de toute la vitesse de ses jambes remettre ce billet à sa maîtresse.

Milady ouvrit la lettre avec empressement mais, aux premiers mots qu'elle lut, elle devint livide puis elle froissa le papier et se retourna avec un éclair dans les yeux du côté de Ketty.

— Qu'est-ce que cette lettre ? dit-elle.

— C'est la réponse à madame, répondit Ketty toute tremblante.

— Impossible ! reprit milady. Impossible qu'un gentilhomme ait écrit à une femme une pareille lettre !

Ses dents grinçaient, elle était couleur de cendre. Elle voulut faire un pas vers une fenêtre pour aller chercher de l'air, mais la force lui manqua et elle tomba sur un fauteuil. Ketty crut qu'elle se trouvait mal et se précipita pour ouvrir son corsage. Mais milady se releva vivement :

— Que voulez-vous ?

— J'ai pensé que madame se trouvait mal, répondit la suivante, épouvantée de l'expression terrible qu'avait prise la figure de sa maîtresse.

— Me trouver mal, moi ! Me prenez-vous pour une femmelette ? Quand on m'insulte, je ne me trouve pas mal, je me venge !

CHAPITRE 36

RÊVE DE VENGEANCE

Le soir, Milady donna l'ordre d'introduire M. d'Artagnan aussitôt qu'il viendrait, selon son habitude. Mais il ne vint pas.

Le lendemain soir, Milady fut plus impatiente encore que la veille. Elle renouvela l'ordre relatif au Gascon, mais, comme la veille, elle l'attendit inutilement.

Le matin suivant, Ketty se présenta chez d'Artagnan, tira une lettre de sa poche et la lui remit. Il l'ouvrit et lut ce qui suit :

Cher monsieur d'Artagnan, c'est mal de négliger ses amis. Mon beau-frère et moi nous avons attendu vainement. En sera-t-il de même ce soir ?

Votre bien reconnaissante,

LADY DE WINTER

Il lui fit répondre qu'il était on ne peut plus reconnaissant de ses bontés et qu'il se rendrait à ses ordres. Aussi, à neuf heures sonnant, était-il place Royale. On le fit entrer aussitôt qu'il parut.

D'Artagnan jeta un regard curieux sur Milady : elle était pâle et avait les yeux fatigués. Le jeune homme s'approcha d'elle avec sa galanterie ordinaire et l'interrogea sur sa santé.

— Mauvaise, répondit-elle, très mauvaise.

Puis, se reprenant un peu, elle demanda :

— Voyons, que feriez-vous pour prouver cette affection que vous affirmez avoir pour moi ?

— Tout ce qu'on exigerait de moi. Qu'on ordonne, et je suis prêt.

— J'ai un ennemi, dit-elle. Un ennemi mortel qui m'a insultée si cruellement que c'est entre lui et moi une guerre à mort. Puis-je compter sur vous comme auxiliaire ?

— Vous le pouvez, madame, dit-il avec emphase. Mon bras et ma vie vous appartiennent !

— Alors, dit Milady, puisque vous êtes aussi généreux...

Elle s'arrêta.

— Venge-moi de cet infâme de Wardes, murmura-t-elle entre ses dents, et je saurai bien me débarrasser de toi ensuite, double sot, lame d'épée vivante !

— Nommez-moi l'infâme qui a pu faire pleurer vos beaux yeux.

— Il s'appelle..., dit-elle, le comte de Wardes !

— Eh bien ! je vous vengerai de ce misérable, reprit d'Artagnan.

— Merci, mon ami, s'écria Milady. Et quand serai-je vengée ?

— Demain, tout de suite, quand vous voudrez !

Milady allait s'écrier : « Tout de suite », mais elle s'interrompit.

— Silence ! dit-elle, j'entends mon frère ; il est inutile qu'il vous trouve ici.

Elle sonna. Ketty parut.

— Sortez par-là, dit-elle à d'Artagnan en poussant une petite porte dérobée, et revenez à onze heures, nous achèverons cet entretien. Ketty vous introduira chez moi.

CHAPITRE 37

LE SECRET DE MILADY

Malgré les instances de Ketty, d'Artagnan était sorti de l'hôtel au lieu de monter tout de suite chez la jeune fille, pour y attendre l'heure de son entretien avec Milady.

Il fit cinq ou six fois le tour de la place Royale, se retournant de dix pas en dix pas pour regarder la lumière de l'appartement de Milady, qu'on apercevait à travers les jalousies.

Enfin la lumière disparut. Il rentra dans l'hôtel et se précipita dans la chambre de Ketty. Milady, l'oreille au guet, avait entendu le bruit qu'il avait fait. Elle ouvrit la porte.

— Venez, dit-elle.

Tout cela était si incroyable, qu'à peine si d'Artagnan pouvait y croire. Il pensait être entraîné dans quelques-unes de ces intrigues fantastiques comme on en accomplit en rêve.

Il s'abandonna donc en entier aux sensations du moment. Milady ne fut plus pour lui cette femme aux intentions fatales qui l'avait un instant épouvanté, ce fut une maîtresse ardente et passionnée.

Nous ne pourrions dire le temps que dura la nuit pour elle. Mais notre Gascon croyait être auprès d'elle depuis deux heures à peine, lorsque le jour parut aux fentes des volets et bientôt envahit la chambre de sa lueur blafarde.

Alors Milady, voyant que d'Artagnan allait la quitter, lui rappela la promesse qu'il lui avait faite de la venger de Wardes.

— J'y suis tout prêt, dit d'Artagnan. Mais, auparavant, un aveu me presse. Cette bague, ce n'est pas au comte de Wardes que vous l'avez donnée jeudi dernier. C'est moi qui l'ai. Le de Wardes de ce soir-là et le d'Artagnan d'aujourd'hui sont la même personne !

L'imprudent s'attendait à une surprise mêlée de pudeur, à un petit orage qui se résoudrait en larmes. Il se trompait étrangement, et son erreur ne fut pas longue !

Pâle et terrible, Milady se redressa et, repoussant d'Artagnan d'un violent coup dans la poitrine, elle s'élança hors du lit.

Il faisait alors presque grand jour. D'Artagnan la retint par son peignoir de fine toile pour implorer son pardon, mais elle continua de fuir. Alors la batiste se déchira en laissant à nu les épaules. Sur l'une d'elle, ronde et blanche, d'Artagnan, avec un saisissement inexprimable, reconnut la fleur de lys, cette marque indélébile qu'imprime la main infamante du bourreau.

CHAPITRE 38

COMMENT, SANS SE DÉRANGER, ATHOS TROUVA SON ÉQUIPEMENT

D'Artagnan était tellement bouleversé que, sans s'inquiéter de ce que devenait Ketty, il traversa la moitié de Paris tout courant et ne s'arrêta que devant la porte d'Athos.

— Seriez-vous blessé, mon ami ? lui demanda ce dernier en le voyant paraître. Vous êtes bien pâle.

— Non, mais il vient de m'arriver un terrible événement.

Et d'Artagnan se précipita dans la chambre d'Athos.

— Hé ! parlez, dit celui-ci. Le roi est-il mort ? Avez-vous tué M. le cardinal ? Dites, car je meurs véritablement d'inquiétude.

— Préparez-vous à entendre une histoire incroyable ! répondit d'Artagnan. Milady... est marquée d'une fleur de lys à l'épaule !

— Ah ! cria le mousquetaire comme s'il avait reçu une balle.

— Êtes-vous sûr, dit d'Artagnan, que l'autre soit bien morte ?

— L'autre ? balbutia Athos d'une voix sourde.

— Oui, celle dont vous m'avez parlé un jour, à Amiens.

Athos poussa un gémissement et se prit la tête dans ses mains.

— Celle-ci, continua d'Artagnan, est une femme de vingt-six à vingt-huit ans, blonde, des yeux bleus et clairs, d'une clarté étrange. La fleur de lys est petite, rousse de couleur, et comme effacée par les couches de pâte qu'on y applique.

— Cependant, soupira Athos, vous dites qu'elle est anglaise.

— On l'appelle Milady, mais elle peut être française : Lord de Winter n'est que son beau-frère. Ah ! mon cher Athos, j'ai bien peur d'avoir attiré sur nous deux une vengeance terrible !

— Vous avez raison, dit Athos. Heureusement, après-demain nous quittons Paris pour La Rochelle. Et une fois partis...

— Au fond, dit d'Artagnan, il s'agit seulement d'aller jusqu'à après-demain soir sans encombre.

— En attendant, dit Athos, vous avez toujours le saphir ?

— Le saphir est à vous. Ne m'avez-vous pas dit que c'était une bague de famille ?

— Cette bague est souillée, d'Artagnan.

— Alors, engagez-la. On vous prêtera dessus un millier d'écus. Avec cette somme vous aurez votre équipement. Puis, au premier argent qui vous rentrera, vous la reprendrez, lavée de ses anciennes taches, car elle aura passé par les mains des usuriers.

— Eh bien ! engageons cette bague, mais à une condition : il y aura cinq cents écus pour vous et cinq cents écus pour moi.

Comme l'avait prévu notre Gascon, on trouva à emprunter trois cents pistoles sur la bague. Athos et d'Artagnan, avec l'activité de deux soldats et la science de deux connaisseurs, mirent trois heures à peine à acheter tout l'équipement du mousquetaire.

Ce fut ainsi qu'Athos trouva des ressources auxquelles il ne s'attendait pas.

CHAPITRE 39

UNE VISION

À l'heure convenue, les quatre amis étaient réunis chez Athos. Leurs préoccupations sur l'équipement avaient tout à fait disparu, et chaque visage ne conservait plus l'expression que de ses propres et secrètes inquiétudes, car derrière tout bonheur présent est cachée une crainte à venir.

Tout à coup Planchet entra, apportant une grande épître carrée resplendissante des armes terribles du cardinal.

— Eh bien ! voyons ce que me veut Son Éminence !

D'Artagnan décacheta la lettre et lut à voix haute :

M. d'Artagnan, garde du roi, compagnie des Essarts, est attendu au Palais-Cardinal ce soir, à huit heures.

LA HOUDINIÈRE,
Capitaine des gardes

— Ah ! fit Athos, ce rendez-vous est des plus inquiétants.

— Bah ! j'irai tout de même, répondit d'Artagnan.

— Alors, dit Athos, nous ne vous quitterons pas. Nous attendrons chacun à une porte du palais avec trois mousquetaires derrière nous. Si nous voyons sortir quelque voiture à portière fermée et à mine suspecte, nous tomberons dessus. Il y a longtemps que nous n'avons eu maille à partir avec les gardes de M. le cardinal, et M. de Tréville doit nous croire morts.

Quand sept heures et demie sonnèrent, les amis de d'Artagnan lui firent observer qu'il était encore temps de se dédire. Mais le Gascon était à la fois entêté et curieux. Il s'était mis dans la tête qu'il saurait ce que voulait Son Éminence. Rien ne put le faire changer de résolution.

On arriva place du Palais-Cardinal, où l'on trouva les douze mousquetaires convoqués qui attendaient leurs camarades. On leur expliqua ce dont il était question. Athos les partagea en trois groupes, prit le commandement de l'un, donna le second à Aramis et le troisième à Porthos, puis chaque groupe alla s'embusquer en face d'une sortie.

D'Artagnan, de son côté, entra bravement par la porte principale. Il remit sa lettre à l'huissier de service, qui fit signe au jeune homme de le suivre. Il suivit un corridor, traversa un grand salon, entra dans une bibliothèque, et se trouva en face d'un homme assis devant un bureau et qui écrivait.

D'Artagnan resta debout et examina cet homme. Il crut d'abord qu'il avait affaire à quelque juge examinant son dossier, mais il s'aperçut que l'homme du bureau corrigeait des lignes d'inégale longueur, en scandant des mots sur ses doigts. Il vit qu'il était en face d'un poète. Au bout d'un instant le poète ferma son manuscrit, sur la couverture duquel était écrit : *Mirame, tragédie en cinq actes,* et il leva la tête.

D'Artagnan reconnut le cardinal.

CHAPITRE 40

LE CARDINAL

Richelieu appuya son coude sur son manuscrit, sa joue sur sa main, et regarda un instant d'Artagnan. Nul n'avait l'œil plus profondément scrutateur que le cardinal, et le jeune homme sentit ce regard courir par ses veines comme une fièvre.

— Monsieur, commença le cardinal, êtes-vous bien un d'Artagnan du Béarn ?

— Oui, monseigneur. Je suis le fils du d'Artagnan qui a fait les guerres de religion avec le roi Henri, père de sa gracieuse Majesté.

— C'est bien vous qui êtes parti, il y a sept ou huit mois à peu près, de votre pays, pour venir chercher fortune dans la capitale ?

— Oui, monseigneur.

— Vous êtes venu par Meung, où il vous est arrivé je ne sais trop quoi.

— Monseigneur, dit d'Artagnan, voici ce qu'il s'est passé...

— Inutile, dit le cardinal avec un sourire qui indiquait qu'il connaissait l'histoire. Vous étiez recommandé à M. de Tréville.

— Oui, monseigneur, mais justement...

— ... La lettre de recommandation a été perdue. Mais M. de Tréville connaît les hommes à la première vue, et il vous a placé dans la compagnie de M. des Essarts, en vous faisant espérer qu'un jour ou l'autre vous entreriez dans les mousquetaires.

— Monseigneur est parfaitement renseigné.

— Depuis ce temps-là, il vous est arrivé bien des choses...

— Monseigneur, dit d'Artagnan tout interdit, j'ai...

— Cela ne regarde personne. Je le sais parce que mon état est de tout savoir. Mais à votre retour, vous n'êtes pas passé au palais comme vous l'auriez dû. Et vous avez eu tort.

— Je craignais d'avoir encouru la disgrâce de Votre Éminence.

— Et pourquoi cela, monsieur ? Pour avoir suivi les ordres de vos supérieurs avec plus d'intelligence et de courage que ne l'aurait fait un autre ? Encourir ma disgrâce quand vous méritiez des éloges ? Ce sont les gens qui n'obéissent pas que je punis, et non pas ceux qui, comme vous, obéissent... trop bien... Enfin, comme je n'entendais pas parler de vous depuis quelque temps, j'ai voulu savoir ce que vous faisiez et, surtout, vous entretenir d'un plan que je m'étais tracé à votre égard.

D'Artagnan était de plus en plus étonné.

— Vous êtes brave, monsieur d'Artagnan, poursuivit l'Éminence. Et vous êtes prudent, ce qui vaut mieux... Cependant vous avez, je le crois, besoin d'être guidé dans l'aventureuse carrière que vous avez entreprise, car vous êtes venu à Paris avec l'idée de faire fortune, n'est-ce pas ?

— Je suis dans l'âge des folles espérances, monseigneur.

— Il n'y a de folles espérances que pour les sots, monsieur ! Voyons, que diriez-vous d'une enseigne dans mes gardes, et d'une compagnie après la campagne ?

— Monseigneur..., reprit d'Artagnan d'un air embarrassé.

— Comment, vous refusez ? s'écria le cardinal avec étonnement.

— Je suis dans les gardes de Sa Majesté, monseigneur, et je n'ai point de raisons d'être mécontent.

— Je vous sais homme de résolution, et vos services bien dirigés, au lieu de vous mener à mal, pourraient vous rapporter beaucoup, reprit le cardinal. Allons, réfléchissez et décidez-vous.

— Votre bonté me confond, monseigneur, répondit d'Artagnan, mais tous mes amis sont aux mousquetaires et mes ennemis, par une fatalité inconcevable, sont à Votre Éminence. Je serais donc mal venu ici et mal regardé là-bas si j'acceptais votre offre.

— C'est-à-dire que vous refusez de me servir, monsieur ? dit le cardinal avec un ton de dépit dans lequel perçait cependant une sorte d'estime. Soit ! Demeurez donc libre et gardez vos haines et vos sympathies. Je ne vous en veux pas. Mais comprenez-le : on a assez de défendre et récompenser ses amis. On ne doit rien à ses ennemis.

— J'aurai, quoi qu'il arrive, dit d'Artagnan en mettant la main sur sa poitrine et en s'inclinant, une éternelle reconnaissance à Votre Éminence de ce qu'elle fait pour moi en ce moment.

— Eh bien ! monsieur d'Artagnan, nous nous reverrons après la campagne. Je vous suivrai des yeux, et, à notre retour, nous compterons.

D'Artagnan ouvrit la bouche pour répondre, mais, d'un geste hautain, le cardinal le congédia.

D'Artagnan sortit. Il descendit par le même escalier qu'il était entré. Il trouva devant la porte ses amis qui commençaient à s'inquiéter. D'un mot il les rassura, en se contentant de leur dire que M. de Richelieu l'avait fait venir pour lui proposer d'entrer dans ses gardes et qu'il avait refusé.

— Et vous avez eu raison ! s'écrièrent en chœur Porthos et Aramis.

La journée du lendemain se passa en préparatifs de départ.

Le matin du jour suivant, au Louvre, le roi passa la troupe en revue. Après quoi, les gardes se mirent seuls en marche, les mousquetaires ne devant partir que plus tard, avec Sa Majesté.

CHAPITRE 41

LE SIÈGE DE LA ROCHELLE

Le siège de La Rochelle fut un des plus grands événements du règne de Louis XIII, et une des plus grandes entreprises militaires du cardinal.

Des cités données par Henri IV aux huguenots[1] comme places de sûreté, il ne restait plus que La Rochelle. Il s'agissait donc de détruire ce dernier bastion du calvinisme. Outre sa nouvelle importance, il y avait son port qui était la dernière porte ouverte aux Anglais dans le royaume de France. En le fermant à notre éternelle ennemie, le cardinal achevait l'œuvre de Jeanne d'Arc.

Mais, à côté de ces vues générales, Richelieu visait à se débarrasser d'un ennemi en la personne de Buckingham, et à se venger d'un homme qui l'avait mis en échec. En attendant que le roi, qui était malade, et lui puissent aller prendre le commandement du siège, il avait fait partir monsieur le frère du roi pour diriger les

1. Nom donné aux protestants de France et de Navarre durant les guerres de religion qui les opposaient aux catholiques.

premières opérations, et, avec lui, toutes les troupes dont il avait pu disposer.

C'était de ce détachement, envoyé en avant-garde et placé sous le commandement de M. des Essarts, que faisait partie d'Artagnan.

Le surlendemain de son arrivée, on battit aux champs. Le duc d'Orléans visitait les postes. D'Artagnan prit son rang au milieu de ses camarades. Au bout d'un instant, M. des Essarts lui fit signe de venir à lui. Il quitta les rangs et s'avança pour prendre l'ordre.

— Monsieur va demander des hommes pour une mission dangereuse, et je vous ai appelé pour que vous vous teniez prêt.

— Merci, mon capitaine ! répondit d'Artagnan, qui ne demandait pas mieux que de se distinguer sous les yeux du lieutenant-général.

— Il me faudrait trois ou quatre volontaires conduits par un homme sûr, lança en effet le duc d'Orléans au bout de quelques instants.

— L'homme sûr, je l'ai sous la main, monseigneur, dit le capitaine en montrant d'Artagnan. Et quant aux volontaires...

— Quatre hommes de bonne volonté pour venir se faire tuer avec moi ! cria d'Artagnan en levant son épée.

Deux de ses camarades aux gardes s'élancèrent aussitôt, et deux soldats se joignirent à eux.

Les Rochelois avaient repris un bastion dont l'armée royaliste s'était emparée quelques jours auparavant. Il s'agissait de pousser une reconnaissance pour voir si les assaillants l'avaient évacué ou s'ils y avaient laissé une garnison.

D'Artagnan partit avec ses quatre compagnons et suivit la tranchée. Les deux gardes marchaient au même rang que lui, et les soldats venaient par-derrière. Ils arrivèrent ainsi à une centaine de pas du bastion. Là, d'Artagnan, en se retournant, s'aperçut que les deux soldats avaient disparu. Il crut qu'ayant eu peur, ils étaient restés en arrière, et continua d'avancer.

Les trois gardes arrivèrent à soixante pas à peu près du bastion. On n'y voyait personne, il semblait abandonné. Ils se demandaient s'ils iraient plus avant, lorsqu'une ceinture de fumée ceignit le géant de pierre, et une douzaine de balles vinrent siffler autour de d'Artagnan et de ses compagnons.

Ils savaient ce qu'ils voulaient savoir : le bastion était gardé. Les trois hommes tournèrent le dos et commencèrent une retraite rapide. Mais en arrivant à l'angle de la tranchée qui allait leur servir de rempart, un des gardes tomba. Une balle lui avait traversé la poitrine. L'autre continua sa course vers le camp.

D'Artagnan ne voulut pas abandonner son compagnon et s'inclina vers lui pour le relever. Mais, à ce moment, deux coups de fusil partirent. Une balle cassa la tête au garde déjà blessé, et l'autre s'aplatit sur un roc après être passée à deux pouces de d'Artagnan.

Cette attaque ne pouvait venir du bastion. D'Artagnan résolut donc de savoir à quoi s'en tenir, et tomba sur le corps de son camarade comme s'il était mort.

Il vit aussitôt deux têtes s'élever au-dessus d'un muret à trente pas de là. C'étaient celles de nos deux soldats. Ces hommes ne l'avaient suivi que pour l'assassiner, espérant que la mort du jeune homme serait mise sur le compte de l'ennemi.

Seulement, comme il pouvait n'être que blessé et dénoncer leur crime, ils s'approchèrent pour l'achever. Lorsqu'ils furent à dix pas de lui, d'Artagnan, qui en tombant avait eu soin de ne pas lâcher son épée, se releva tout à coup et d'un bond se trouva près d'eux.

Les assassins comprirent que s'ils s'enfuyaient du côté du camp sans avoir tué leur homme, ils seraient accusés par lui. Aussi, l'un des deux prit son fusil et s'élança vers le bastion. Les Rochelois qui le gardaient firent feu et il tomba, tué d'une balle. Pendant ce temps, d'Artagnan s'était jeté sur le second. La lutte ne fut pas longue : l'épée du garde traversa la cuisse de l'assassin.

— Ne me tuez pas ! s'écria le bandit. Grâce ! je vous dirai tout.

— Misérable ! dit d'Artagnan. Qui t'a chargé de m'assassiner ?

— Une femme que je ne connais pas, mais qu'on appelle Milady.

— Et combien vous a-t-elle donné pour cette belle expédition ?

— Cent louis.

— À la bonne heure, dit le jeune homme en riant, au moins elle estime que je vaux quelque chose. Mais, ajouta-t-il, je ne veux pas t'abandonner ainsi. Appuie-toi sur moi et retournons au camp.

— Oui, dit le blessé, incrédule devant tant de magnanimité.

Le garde qui était revenu après la première décharge des Rochelois avait annoncé la mort de ses quatre compagnons. On fut donc à la fois fort étonné et fort joyeux dans le régiment quand on vit reparaître le jeune homme sain et sauf.

Ce fut pour lui l'occasion d'un véritable triomphe. Toute l'armée parla de cette expédition pendant un jour, et monsieur lui en fit faire ses compliments.

CHAPITRE 42

LE VIN D'ANJOU

Après des nouvelles presque désespérées du roi, le bruit de sa convalescence commençait à se répandre dans le camp ; et comme il avait grande hâte d'arriver en personne au siège, on disait qu'aussitôt qu'il pourrait remonter à cheval, il se remettrait en route.

À d'Artagnan restait une inquiétude, celle de ne pas avoir de nouvelle de ses amis. Mais un matin du début novembre, tout lui fut expliqué par cette lettre, datée de Villeroy :

Monsieur d'Artagnan,

MM. Athos, Porthos et Aramis ont mené si grand tapage, que le prévôt les a consignés pour quelques jours. Je n'en accomplis pas moins l'ordre qu'ils m'ont donné de vous envoyer douze bouteilles de mon vin d'Anjou.

GODEAU,

Hôtelier de MM. les mousquetaires

— À la bonne heure, ils pensent à moi ! se dit d'Artagnan.

Et il courut chez deux gardes avec lesquels il avait fait plus amitié qu'avec les autres, afin de les inviter à dîner et à boire le vin avec lui. La réunion fut fixée au surlendemain.

Le jour convenu, les trois convives, après avoir pris le potage, allaient porter le premier verre à leurs lèvres, lorsque le canon retentit. Aussitôt les trois gardes sortirent en courant pour se rendre à leurs postes. Mais à peine furent-ils dehors qu'ils furent fixés sur ce grand bruit. Les cris de « Vive le roi ! Vive M. le cardinal ! » retentissaient de tous côtés.

Les mousquetaires de M. de Tréville les suivaient. D'Artagnan salua d'un geste expressif ses amis, qui lui répondirent des yeux. Et sitôt la cérémonie de réception achevée, les quatre amis furent bientôt dans les bras l'un de l'autre.

— Pardieu ! s'écria d'Artagnan, il n'est pas possible de mieux arriver, nous nous apprêtions, avec ces deux gentilshommes que voici, à faire honneur au vin d'Anjou que vous m'avez envoyé.

— Nous ne vous avons pas envoyé de vin, dit Athos. Non pas !

— Mais si, de Villeroy, par votre hôtelier, Godeau ! À moins...

D'Artagnan pâlit, et un tremblement secoua tous ses membres.

— Courons, mes amis, s'écria-t-il. Un horrible soupçon me traverse l'esprit : serait-ce encore une vengeance de cette femme ?

Il s'élança. Le premier objet qui frappa sa vue en entrant dans la salle à manger fut le soldat qu'il avait engagé pour les servir, étendu par terre et se roulant dans d'atroces convulsions. Un verre vide gisait au sol non loin de lui. Planchet, pâle comme un mort, tentait de porter secours au moribond, mais il était évident que ce serait inutile : ses traits étaient crispés par l'agonie.

Il expira dans un redoublement de tortures.

— Affreux ! fit Athos, tandis que Porthos brisait les bouteilles.

— Oh ! mes amis, dit d'Artagnan, vous venez de me sauver la vie. Non seulement à moi, mais à ces messieurs les gardes.

Comprenant que les quatre amis désiraient demeurer seuls, ces derniers ne furent pas longs à se retirer.

— Eh bien ! dit d'Artagnan, lorsqu'ils furent sans témoins, vous le voyez, c'est une guerre à mort !

CHAPITRE 43

L'AUBERGE DU COLOMBIER-ROUGE

À peine arrivé au camp, le roi, qui avait si grande hâte de se trouver en face de l'ennemi et qui partageait la haine du cardinal contre Buckingham, voulut faire toutes les dispositions, d'abord pour chasser les Anglais de l'île de Ré, ensuite pour presser le siège de La Rochelle.

La conjoncture était favorable. L'entreprise réussit, au grand contentement du roi. Des *Te Deum* furent chantés au camp et dans toute la France. Le cardinal resta donc maître de poursuivre le siège sans avoir, pour le moment, rien à craindre de la part des Anglais.

De leur côté, les mousquetaires, qui n'avaient pas grand-chose à faire, menaient joyeuse vie. Or, un soir que d'Artagnan n'avait pu les accompagner, Athos, Porthos et Aramis, montés sur leurs chevaux, enveloppés de leurs manteaux, une main sur la crosse de leurs pistolets, revenaient d'une buvette qu'on appelait le *Colombier-Rouge* lorsqu'ils crurent entendre le pas d'une cavalcade qui venait à eux. Aussitôt, ils s'immobilisèrent et attendirent, tenant le milieu de la route. Au bout d'un instant, ils virent paraître un cavalier qui s'arrêta à son tour.

Athos, faisant quelques pas en avant, cria de sa voix ferme :

— Qui vive ? Répondez, ou nous chargeons !

— Prenez garde à ce que vous allez faire, messieurs, dit une voix qui paraissait avoir l'habitude de commander. Qui êtes-vous ?

— Mousquetaires du roi ! dit Athos, désormais convaincu que celui qui les interrogeait en avait le droit. Compagnie de Tréville.

L'officier abaissa son manteau pour paraître à visage découvert.

— Monsieur le cardinal ! crièrent les mousquetaires stupéfaits.

— MM. Athos, Porthos et Aramis, à ce que je vois ! Je sais que vous n'êtes pas tout à fait de mes amis, mais qu'on peut se fier à vous. Faites-moi donc l'honneur de m'accompagner, et alors j'aurai une escorte à faire envie à Sa Majesté.

Les trois mousquetaires s'inclinèrent jusque sur le cou de leurs chevaux. Ils passèrent derrière le cardinal, qui s'enveloppa de nouveau le visage de son manteau et remit son cheval en marche.

On arriva bientôt à l'auberge silencieuse et solitaire. Un cheval tout sellé était attaché au contrevent. Richelieu frappa trois fois. Un homme enveloppé d'un manteau sortit aussitôt et échangea quelques paroles avec le cardinal, après quoi il monta à cheval et partit dans la direction de Surgères, qui était aussi celle de Paris.

Le cardinal mit pied à terre. Ses trois accompagnateurs en firent autant. L'hôte parut sur le seuil de sa porte.

— Donnez à ces messieurs une chambre au rez-de-chaussée, où ils pourront m'attendre auprès d'un bon feu ! dit le cardinal.

L'hôte ouvrit la porte d'une salle et y fit entrer les mousquetaires.

Sans rien dire de plus, Son Éminence monta l'escalier en homme qui n'a pas besoin qu'on lui indique son chemin.

CHAPITRE 44

DE L'UTILITÉ DES TUYAUX DE POÊLE

Il était évident que, sans s'en douter, et mus seulement par leur caractère chevaleresque et aventureux, nos trois amis venaient de rendre service à quelqu'un que le cardinal honorait de sa protection particulière.

Maintenant, qui était-ce ? C'est la question que se posèrent les trois mousquetaires, puis, n'y trouvant aucune réponse, Porthos et Aramis se mirent à jouer aux dés. Athos se promena en réfléchissant.

Or, chaque fois qu'il passait devant un tuyau de poêle dont l'autre extrémité donnait dans la chambre supérieure, il entendait un murmure de paroles qui finit par attirer son attention. Il fit signe à ses deux compagnons de se taire, restant lui-même l'oreille tendue à la hauteur de l'orifice inférieur.

— Écoutez, Milady, disait le cardinal, l'affaire est importante. Un petit bâtiment avec équipage anglais, dont le capitaine est à moi, vous attend à l'embouchure de la Charente. Il faut vous y rendre cette nuit, aussitôt que je serai reparti avec mon escorte. Vous allez embarquer pour Londres, où vous irez trouver Buckingham. Vous vous présenterez à lui comme négociatrice. Vous lui direz que je sais tous les préparatifs qu'il fait mais que je ne m'en inquiète pas, attendu que, au premier mouvement qu'il risquera, je perds la reine.

— Croira-t-il que Votre Éminence peut accomplir sa menace ?

— Oui ! J'ai des preuves. Les détails de sa visite au Louvre et de l'aventure d'Amiens, outre une lettre de Mme de Chevreuse.

— Mais si, malgré tout, le duc continue de menacer la France ?

— S'il persiste ? Eh bien ! il y aura en tout temps et dans tous les pays des fanatiques qui ne demanderont pas mieux que de se faire martyrs. Les puritains sont furieux contre le duc, que leurs prédicateurs désignent comme l'Antéchrist. Il ne s'agirait que de trouver une femme, belle et adroite, qui mettrait le couteau de Ravaillac aux mains d'un fanatique qui sauverait la France.

— Oui, mais, dès lors, elle serait la complice d'un assassinat.

— A-t-on jamais connu les complices de Ravaillac ?

— Non, car ils étaient placés trop haut pour qu'on aille les chercher où ils étaient. Mais, étant simplement lady Clarick de Winter, je voudrais un ordre qui ratifie d'avance tout ce que je croirai devoir faire pour le bien de la France.

— Vous avez raison ! Donnez-moi donc du papier, une plume et de l'encre, dit le cardinal.

Il se fit un instant de silence qui prouvait que le cardinal était occupé à écrire le billet. Athos prit à part ses deux compagnons.

— Nous avons entendu le nécessaire. Il faut que je sorte. Vous direz au cardinal que je suis parti en éclaireur. Le reste me regarde.

Sur quoi, Athos alla reprendre son cheval et le mit au trot sur la route qui menait au camp.

CHAPITRE 45

SCÈNE CONJUGALE

Comme l'avait prévu Athos, le cardinal ne tarda point à descendre ; il ouvrit la porte de la chambre où étaient entrés les mousquetaires, et trouva Porthos faisant une partie de dés acharnée avec Aramis.

— Monseigneur, lui dit aussitôt ce dernier, notre ami est parti en éclaireur sur le soupçon que la route n'était pas sûre.

Le cardinal fit un geste approbateur.

— À cheval donc, messieurs, fit-il, car il se fait tard !

De son côté, après avoir fait une centaine de pas, Athos avait lancé son cheval à droite, fait un détour et était revenu attendre dans le taillis. Une fois que la petite troupe de M. le cardinal l'eut dépassé, il revint au galop à l'auberge.

— Mon officier a oublié de donner une consigne importante à la dame du premier, dit-il à l'hôte qui le laissa entrer sans difficulté.

Athos monta l'escalier de son pas le plus léger, entra dans la chambre et referma la porte derrière lui.

— Me reconnaissez-vous, madame ? dit-il.

Milady recula comme à la vue d'un serpent.

— Allons, dit Athos, je vois que vous me reconnaissez.

Milady, en proie à une terreur inexprimable, ne répondit rien.

— Je vois que l'enfer vous a ressuscitée, dit Athos, mais il n'a effacé ni les souillures de votre âme ni la flétrissure de votre corps !

— Enfin, dit Milady d'une voix sourde, que me voulez-vous ?

Athos fut saisi comme d'un vertige. La vue de cette créature lui rappelait des souvenirs terribles. Son désir de meurtre lui revint, brûlant. Il porta la main à sa ceinture, en tira un pistolet et l'arma.

Milady, pâle comme un cadavre, voulut crier, mais sa langue glacée ne put proférer qu'un son rauque qui n'avait rien d'humain.

Athos leva son pistolet, étendit le bras de manière que l'arme touche presque le front de Milady, puis, d'une voix d'autant plus terrible qu'elle avait le calme d'une inflexible résolution :

— Madame, dit-il, vous allez me remettre le papier que vous a signé le cardinal, ou, sur mon âme, je vous fais sauter la cervelle.

Milady porta vivement la main à sa poitrine et en tira un papier.

— Tenez, dit-elle en le tendant à Athos. Et soyez maudit !

Athos prit le papier, le déplia et lut :

C'est par mon ordre et pour le bien de l'État
que le porteur du présent a fait ce qu'il a fait.
3 décembre 1627
RICHELIEU

— Maintenant que je t'ai arraché les dents, dit Athos en sortant de la chambre sans regarder derrière lui, mords si tu peux, vipère !

Sur quoi, il reprit son cheval et regagna le camp d'une traite.

De son côté, Milady jugea qu'il valait mieux garder le silence sur cet événement. Elle se mit en route comme on le lui avait ordonné. À sept heures elle était au fort de la Pointe. À huit heures elle était embarquée, et le bâtiment mettait à la voile pour l'Angleterre.

CHAPITRE 46

LE BASTION DE SAINT-GERVAIS

En arrivant chez les trois amis, d'Artagnan les trouva réunis dans la même chambre. Athos réfléchissait, Porthos frisait sa moustache, Aramis disait ses prières dans un charmant petit livre d'heures relié en velours bleu.

— Allons à l'auberge du Parpaillot, dit Athos aussitôt qu'il parut. Nous avons à parler et, ici, les murailles sont comme des feuilles de papier.

On alla donc au Parpaillot. Il était sept heures du matin. Les quatre amis commandèrent à déjeuner. Malheureusement l'heure était mal choisie pour un conciliabule : dragons, Suisses, chevau-légers, gardes, mousquetaires s'y succédaient sans répit.

Un Suisse qui buvait du rhum dans un verre à bière s'approcha de d'Artagnan et demanda :

— N'avre-bous bas bris un pastion, cette nuit ?

— Oui, monsieur, répondit d'Artagnan en s'inclinant, nous avons eu cet honneur. Il s'agissait du bastion Saint-Gervais.

— Mais il est probable, intervint un chevau-léger, que les Rochelois vont ce matin envoyer des pionniers pour le remettre en état.

— Messieurs, s'écria alors Athos, un pari ! Mes compagnons et moi allons déjeuner dans le bastion Saint-Gervais et nous y tenons une heure, quoi que fasse l'ennemi pour nous déloger. Qui le tient ?

Quatre des consommateurs acceptèrent aussitôt la proposition.

— Maintenant, il s'agit de fixer l'enjeu, dit l'un d'eux.

— Mais vous êtes quatre, dit Athos, et nous sommes quatre. Un dîner pour huit, cela vous va-t-il ?

— Parfaitement, dirent les quatre parieurs à l'unisson.

Sur un geste d'Athos, Grimaud prit un panier, empaqueta des viandes, y joignit les bouteilles et prit le panier à son bras.

Puis, saluant les assistants ébahis, les quatre jeunes gens prirent le chemin du bastion Saint-Gervais, suivis de Grimaud.

— Et maintenant, mon cher Athos, dit d'Artagnan, expliquez-moi pourquoi avoir choisi un tel endroit pour déjeuner ? Vous auriez pu proposer un endroit plus tranquille.

— Parce que nous avons des choses importantes à nous dire, et que, n'importe où ailleurs, le cardinal aurait été prévenu au bout d'un quart d'heure par ses espions que nous tenions conseil.

Arrivés au bastion, les quatre amis se retournèrent.

Plus de trois cents soldats étaient assemblés à la porte du camp, et dans un groupe séparé on pouvait distinguer les quatre parieurs. Athos ôta son chapeau, le mit au bout de son épée et l'agita en l'air.

Tous les spectateurs lui rendirent son salut, accompagnant cette politesse d'un grand hourra qui arriva jusqu'à eux.

Après quoi, les quatre amis disparurent dans le bastion, où les avait déjà précédés Grimaud.

CHAPITRE 47

LE CONSEIL DES MOUSQUETAIRES

Comme l'avait prévu Athos, le bastion n'était occupé que par une douzaine de morts, tant Français que Rochelois.

— Messieurs, dit Athos, qui avait pris le commandement de l'expédition, commençons par recueillir les fusils et les cartouches.

Ce fut fait pendant que Grimaud déballait les provisions.

— Combien de fusils, messieurs, demanda Athos ?

— Douze, répondit Aramis.

— Combien de coups à tirer ?

— Une centaine.

— C'est autant qu'il nous en faut. Chargeons les armes.

Les quatre hommes se mirent à la besogne. Comme ils achevaient de charger le dernier fusil, Grimaud fit signe que le déjeuner était servi. Athos lui indiqua une espèce de poivrière où celui-ci comprit qu'il devait se tenir en sentinelle. Seulement, pour adoucir les ennuis de sa faction, il lui permit d'emporter un pain, deux côtelettes et une bouteille de vin.

— Et maintenant, à table ! dit Athos.

Les quatre amis s'assirent à terre, les jambes croisées comme des tailleurs.

— Maintenant que nous n'avons plus la crainte d'être entendus, dit d'Artagnan, allez-vous nous faire part de votre secret, Athos ?

— J'ai vu Milady hier soir. À l'auberge du Colombier-Rouge.

— Milady ! s'exclama d'Artagnan en pâlissant. Je suis perdu !

— Pas tout à fait encore, reprit Athos, car à cette heure elle doit avoir quitté les côtes de France. Ah ! mais si nous en croyons les signes que nous fait Grimaud, nous allons avoir à faire !

Et à l'adresse de ce dernier, il demanda :

— Que voyez-vous ?

— Une troupe de vingt hommes. À moins de cinq cents pas.

— Nous avons le temps de boire un verre de vin. À votre santé !

— À votre santé, répétèrent les trois autres.

Puis, ayant avalé le contenu de son verre, Athos se leva, prit le premier fusil venu et s'approcha d'une meurtrière. Porthos, Aramis et d'Artagnan en firent autant. Quant à Grimaud, il reçut l'ordre de se placer derrière les quatre amis afin de recharger les armes. Au bout d'un instant on vit paraître la troupe, une vingtaine de drôles armés de pioches et de pelles. Ils suivaient une tranchée qui établissait une communication entre le bastion et la ville.

— Pardieu ! dit Athos, j'avoue que j'ai répugnance à tirer sur ces pauvres diables de bourgeois. Je vais les prévenir.

Et, montant sur la brèche, son fusil d'une main et son chapeau de l'autre :

— Messieurs, dit-il, nous sommes quelques amis en train de déjeuner dans ce bastion. Nous vous prions donc, si vous avez absolument affaire ici, d'attendre que nous ayons fini notre repas.

— Prenez garde ! lança d'Artagnan. Ils vous mettent en joue !

— Si fait. Mais ce sont des bourgeois qui tirent fort mal.

En effet, au même instant, quatre coups de fusil partirent, et les balles vinrent s'aplatir autour d'Athos sans qu'une seule le touche.

Quatre coups de fusil leur répondirent presque en même temps, mais ils étaient mieux dirigés : trois soldats tombèrent tués raide, et un des travailleurs fut blessé. Une seconde décharge suivit la première : le brigadier et deux pionniers tombèrent morts, le reste de la troupe prit la fuite.

— Allons, messieurs, une sortie, dit Athos.

Et les quatre amis coururent au champ de bataille, ramassèrent les quatre mousquets des soldats et la demi-pique du brigadier. Puis, convaincus que les fuyards ne s'arrêteraient qu'à la ville, ils reprirent le chemin du bastion avec les trophées de leur victoire.

— Rechargez les armes, Grimaud, dit Athos, et nous, messieurs, reprenons notre déjeuner et notre conversation. Je disais que Milady avait quitté les côtes de France.

— Dans quel but ? demanda d'Artagnan.

— Celui d'assassiner ou de faire assassiner Milord Buckingham.

— Mais c'est infâme ! s'écria D'Artagnan.

— De cela, dit Athos, je m'en inquiète fort peu... À présent que vous avez fini, Grimaud, continua Athos, prenez la demi-pique du brigadier, attachez-y une serviette et plantez-la en haut du bastion, que les Rochelois voient qu'ils ont affaire à des soldats du roi.

Grimaud obéit : un instant après, le drapeau blanc flottait au-dessus de la tête des quatre amis. Un tonnerre d'applaudissements salua son apparition : la moitié du camp était aux barrières.

— Ce qui, sur le moment, me préoccupait le plus, poursuivit Athos, c'était de lui reprendre le blanc-seing qu'elle avait extorqué au cardinal, et à l'aide duquel elle pouvait impunément se débarrasser de vous, d'Artagnan, et peut-être de nous.

— Et vous avez cette lettre du cardinal ? demanda d'Artagnan.

— La voici ! dit Athos.

Il tira de sa poche le papier qu'il donna à lire à ses compagnons.

— En effet, dit Aramis, c'est une absolution dans les règles.

— Il faut le déchirer ! s'écria d'Artagnan.

— Au contraire, dit Athos, il faut le conserver précieusement.

— J'ai une idée, dit d'Artagnan.

— Voyons ! dirent les mousquetaires.

— Aux armes ! cria Grimaud.

Les jeunes gens coururent aux fusils. Cette fois s'avançait une petite troupe de vingt ou vingt-cinq hommes. Mais ce n'étaient plus des travailleurs, c'étaient des soldats de la garnison.

— Voyons, dit Aramis, il faut arrêter un plan de bataille.

— Il est simple, répondit Athos. Aussitôt que l'ennemi est à portée, nous faisons feu. S'il continue d'avancer, nous faisons feu encore, tant que nous avons des fusils chargés. Si ce qui reste de la troupe veut alors monter à l'assaut, nous laissons les assiégeants descendre dans le fossé et nous leur poussons sur la tête ce pan de mur qui ne tient plus que par un miracle d'équilibre. Seulement, messieurs, pas de double emploi, visez bien chacun votre homme.

Les quatre coups de fusil ne firent qu'une détonation, et quatre hommes tombèrent.

Aussitôt le tambour battit, et la petite troupe s'avança au pas de charge. Alors les coups de fusil se succédèrent sans régularité, mais toujours envoyés avec la même justesse. Cependant, comme s'ils connaissaient la faiblesse numérique des ennemis, les Rochelois continuaient d'avancer au pas de course. Sur trois autres coups de fusil, deux hommes tombèrent, mais la marche de ceux qui restaient debout ne se ralentit pas. Arrivés au pied du bastion, les ennemis étaient encore une quinzaine. Ils sautèrent dans le fossé et s'apprêtèrent à escalader la brèche.

— Allons, mes amis, dit Athos, finissons-en. À la muraille !

Et les quatre amis, secondés par Grimaud, se mirent à pousser un énorme pan de mur qui s'inclina, puis, se détachant de sa base, tomba avec un bruit horrible dans le fossé. On entendit un grand cri, un nuage de poussière monta vers le ciel, et tout fut dit.

— Les aurions-nous tous écrasés ? demanda Athos.

— Ma foi, cela m'en a l'air, dit d'Artagnan.

— Non, dit Porthos, en voilà deux ou trois qui se sauvent.

En effet, quelques malheureux, couverts de boue et de sang, fuyaient dans le chemin creux et regagnaient la ville : c'était tout ce qui restait de la petite troupe.

Athos regarda à sa montre.

— Messieurs, dit-il, il y a une heure que nous sommes ici, et le pari est gagné, mais il faut être beaux joueurs. D'ailleurs d'Artagnan ne nous a pas dit son idée.

Et le mousquetaire alla s'asseoir devant les restes du déjeuner.

— Mon idée, dit d'Artagnan, est qu'il faudrait prévenir la reine.

— Ma foi, oui ! s'écrièrent les trois autres. Mais comment cela ?

— Ah ! ah ! que se passe-t-il dans la ville ? dit Athos.

— On bat la générale, répondit Porthos.

Les quatre amis écoutèrent, et le bruit du tambour parvint effectivement jusqu'à eux.

— Vous allez voir qu'ils vont nous envoyer un régiment tout entier, dit Athos.

— Sur ma parole, le tambour se rapproche, dit d'Artagnan.

— Laissez-le se rapprocher, reprit Athos, il y a pour un quart d'heure de chemin depuis la ville. C'est plus de temps qu'il ne nous en faut pour arrêter notre plan. Car, messieurs, voici la vraie idée.

— Dites, alors !

— Permettez d'abord que je donne à Grimaud quelques ordres... Grimaud, dit Athos en montrant les morts qui gisaient dans le bastion, vous allez dresser ces messieurs contre la muraille, vous leur mettrez leurs chapeaux sur la tête et leurs fusils à la main.

Grimaud fit signe que oui.

— Et, maintenant, mon idée : cette Milady a un beau-frère qui, je le crois, n'a pas une grande sympathie pour elle. Il est à Londres en ce moment. C'est lui qu'il nous convient de prévenir !

— C'est ce qu'il y a de mieux, en effet, dit Aramis. Prévenons à la fois la reine et Lord de Winter.

— Oui, mais par qui ? demanda Porthos.

— Je réponds de Planchet pour aller à Londres, dit d'Artagnan.

— Et moi de Bazin pour Paris, continua Aramis. Dès aujourd'hui nous écrivons les lettres, et ils partent.

— Alerte ! cria d'Artagnan, je vois des points noirs et des points rouges qui s'agitent là-bas. Que parliez-vous donc d'un régiment, Athos ? C'est une véritable armée !

— Ma foi, oui, dit Athos, les voilà. As-tu fini, Grimaud ?

Grimaud fit signe que oui et montra une douzaine de morts qu'il avait placés les uns au port d'armes, les autres ayant l'air de mettre en joue, les autres l'épée à la main.

— Bravo ! reprit Athos. Et maintenant que nous sommes restés une heure et demie, partons, messieurs !

Les quatre amis sortirent derrière lui et firent une dizaine de pas.

— Le drapeau ! s'écria soudain Athos. Il ne faut pas laisser un drapeau aux mains de l'ennemi, même si ce n'est qu'une serviette.

Et il s'élança dans le bastion, monta sur la plate-forme et enleva le drapeau. Des balles passèrent en sifflant autour de lui. Pas une ne le toucha. Athos agita son étendard en tournant le dos aux gens de la ville et en saluant ceux du camp. Des deux côtés, de grands cris retentirent, de l'un des cris de colère, de l'autre des cris de joie.

Une seconde décharge suivit la première, et trois balles en la trouant firent réellement de la serviette un drapeau.

Athos rejoignit ses camarades, qui se remirent en chemin vers le camp. Au bout d'un instant, on entendit un bruit de fusillade enragée.

— Qu'est-ce que cela ? demanda Porthos, et sur quoi tirent-ils ?

— Ils tirent sur nos morts, répondit Athos.

De leur côté, les Français, en voyant revenir les quatre amis au pas, poussaient des cris d'enthousiasme.

Enfin une nouvelle mousquetade se fit entendre, et cette fois les balles vinrent s'aplatir sur les cailloux, autour des quatre amis. Les Rochelois venaient de s'emparer du bastion.

La fusillade continuait, mais leur cible était hors de portée, et les Rochelois ne tiraient plus que pour l'acquit de leur conscience.

— Ma foi, dit Athos, nous voici au camp. Ainsi, messieurs, pas un mot de plus sur toute cette affaire.

Tout le cantonnement était en émoi. Plus de deux mille personnes avaient assisté, comme à un spectacle, à l'heureuse forfanterie des quatre parieurs, dont on était bien loin de soupçonner le véritable motif. On n'entendait que les cris de : « Vivent les gardes ! Vivent les mousquetaires ! »

C'étaient des félicitations, des embrassades à n'en plus finir, des rires inextinguibles à l'endroit des Rochelois, enfin un tumulte si grand que M. le cardinal crut qu'il y avait émeute, et envoya son capitaine des gardes s'informer de ce qui se passait.

La chose fut racontée au messager avec enthousiasme.

— Eh bien ? demanda le cardinal en voyant revenir ce dernier.

— Eh bien ! monseigneur, ce sont trois mousquetaires et un garde qui ont fait le pari d'aller déjeuner au bastion Saint-Gervais, et qui, tout en déjeunant, ont tenu deux heures contre l'ennemi.

— Vous êtes-vous informé de leur nom ?

— Ce sont MM. Athos, Porthos et Aramis. Et M. d'Artagnan.

Le soir même, le cardinal en parla à M. de Tréville. Ce dernier lui fit part de l'épisode de la serviette qui ne lui était pas connu.

— Faites-moi la tenir, lui dit le cardinal. J'y ferai broder trois fleurs de lys d'or, et je la donnerai pour guidon à votre compagnie.

— Monseigneur, dit M. de Tréville, il y aura injustice pour les gardes, M. d'Artagnan n'est pas à moi, mais à M. des Essarts.

— Eh bien ! prenez-le, dit le cardinal.

Le même soir, M. de Tréville annonça cette nouvelle aux trois mousquetaires et à d'Artagnan. Ce dernier ne se possédait pas de joie : le rêve de toute sa vie avait été d'être mousquetaire.

D'Artagnan alla présenter ses hommages à M. des Essarts. Celui-ci, qui l'aimait beaucoup, lui fit alors ses offres de service, ce changement de corps amenant des dépenses d'équipement. D'Artagnan refusa, mais, trouvant l'occasion bonne, il le pria de faire estimer un diamant dont il désirait faire de l'argent.

Le lendemain, le valet de M. des Essarts entra chez d'Artagnan et lui remit un sac d'or contenant sept mille livres.

C'était le prix du diamant de la reine.

CHAPITRE 48

AFFAIRE DE FAMILLE

Athos avait trouvé le mot : « affaire de famille ». Une affaire de famille n'était point soumise à l'investigation du cardinal ; une affaire de famille ne regardait personne. On pouvait s'occuper devant tout le monde d'une affaire de famille.

On convint qu'on se réunirait le soir au logis d'Athos, et que, là, on terminerait l'affaire. Une fois les amis réunis, il ne restait plus qu'à décider ce qu'on écrirait au beau-frère de Milady et à l'intention de Sa Majesté la reine.

Ce fut Aramis qui prit la plume. À Lord de Winter, il écrivit :

Milord,

Deux fois vous avez failli être victime d'une proche parente que vous croyez votre héritière, parce que vous ignorez qu'avant de contracter mariage en Angleterre, elle était déjà mariée en France. Mais la troisième fois, qui est celle-ci, vous pourriez y succomber. Votre parente est partie pour l'Angleterre.

veillez son arrivée, car elle a de grands terribles projets. Si vous tenez à savoir ce dont elle est capable, lisez son passé sur son épaule gauche.

— Eh bien ! voilà qui est à merveille, dit Athos. De Winter fera bonne garde. Maintenant, il s'agit de rédiger une seconde lettre pour votre parente qui a l'oreille de Sa Majesté.

Aramis reprit la plume, se mit à réfléchir de nouveau et écrivit les lignes suivantes :

Ma chère cousine,

Son Éminence est sur le point d'en finir avec les hérétiques de La Rochelle. Il est certain que M. de Buckingham sera empêché de partir par quelque grand événement. Donnez cette heureuse nouvelle à Sa Majesté. J'ai rêvé que cet Anglais maudit était mort par le fer ou par le poison, et, vous le savez, mes rêves ne me trompent jamais.

— À merveille ! s'écria Athos. Vous êtes le roi des poètes !

Sur quoi, on fit venir Planchet, à qui l'on donna ces instructions :

— Tu as huit jours pour arriver jusqu'à Lord de Winter et lui remettre ce billet, dit d'Artagnan. Et huit autres pour revenir ici.

— Ah ! monsieur, répondit Planchet, ou je réussirai, ou l'on me coupera en quatre !

Planchet partit le lendemain à huit heures du matin.

— Soyez tranquille, monsieur, assura-t-il à son maître. Vous verrez si l'on peut compter sur moi !

Et il partit au galop, le cœur un peu serré, mais dans les meilleures dispositions. Bazin partit le lendemain matin, et eut huit jours pour faire sa commission.

Les quatre amis, pendant toute la durée de ces deux absences, eurent plus que jamais l'œil au guet, le nez au vent et l'oreille aux écoutes. Leurs journées se passaient à essayer de surprendre ce qu'on disait, à guetter les allures du cardinal et à flairer les courriers qui arrivaient.

Le matin du huitième jour, Bazin, frais comme toujours, entra dans le cabaret du Parpaillot, comme les quatre amis étaient en train de déjeuner, en disant, selon la convention arrêtée :

— Monsieur Aramis, voici la réponse de votre cousine.

Les quatre amis échangèrent un sourire : la moitié de la besogne était faite. Il est vrai que c'était la plus courte et la plus facile.

Aramis prit en rougissant malgré lui la lettre, qui était d'une écriture grossière et sans orthographe. Pour faire évanouir tous les soupçons qui auraient pu naître, il lut tout haut :

Mon cousin,

Ma sœur et moi nous devinons très bien les rêves et nous en avons une peur affreuse ; mais du vôtre, on pourra dire, je l'espère, tout songe est mensonge. Adieu, portez-vous bien.

Toutefois, Bazin n'avait, par son heureux retour, enlevé qu'une partie de l'inquiétude qui aiguillonnait les quatre amis. Quand vint le seizième jour, les signes d'agitation étaient si visibles chez d'Artagnan et ses compagnons qu'ils ne pouvaient rester en place, et qu'ils erraient comme des ombres sur le chemin par lequel devait revenir Planchet. Le jour s'écoula cependant, et le soir vint plus lentement, mais enfin il vint. À sept heures la retraite sonna.

— Nous sommes perdus ! dit d'Artagnan à l'oreille d'Athos.

— Vous voulez dire que nous avons perdu, répondit tranquillement Athos. Eh bien ! messieurs, allons nous coucher.

Les quatre amis sortirent du Parpaillot, où ils étaient allés tenter de tromper leur impatience. Mais voilà que tout à coup, dans l'obscurité, une ombre se dessina, dont la forme était familière à d'Artagnan, et qu'une voix bien connue lui dit :

— Monsieur, j'apporte votre manteau, car il fait frais ce soir.

— Planchet ! s'écrièrent en chœur les mousquetaires.

Et en même temps d'Artagnan sentit qu'on lui glissait un billet dans la main. Il eut envie d'embrasser Planchet, mais eut peur que cette marque d'effusion ne parût extraordinaire, et il se contint.

— J'ai le billet, dit-il aux trois autres.

Une fois dans la tente, on alluma une lampe. D'Artagnan, d'une main tremblante, brisa le cachet et ouvrit la lettre tant attendue. Elle contenait une demi-ligne d'une écriture toute britannique : *Thank you, be easy.* Ce qui voulait dire : « Merci, soyez tranquille. »

Athos prit la lettre des mains de d'Artagnan, l'approcha de la lampe, y mit le feu et ne la lâcha point avant qu'elle ne soit réduite en cendres. Puis appelant Planchet :

— Maintenant, mon garçon, conte-nous ton voyage.

— Dame, c'est bien long, monsieur !

— Tu as raison, Planchet ; d'ailleurs la retraite est battue, et nous serions remarqués en gardant de la lumière plus longtemps que les autres. Couchons-nous, plutôt. Dors bien, Planchet.

— Ma foi, monsieur, ce sera la première fois depuis seize jours.

— Et moi aussi ! dit d'Artagnan.

— Et moi aussi ! répéta Porthos.

— Et moi aussi ! répéta Aramis.

— Voulez-vous que je vous avoue la vérité ? Et moi aussi ! dit Athos.

CHAPITRE 49

FATALITÉ

Cependant Milady, ivre de colère, rugissant sur le pont du bâtiment comme une lionne qu'on embarque, avait été tentée de se jeter à la mer pour regagner la côte, car elle ne pouvait se faire à l'idée qu'elle avait été insultée par d'Artagnan, menacée par Athos, et qu'elle quittait la France sans se venger d'eux.

Elle continua néanmoins sa route, et le jour même où Planchet s'embarquait de Portsmouth pour la France, la messagère de Son Éminence entrait dans ce même port.

C'était une de ces belles et rares journées d'été, où l'Angleterre se souvient qu'il y a un soleil. L'astre pâle se couchait à l'horizon, jetant sur les vieilles maisons de la ville un dernier rayon d'or.

On entrait dans la rade, quand un petit cutter s'approcha du bâtiment marchand. Un officier monta à bord, s'entretint un moment avec le patron, et passa en revue matelots et passagers qu'on avait appelés sur le pont. Puis le bâtiment se remit en route.

Pendant l'examen que l'officier avait fait d'elle, Milady l'avait dévoré du regard. Mais elle trouva cette fois un visage d'une impassibilité telle qu'aucune découverte ne suivit son investigation. Il pouvait être âgé de vingt-cinq ans, était blanc de visage, avec des yeux bleu clair, avait la bouche fine, et son menton, vigoureusement accusé, dénotait une grande force de volonté.

Lorsqu'on fit terre, il faisait déjà nuit. Milady, cette femme si forte, se sentait frissonner malgré elle. Une voiture attendait.

L'officier invita Milady à y monter et y fit porter son bagage.

— Qui êtes-vous, monsieur, demanda-t-elle, qui avez la bonté de vous occuper si particulièrement de moi ?

— Je suis officier de la marine anglaise, répondit le jeune homme calmement, comme vous l'indique mon uniforme.

Milady monta dans la voiture. L'officier prit place près d'elle et referma la portière. Aussitôt, le cocher partit au galop.

Au bout d'un quart d'heure, Milady se pencha à la portière. On n'apercevait plus de maisons : des arbres apparaissaient dans les ténèbres comme des fantômes noirs courant les uns après les autres.

— Je vous en préviens, monsieur, je n'irai pas plus loin si vous ne me dites pas où vous me conduisez, dit-elle.

Cette menace n'obtint aucune réponse.

Milady voulut ouvrir la portière et se précipiter dehors.

— Vous vous tuerez en sautant, dit froidement le jeune homme.

Milady se rassit, écumante.

Enfin, après une heure de marche à peu près, la voiture passa sous deux voûtes, et s'arrêta dans une cour sombre et carrée. La portière s'ouvrit, le jeune homme sauta à terre et présenta sa main à Milady, qui descendit à son tour avec assez de calme.

L'officier, toujours avec la même politesse, invita sa prisonnière à le suivre et la mena à l'appartement qui lui était destiné. C'était une chambre dont l'ameublement était à la fois bien propre pour une prison et bien sévère pour une habitation d'homme libre. Cependant, des barreaux aux fenêtres et des verrous extérieurs à la porte décidaient en faveur de la prison.

— Au nom du ciel, s'écria-t-elle, que veut dire ce qui se passe ?

— J'ai reçu l'ordre d'aller vous prendre en mer et de vous conduire en ce château. Là se termine, du moins jusqu'à présent, la charge que j'ai à remplir près de vous. Le reste regarde une autre personne. D'ailleurs, la voici, madame !

En même temps, la porte s'ouvrit. Un homme parut. Il était sans chapeau et portait l'épée au côté. Milady recula involontairement.

— Mon frère, c'est vous ? s'écria-t-elle au comble de la stupeur.

— Oui, belle dame, répondit Lord de Winter. Moi-même. Et maintenant, laissez-nous, monsieur Felton !

CHAPITRE 50

CAUSERIE D'UN FRÈRE AVEC SA SŒUR

Pendant le temps que Lord de Winter mit à fermer la porte, à pousser un volet et à approcher un siège du fauteuil de sa belle-sœur, Milady, rêveuse, plongea son regard dans les profondeurs de la possibilité, et découvrit la trame qu'elle n'avait pas même pu entrevoir, tant qu'elle ignorait en quelles mains elle était tombée.

— Causons, mon frère, dit-elle avec une espèce d'enjouement, décidée qu'elle était à tirer de la conversation les éclaircissements dont elle avait besoin pour régler sa conduite à venir.

— Vous vous êtes donc décidée à revenir en Angleterre, dit Lord de Winter. Mais dites-moi, chère sœur, ce que vous y venez faire.

— Je viens vous voir, reprit Milady. N'êtes-vous pas mon seul parent ? Et puis j'ai ici mon fils, votre neveu.

— Et même mon seul héritier, n'est-ce pas ?

Milady ne put s'empêcher de tressaillir. Le coup était direct.

— Je ne comprends pas, Milord, dit-elle pour gagner du temps. Y a-t-il quelque sens caché sous vos paroles ?

— Mon Dieu, non, dit de Winter avec une apparente bonhomie. Vous veniez, disiez-vous, pour me voir. Eh bien ! vous serez servie à souhait : nous nous verrons tous les jours !

— Dois-je donc demeurer éternellement ici ?

— Non. Dans quinze ou vingt jours je pars pour La Rochelle avec l'armée. Mais la veille de mon départ, un vaisseau viendra vous prendre, que je verrai partir, et qui vous conduira dans nos colonies du Sud. Et soyez tranquille, je vous adjoindrai un compagnon qui vous brûlera la cervelle à la première tentative que vous risquerez pour revenir en Angleterre ou sur le continent.

Une sueur froide perla sur le front de Milady.

Lord de Winter continua :

— Quant à l'officier qui commande ici en mon absence, vous le connaissez déjà. Il sait observer une consigne.

Il alla vers la porte et l'ouvrit brusquement.

— Entrez, mon cher John, dit de Winter.

Le jeune officier entra.

— Maintenant, lui dit Lord de Winter, regardez cette femme : elle est jeune, elle est belle, elle a toutes les séductions de la terre. Eh bien ! c'est un monstre qui, à vingt-cinq ans, s'est rendu coupable d'autant de crimes que vous pouvez en lire en un an dans les archives de nos tribunaux. Elle essaiera de vous séduire. Peut-être essaiera-t-elle de vous tuer. Cette femme est venue en Angleterre afin d'y conspirer contre ma vie. Eh bien ! je vous fais appeler et vous dis : Ami Felton, garde-moi et, surtout, garde-toi de cette femme ! John Felton, je crois à ta loyauté !

– Milord, dit le jeune officier en chargeant son regard pur de toute la haine qu'il put trouver dans son cœur, Milord, je vous jure qu'il sera fait comme vous désirerez.

CHAPITRE 51

OFFICIER

Une chose, cependant, préoccupait le cardinal ; il attendait des nouvelles d'Angleterre, mais aucune nouvelle n'arrivait, si ce n'est fâcheuse et menaçante. Si bien que La Rochelle soit investie, quelque certain que puisse paraître le succès, grâce aux précautions prises et surtout à la digue qui ne laissait plus pénétrer aucune barque dans la ville assiégée, le blocus pouvait durer longtemps encore...

Pendant ce temps, l'armée royale menait joyeuse vie, les vivres ne manquant pas au camp. Tous les corps rivalisaient de gaîté.

Un jour où le cardinal était sorti sans autre but que de sortir, accompagné seulement de deux gardes, il arriva au petit pas de son cheval sur une colline du haut de laquelle il aperçut, derrière une haie, sept hommes entourés de bouteilles vides.

Quatre de ces hommes étaient nos mousquetaires, s'apprêtant à écouter la lecture d'une lettre que l'un d'eux venait de recevoir. Les trois autres s'occupaient à décoiffer une énorme dame-jeanne de vin de Collioure ; c'étaient les laquais de ces messieurs.

D'un pas de chat-tigre le cardinal s'avança vers la haie, mais il n'avait pu saisir que des syllabes vagues, lorsqu'un cri sonore et bref le fit tressaillir et attira l'attention des mousquetaires.

— Officier ! cria Grimaud.

D'un seul bond les quatre mousquetaires furent sur pied et saluèrent avec respect. Le cardinal semblait être furieux.

— On se fait garder chez MM. les mousquetaires ? dit-il.

— Monseigneur voit bien, répondit Athos, que si nous n'avions pas pris cette précaution, nous étions exposés à laisser passer Son Éminence sans lui présenter nos respects.

Le cardinal se mordit les moustaches et un peu les lèvres.

— Savez-vous de quoi vous avez l'air, toujours ensemble et gardés par vos valets ? dit le cardinal. De conspirateurs.

— Quant à ceci, dit Athos, comme Votre Éminence a pu le voir l'autre matin, nous conspirons contre les Rochelois !

Allons, dit Richelieu, vous êtes de braves jeunes gens. Restez ici, achevez vos bouteilles et votre partie. Adieu, messieurs !

Et remontant sur son cheval, il les salua de la main et s'éloigna.

Les quatre jeunes gens, debout et immobiles, le suivirent des yeux sans dire un seul mot jusqu'à ce qu'il eût disparu.

Athos, dès qu'il fut hors de vue, demanda :

— Aramis, reprenez s'il vous plaît la lecture de cette lettre de votre cousine où M. le cardinal l'a interrompue.

Aramis la tira de sa poche et la lut depuis le début :

Mon cher cousin,

Je crois bien que je me déciderai à partir pour Béthune, où ma sœur a fait entrer notre petite servante dans le couvent des Carmélites. Cette pauvre enfant sait qu'elle ne peut vivre autre part sans que le salut de son âme soit en danger. Sinon, ma sœur a eu un instant de grandes inquiétudes, mais elle est quelque peu rassurée maintenant qu'elle a envoyé son commis là-bas afin qu'il ne s'y passe rien d'imprévu.

Adieu, mon cher cousin, et donnez-nous de vos nouvelles.

— Oh ! s'écria d'Artagnan. Chère Constance ! J'ai donc enfin de ses nouvelles ! Elle est en sûreté dans un couvent à Béthune !

— Une fois le siège levé, nous pourrons aller faire un tour de ce côté, assura Athos.

— Et ce ne sera pas long, semble-t-il, dit Porthos, car on a appris que les Rochelois en étaient à manger le cuir de leurs souliers.

CHAPITRE 52

PREMIÈRE JOURNÉE DE CAPTIVITÉ

Revenons à Milady, qu'un regard jeté sur les côtes de France nous a fait perdre de vue un instant. Nous la retrouverons dans la position désespérée où nous l'avons laissée, se creusant un abîme de sombres réflexions...

Tout cela lui vient de d'Artagnan, sans le moindre doute. De qui viendraient, en effet, tant de hontes amassées sur sa tête, sinon de lui ? Que de haine elle distille ! Là, immobile et les yeux ardents et fixes dans son appartement désert, elle conçoit contre Mme Bonacieux, contre Buckingham, et surtout contre d'Artagnan, de magnifiques projets de vengeance.

Oui, mais pour se venger, il faut être libre !

Les premiers moments de la captivité ont été terribles, mais, peu à peu, elle a surmonté les éclats de sa colère.

— Allons, se dit-elle, j'étais folle de m'emporter. C'est contre des hommes que je lutte : luttons en femme. Rien n'est perdu, je suis toujours belle !

Une lumière apparut sous la porte, annonçant le retour de ses geôliers. On ouvrit les verrous, des pas retentirent dans la chambre.

— Posez là cette table, dit une voix que la prisonnière reconnut pour celle de Felton. Vous apporterez des flambeaux et ferez relever la sentinelle !

Puis, à l'adresse de Milady qu'il n'avait pas encore regardée :

— Vous serez servie ainsi trois fois par jour, madame, dit-il. Le matin à neuf heures, dans la journée à une heure et le soir à huit heures.

— Mais vais-je donc rester toujours seule dans cette triste chambre ? demanda Milady.

— Une femme des environs a été prévenue. Elle sera demain au château, et viendra toutes les fois que vous désirerez sa présence.

— Je vous rends grâce, monsieur, répondit la prisonnière.

Felton fit un léger salut et se dirigea vers la porte.

— Je suis perdue, murmura Milady au moment où il en franchit le seuil. Me voilà au pouvoir de gens sur lesquels je n'aurai pas plus de prise que sur des statues... Il est cependant impossible, reprit-elle après un instant, que cela finisse ainsi qu'ils l'ont décidé... Winter me connaît, me craint et sait ce qu'il a à attendre de moi si je m'échappe de ses mains. Il est donc inutile de rien tenter sur lui... Mais Felton, c'est autre chose, c'est un jeune homme naïf, pur et qui semble vertueux. Celui-là, il y a moyen de le perdre !

Et Milady se coucha et s'endormit le sourire sur les lèvres.

CHAPITRE 53

DEUXIÈME JOURNÉE DE CAPTIVITÉ

Milady rêvait qu'elle tenait enfin d'Artagnan, qu'elle assistait à son supplice ; et c'était la vue de son sang odieux, coulant sous la hache du bourreau, qui dessinait ce charmant sourire sur ses lèvres.

Au matin, Felton reparut alors qu'on apportait le déjeuner. Il tenait un livre à la main. Il s'approcha de Milady et lui dit :

— Lord de Winter a pensé que la privation des cérémonies de votre religion pouvait vous être pénible. Il consent donc à ce que vous lisicz l'ordinaire de *votre messe*. Voici un livre qui en contient le rituel.

À l'air dont il déposa ce livre sur la petite table près de Milady, au ton dédaigneux dont il prononça *votre messe*, Milady leva la tête et regarda plus attentivement l'officier.

Alors, à cette coiffure sévère, à ce costume d'une simplicité exagérée, à ce front poli comme le marbre, elle reconnut un de ces sombres puritains qu'elle avait rencontrés si souvent déjà. Elle eut une inspiration subite. Cette réponse se présenta sur ses lèvres :

— Moi, monsieur ? dit-elle avec un accent de dédain, *ma messe* ? Lord de Winter sait bien que je ne suis pas de sa religion.

— Et de quelle religion êtes-vous donc, madame ? demanda Felton avec un étonnement qu'il ne put cacher entièrement.

— Je le dirai le jour où j'aurai assez souffert pour ma foi !

Le regard de Felton découvrit à Milady toute l'étendue de l'espace qu'elle venait de s'ouvrir par cette seule parole.

— Je suis aux mains de mes ennemis, continua-t-elle. Eh bien ! que mon Dieu me sauve ou que je périsse pour mon Dieu ! Quant à ce livre, ajouta-t-elle en montrant le rituel du bout du doigt, vous pouvez le remporter et vous en servir pour vous-même, car, assurément, vous êtes doublement complice de Lord de Winter, dans sa persécution et dans son hérésie !

Felton ne répondit rien, prit le livre et se retira pensif.

La journée passa. On apporta le souper et l'on trouva Milady occupée à faire des prières. Elle semblait en extase, et ne parut pas faire attention à ce qui se passait autour d'elle. Felton fit signe qu'on ne la dérangeât point et sortit sans bruit avec les soldats.

Milady laissa s'écouler deux heures, et comme en ce moment tout faisait silence dans le vieux château, de sa voix pure, harmonieuse et vibrante, elle commença le premier couplet de ce psaume alors en faveur chez les puritains : « Seigneur, si tu nous as abandonnés, C'est pour voir si nous sommes forts... »

Elle continua son chant avec une ferveur et un sentiment inexprimables, jusqu'au moment où le soldat en sentinelle lui cria à travers le guichet qu'il ouvrit :

— Taisez-vous donc, madame, dit-il, votre chanson est triste comme un *De Profundis* !

— Silence ! dit alors une voix grave, que Milady reconnut pour celle de Felton. De quoi vous mêlez-vous, drôle ? Vous a-t-on ordonné d'empêcher cette femme de chanter ? Non. On vous a dit de la garder, de tirer sur elle si elle essayait de fuir. Gardez-la ! Si elle fuit, tuez-la ! Mais ne changez rien à la consigne !

Une expression de joie indicible illumina le visage de Milady.

CHAPITRE 54

TROISIÈME JOUR DE CAPTIVITÉ

Felton était venu, mais il y avait un second pas à faire : il fallait le retenir, ou plutôt il fallait qu'il reste tout seul, et Milady n'entrevoyait qu'obscurément le moyen qui devait la conduire à ce résultat.

Il fallait surtout le faire parler, afin de lui parler aussi, car Milady le savait bien, sa plus grande séduction était dans sa voix.

Vis-à-vis de Lord de Winter, sa conduite était plus facile : rester muette et digne en sa présence, de temps en temps l'irriter, le pousser à des menaces qui feraient un contraste avec sa résignation à elle. Felton verrait. Peut-être ne dirait-il rien, mais il verrait.

Vers midi, Lord de Winter entra. Milady regardait par sa fenêtre.

— Ah ! dit Lord de Winter, vous voudriez bien, sur un bon navire, fendre les flots de cette mer. Patience ! Bientôt elle vous sera ouverte plus que vous ne voudrez, car dans quatre jours l'Angleterre sera débarrassée de vous !

Il sortit. À ce moment, elle aperçut Felton qui se rangeait pour n'être pas vu d'elle. Alors, elle se jeta à genoux et se mit à prier.

— Mon Dieu ! mon Dieu ! dit-elle, vous savez pour quelle sainte cause je souffre ! Donnez-moi donc la force de souffrir.

La porte s'ouvrit. La belle suppliante se releva, et rougit comme si elle avait été honteuse d'avoir été surprise à genoux.

— Je n'aime point à déranger ceux qui prient, madame, dit Felton, ne vous gênez pas pour moi. Le repentir convient aux coupables, quelque crime qu'ils aient commis.

— Coupable, moi ! dit Milady avec un sourire qui aurait désarmé l'ange du jugement dernier. Dites que je suis condamnée ! Mais, vous le savez, Dieu permet parfois qu'on condamne les innocents. Vous savez, au moins, quels sont les projets de Lord de Winter ?

— Je les ignore.

— Vous ne savez donc pas qu'il me destine une honte que tous les châtiments de la terre ne sauraient égaler en horreur.

— Vous vous trompez, madame, dit Felton en rougissant, Lord de Winter n'est point capable d'un tel crime.

— L'ami de l'infâme est capable de tout.

— Qu'appelez-vous l'infâme ? dit Felton.

— Y a-t-il donc en Angleterre deux hommes à qui un semblable nom puisse convenir ?

— Vous voulez parler de Georges Villiers, dit Felton, dont les regards s'enflammèrent. Le connaissez-vous donc ?

— Oh ! oui ! pour mon malheur éternel !

Et elle se tordit les bras, comme au paroxysme de la douleur.

On entendit marcher dans le corridor. Milady reconnut le pas de Lord de Winter. Felton ouvrit la porte et sortit. Son maître entra, tira un fauteuil et s'assit près de sa prisonnière. Puis, prenant dans sa poche un papier qu'il déploya lentement :

— Je voulais vous montrer cette espèce de passeport que j'ai rédigé, lui dit-il : « Ordre de conduire à... » Le nom est en blanc, interrompit de Winter. Vous me l'indiquerez, pour peu que ce soit à mille lieues de Londres. « Ordre de conduire à... la nommée Charlotte Backson, flétrie par la justice du royaume de France, mais libérée après châtiment. Elle demeurera dans cette résidence, sans jamais s'en écarter de plus de trois lieues. En cas de tentative d'évasion, la peine de mort lui sera appliquée. Elle touchera cinq shillings par jour pour son logement et sa nourriture. »

Milady demeura silencieuse, mais, cette fois, c'était par terreur. Elle crut l'ordre prêt à être exécuté. Elle pensa qu'elle était condamnée à partir le soir même, quand elle vit que l'ordre n'était pas signé.

— Demain, poursuivit Lord de Winter, cet ordre sera envoyé à Lord Buckingham, et, dès son retour, c'est moi qui vous l'assure, il sera exécuté. Adieu, madame, voilà tout ce que j'avais à vous dire.

De Winter se leva, salua ironiquement sa captive et sortit.

Milady respira. Elle avait encore quatre jours devant elle ; cela suffirait pour achever de séduire Felton. Bientôt elle entendit des pas qui venaient du fond du corridor et s'arrêtaient devant sa porte.

— C'est lui, se dit-elle.

Et elle commença le même chant religieux qui la veille avait si violemment exalté Felton. Mais, au bout d'un moment, les pas s'éloignèrent comme ils étaient venus.

CHAPITRE 55

QUATRIÈME JOUR DE CAPTIVITÉ

Le lendemain, lorsque Felton entra chez Milady, il la trouva debout, montée sur un fauteuil, tenant entre ses mains une corde tissée à l'aide de quelques mouchoirs de batiste déchirés en lanières tressées les unes avec les autres et attachées bout à bout.

Au bruit qu'il fit en ouvrant la porte, Milady sauta de son fauteuil et essaya de cacher derrière elle cette corde improvisée qu'elle tenait à la main. Le jeune homme était très pâle, et ses yeux, rougis par l'insomnie, indiquaient qu'il avait passé une nuit fiévreuse.

— Qu'est-ce que cela, madame ? demanda-t-il froidement.

— Cela ? Rien ! dit Milady avec cette expression douloureuse qu'elle savait si bien donner à son sourire.

— Et que faisiez-vous debout sur ce fauteuil ? demanda-t-il.

— Que vous importe ? répondit Milady.

— Dieu défend sévèrement le suicide !

— Quand Dieu voit une de ses créatures persécutée injustement, placée entre le suicide et le déshonneur, Il pardonne le suicide, car, alors, le suicide c'est le martyre.

Milady sentit la flamme des passions opposées qui brûlaient dans les veines du jeune fanatique. Elle marcha vers lui, s'écriant de sa voix si douce à laquelle elle donnait un accent si terrible :

— Jette aux lions le martyr ! Je crie à lui de l'abîme !

Felton s'arrêta, comme pétrifié.

— Qui êtes-vous ? s'écria-t-il en joignant les mains.

— Ne m'as-tu pas reconnue ? Je suis une sœur de la croyance, voilà tout. Et tu es le complice de ce démon qu'on appelle Lord de Winter. Tu me laisses aux mains de mes ennemis, de l'ennemi de Dieu ! Tu me livres à cet infâme que les aveugles nomment duc de Buckingham et que les croyants appellent l'Antéchrist !

— Moi, vous livrer à Buckingham ! Que dites-vous là ?

Elle se laissa alors retomber en arrière.

— Ah ! dit-elle, laisse-moi donc fuir le déshonneur par la mort !

— Hélas ! dit Felton, je ne puis qu'une chose : vous plaindre si vous me prouvez que vous êtes une victime. Mais pour que Lord de Winter vous poursuive ainsi, vous avez bien commis des iniquités !

— Ils ont des oreilles, dit Milady avec un accent d'indicible douleur, et ils n'entendront point !

— Mais alors, s'écria le jeune officier, parlez ! Parlez donc !

— Vous confier ma honte, à vous homme, moi femme ! Jamais ! s'écria Milady avec le rouge de la pudeur au visage.

En ce moment, on entendit des pas approcher dans le corridor.

— Promettez-moi que vous n'attenterez pas à votre vie jusqu'au moment où vous m'aurez revu, murmura Felton en s'éloignant.

— Je le jure par notre Dieu ! Êtes-vous content ?

— Bien, dit Felton. À cette nuit.

Et il s'élança hors de l'appartement avant d'en refermer la porte.

CHAPITRE 56

CINQUIÈME JOURNÉE DE CAPTIVITÉ

Milady en était arrivée à un demi-triomphe, et le succès obtenu doublait ses forces.

Bien préparée à recevoir Felton, elle put dresser ses batteries pour le lendemain. Elle savait qu'il ne lui restait que deux jours.

Comme minuit sonnait, la sentinelle fut relevée. Au bout de dix minutes, Felton vint. Il entra chez Milady.

— Je vous avais promis de venir, dit-il, et je suis venu.

— Maintenant, dit-elle, écoutez-moi.

Le jeune officier attendait ses paroles pour les dévorer.

— Felton, dit Milady avec une solennité pleine de mélancolie, Felton, si votre sœur vous disait : « Jeune encore, on a multiplié autour de moi les violences. On a blasphémé le Dieu que j'adore parce que je l'appelais à mon secours. J'ai résisté. Alors comme on ne pouvait perdre mon âme, on a voulu flétrir mon corps à jamais.

« Un soir, on résolut de paralyser cette résistance qu'on ne pouvait vaincre : on mêla à mon eau un narcotique. À peine eus-je achevé mon repas qu'un engourdissement irrésistible s'empara de moi, et je glissai sur le parquet en proie à un sommeil semblable à la mort.

« De tout ce qui se passa dans ce sommeil, je n'eus aucun souvenir. Je me réveillai dans une chambre ronde, dont l'ameublement était somptueux. Autant que j'en pouvais juger par la lumière du soleil, le jour était aux deux tiers écoulé. Mon sommeil avait donc duré près de vingt-quatre heures. Que s'était-il passé pendant ce long sommeil ?

« Je présumai qu'il pouvait être huit heures du soir, quand le cri d'une porte qui tourne sur ses gonds me fit tressaillir. Un globe de feu apparut au-dessus de l'ouverture vitrée du plafond, et je m'aperçus avec épouvante qu'un homme était debout à quelques pas de moi. Cet homme était celui qui me poursuivait depuis un an et qui avait juré mon déshonneur. Il avait cru qu'il lui suffisait d'avoir triomphé de moi dans mon sommeil pour que j'accepte ma honte : il venait m'offrir sa fortune en échange de mon amour.

— L'infâme ! s'exclama Felton.

— Tout ce que le cœur d'une femme peut contenir de paroles dédaigneuses, je le versai sur lui, reprit Milady.

« Il m'écouta en souriant. Puis :

« — Adieu, ma toute belle, dit-il, j'attendrai, pour revenir vous visiter à nouveau, que vous soyez dans de meilleures dispositions.

« Je passai la nuit sur une chaise, tressaillant au moindre bruit. Le jour vint enfin. J'étais écrasée de fatigue. J'allai me jeter sur mon lit. Quand je me réveillai, une table était servie. Je mangeai du pain et quelques fruits, mais je ne bus qu'un demi-verre de l'eau qui était sur la table.

« Une demi-heure ne s'était pas écoulée que les mêmes symptômes se reproduisirent ; seulement, comme cette fois je n'avais bu que très peu, au lieu de m'endormir tout à fait, je tombai dans un état de somnolence qui me laissait la conscience.

« Je vis la lampe s'éclairer et entendis le cri de cette porte. Je sentis instinctivement qu'on s'approchait de moi. »

— Mais dites-moi donc quel était cet homme ! s'écria le jeune officier.

Comme si elle n'avait pas entendu, Milady poursuivit :

— Seulement, cette fois, ce n'était plus à une espèce de cadavre inerte que l'infâme avait affaire. Je luttai de toutes mes forces, mais elles s'épuisèrent vite, et ce ne fut pas de mon sommeil que le lâche profita, ce fut de mon évanouissement.

Felton écoutait sans faire entendre autre chose qu'une espèce de rugissement sourd. Seulement la sueur ruisselait sur son front.

— Le lendemain soir, j'entendis la porte s'ouvrir et se refermer.

« — Ainsi, commença-t-il, vous ne m'aimez pas ? J'en doutais, mais maintenant j'en suis convaincu. Demain, vous serez libre !

« — Prenez garde, lui dis-je, car ma liberté, c'est votre déshonneur ! À peine sortie d'ici je dirai tout ! Vous êtes haut placé, Milord, mais tremblez !

« Si maître qu'il parût de lui, mon persécuteur laissa échapper un mouvement de colère. Mais il se reprit rapidement et ajouta :

« — Réfléchissez. Promettez de vous taire, la richesse, la considération, les honneurs vous entoureront. Menacez de parler, et je vous condamne à l'infamie. Une infamie ineffaçable ! »

Felton s'appuyait sur un meuble, et Milady voyait que la force manquerait peut-être au jeune officier avant la fin du récit.

CHAPITRE 57

UN MOYEN DE TRAGÉDIE CLASSIQUE

Après un moment de silence employé par elle à observer le jeune homme qui l'écoutait, Milady continua son récit :

— Il y avait près de trois jours que je n'avais ni bu ni mangé. Quand le soir vint, j'étais si faible que je perdais conscience à chaque instant. Au milieu d'un de ces évanouissements, j'entendis la porte s'ouvrir ; la terreur me rappela à moi. Mon persécuteur entra, suivi d'un homme masqué.

« — Eh bien ! me dit-il, êtes-vous décidée à me jurer que vous vous tairez ?

« — Je puis seulement jurer, lui répondis-je, de vous poursuivre sur la terre au tribunal des hommes et dans le ciel au tribunal de Dieu !

« — Ainsi, vous persistez ? Vous êtes une prostituée ! dit-il d'une voix tonnante, et vous subirez le supplice des prostituées ! Bourreau, fais ton devoir ! »

— Oh ! son nom ! s'écria de nouveau Felton. Dites-le-moi !

— Alors, malgré mes cris, le bourreau me renversa sur le parquet. Je poussai un effroyable cri de douleur et de honte : le fer rouge du bourreau s'était imprimé sur mon épaule.

Felton poussa un rugissement.

— Tenez, Felton, dit Milady, voyez comment on a inventé un nouveau martyre pour la jeune fille pure.

D'un geste rapide, elle dénuda son épaule, et, rouge d'une honte feinte, montra l'empreinte ineffaçable qui la déshonorait.

— Mais, s'écria Felton, c'est une fleur de lys que je vois !

— Voilà bien où est l'infamie ! La flétrissure d'Angleterre, il aurait fallu prouver quel tribunal me l'avait imposée.

C'en était trop pour Felton.

— Ah ! maintenant, dit-il, je n'ai plus qu'une chose à vous demander, c'est le nom de votre véritable bourreau.

— Eh quoi ! frère, s'écria Milady. Tu ne l'as pas deviné? C'est le ravageur de l'Angleterre, le persécuteur des vrais croyants !

— Buckingham ! s'exclama Felton exaspéré. Et tu ne l'as pas foudroyé, mon Dieu ! Mais il veut donc attirer sur sa tête le châtiment réservé aux maudits ! Il veut donc que la vengeance humaine prévienne la justice céleste !

— Les hommes le craignent et l'épargnent.

— Moi, dit Felton, je ne le crains pas et je ne l'épargnerai pas !

Milady sentit son âme baignée d'une joie infernale.

— Allons, vous savez qu'après-demain il me bannit. Le complot est habile. Vous voyez bien qu'il faut que je meure. Felton, donne-moi ton couteau. Oh ! la mort plutôt que la honte.

Milady avait compris qu'elle devait donner une preuve de son courage. Elle arracha le poignard que Felton portait à la ceinture. Ce dernier jeta un cri et se précipita vers elle. Il était trop tard, Milady s'était frappée.

Attiré par le bruit, le baron parut sur le seuil de la porte.

— Soyez tranquille, Felton, dit-il en souriant, elle n'a rien !

CHAPITRE 58

ÉVASION

Comme l'avait pensé Lord de Winter, la blessure de Milady n'était pas dangereuse ; aussi, dès qu'elle se retrouva seule avec la femme que le baron avait fait appeler et qui se hâtait de la déshabiller, rouvrit-elle les yeux.

Il n'y avait plus de doute, Felton était à elle. Milady souriait à cette pensée, car il était désormais son seul moyen de salut. Elle avait une espérance, c'est qu'il arriverait à l'heure du déjeuner, mais il ne vint pas.

À six heures, Lord de Winter entra et annonça :

— Tout est fini, rassemblez vos hardes. Demain à midi j'aurai l'ordre de votre exil signé, et vous partirez. Plus la chose sera rapprochée, plus elle sera sûre. Je vous reverrai pour vous faire mes adieux !

Sur ces paroles le baron sortit. Milady avait écouté toute cette menaçante tirade la rage dans le cœur.

Un orage éclata vers les dix heures du soir. Milady sentit une consolation à voir la nature partager le désordre de ses sentiments. De temps en temps, elle regardait une bague qu'elle portait au doigt. Le chaton en contenait un poison violent : c'était sa dernière ressource.

Tout à coup elle entendit frapper à une vitre, et, à la lueur d'un éclair, elle vit le visage d'un homme apparaître derrière les barreaux.

Elle courut à la fenêtre et l'ouvrit.

— Felton ! s'écria-t-elle, je suis sauvée !

— Oui, dit Felton, mais silence ! il me faut le temps de scier vos barreaux. Tenez-vous donc prête au premier signal.

Milady referma la fenêtre, éteignit sa lampe et alla se blottir dans son lit. Au bout d'une heure, Felton frappa de nouveau.

Milady alla ouvrir : deux barreaux enlevés formaient une ouverture à passer un homme. Elle monta sur un fauteuil et, passant le haut du corps par la fenêtre, elle vit le jeune officier suspendu au-dessus de l'abîme par une échelle de corde.

— Passez vos bras autour de mon cou, et ne craignez rien.

— Mais je vous ferai perdre l'équilibre.

— Soyez tranquille, je suis marin.

Il n'y avait pas une seconde à perdre. Milady obtempéra, et Felton se mit à descendre les échelons lentement et un à un. Arrivé à terre, il souleva Milady dans ses bras, quitta le chemin de ronde, descendit à travers les rochers, et, arrivé au bord de la mer, fit entendre un coup de sifflet. Un signal pareil lui répondit ; cinq minutes après on vit apparaître une barque montée par quatre hommes. Elle s'approcha aussi près qu'elle put du rivage, et Felton y déposa son précieux fardeau.

Heureusement, la tempête commençait à se calmer. Tout en bondissant sur les vagues comme une coquille de noix, la petite barque parvint à rejoindre un sloop qui l'attendait plus au large.

— Quel est ce bâtiment ? demanda Milady.

— Celui que j'ai frété pour vous.

— Et où va-t-il me conduire ?

— Où vous voudrez. Moi, je vais à Portsmouth.

— Qu'allez-vous y faire ? s'enquit Milady.

— Comme il se défiait de moi, Lord de Winter m'a envoyé à sa place faire signer à Buckingham l'ordre de votre déportation. Seulement, je n'ai pas de temps à perdre : c'est demain le 23, et le duc part le 24 avec la flotte pour La Rochelle.

— Il ne faut pas qu'il parte ! s'écria Milady.

— Soyez tranquille, répondit Felton, il ne partira pas !

Milady tressaillit de joie. Elle venait de lire au plus profond du cœur du jeune homme : la mort de Buckingham y était écrite en toutes lettres.

CHAPITRE 59

CE QUI SE PASSAIT À PORTSMOUTH LE 23 AOÛT 1628

Felton prit congé de Milady comme un frère qui va faire une simple promenade prend congé de sa sœur, en lui baisant la main.

Toute sa personne paraissait dans son état de calme ordinaire ; seulement une lueur inaccoutumée brillait dans ses yeux, pareille à un reflet de fièvre.

Il mit pied à terre, gravit la crête qui conduisait au haut de la falaise, salua Milady une dernière fois et prit sa course vers la ville.

Au-delà de Portsmouth, la mer était couverte de vaisseaux dont les mâts, pareils à une forêt de peupliers dépouillés par l'hiver, se balançaient sous le souffle du vent.

Il entra à Portsmouth vers huit heures du matin. Toute la population était sur pied. Le tambour battait dans les rues et sur le port. Les troupes d'embarquement descendaient vers la mer. Il arriva au palais de l'Amirauté, couvert de poussière et ruisselant de sueur. Tirant de sa poche la lettre dont il était porteur :

— Message pressé de la part de Lord de Winter, dit-il.

On le laissa passer. Au moment où il pénétrait dans le vestibule, un homme entrait aussi, poussiéreux et hors d'haleine. Felton et lui s'adressèrent en même temps à Patrick, le valet de Buckingham. Patrick donna la préférence à celui qui venait de la part de Lord de Winter. L'autre fut forcé d'attendre. Felton fut introduit auprès du duc qui achevait sa toilette.

— Pourquoi de Winter n'est-il pas venu lui-même ?

— Il en a été empêché par la garde qu'il est obligé de faire au château, répondit Felton. Voici l'ordre que Votre Grâce doit signer.

Prenant le papier, Buckingham y jeta un rapide coup d'œil, le posa sur la table, prit une plume et s'apprêta à le signer.

— Pardon, Milord, mais Votre Grâce ne doit pas signer cet ordre ! dit Felton en faisant un pas vers le duc.

— Et pourquoi ne le signerais-je pas ?

— Parce que vous rendrez justice à Milady.

— On lui rendra justice en l'envoyant à la potence !

— Monseigneur, Milady est un ange, vous le savez bien. Et je vous demande sa liberté.

— Ah çà ! dit Buckingham, êtes-vous fou de me parler ainsi ? Retirez-vous, monsieur, ou je vous fais chasser d'ici.

En même temps, il sauta sur son épée. Mais Felton ne lui donna pas le temps de la tirer : il tenait caché sous son pourpoint le poignard dont s'était frappée Milady. D'un bond il fut sur le duc.

En ce moment, Patrick entrait dans la salle en criant :

— Milord ! une lettre de France.

— De France ! s'écria Buckingham.

Felton lui enfonça dans le flanc le poignard jusqu'au manche.

— Au meurtre ! hurla Patrick.

Felton ne fit ensuite aucune résistance. Il se livra aux mains des gardes, qui le conduisirent sur une petite terrasse dominant la mer.

Au cri poussé par le duc, l'homme que Felton avait rencontré dans l'antichambre se précipita dans le cabinet. Il trouva le duc couché sur un sofa, serrant sa blessure dans sa main crispée.

— Laporte, dit le duc d'une voix mourante, viens-tu de sa part ?

— Oui, monseigneur, répondit le fidèle serviteur d'Anne d'Autriche, mais trop tard peut-être.

Et le duc s'évanouit.

Cependant, les députés, les chefs de l'expédition, les officiers avaient fait irruption dans sa chambre. Partout des cris de désespoir retentissaient. La nouvelle se répandit par la ville. Un coup de canon annonça qu'il venait de se passer quelque chose d'inattendu.

Cependant le duc n'était pas mort ; il revint à lui.

— Messieurs, exigea-t-il, laissez-moi seul avec Laporte... Que m'écrivait-elle ? dit-il faiblement quand tous les autres furent sortis. Lis-moi sa lettre.

M. de Laporte lut :

Milord,

Je vous conjure, si vous avez souci de mon repos, d'interrompre les grands armements que vous faites contre la France, et de cesser une guerre dont on dit tout bas que votre amour pour moi est la cause cachée. Cette guerre peut amener pour la France et pour l'Angleterre de grandes catastrophes, et, pour vous, des malheurs dont je ne me consolerais pas.

Veillez sur votre vie, que l'on menace.

Votre affectionnée,

ANNE

— N'avez-vous donc pas autre chose à me dire de vive voix, Laporte ? demanda-t-il.

— Si fait, monseigneur. La reine m'avait chargé de vous dire de veiller sur vous, car elle a eu avis qu'on devait vous assassiner.

— Et c'est tout ? reprit Buckingham avec impatience.

— Elle m'avait chargé de vous dire qu'elle vous aimait toujours.

— Ah ! fit Buckingham. Dieu soit loué ! Ma mort ne sera donc pas pour elle la mort d'un étranger !

En ce moment le médecin du duc arriva tout effaré. Il s'approcha du duc, prit sa main dans les siennes et la laissa retomber.

— Tout est inutile, dit-il, il est mort !

Toute la foule rentra alors dans la salle, et partout ce ne fut plus que consternation et que tumulte.

CHAPITRE 60

EN FRANCE

La première crainte du roi d'Angleterre, Charles Ier, en apprenant cette mort, fut qu'une si terrible nouvelle ne décourage les Rochelois...

Il essaya de la leur cacher le plus longtemps possible, prenant soigneusement garde qu'aucun vaisseau ne sorte jusqu'à ce que l'armée que Buckingham apprêtait soit partie. Mais comme il ne songea à donner cet ordre que cinq heures après l'événement, deux navires avaient déjà quitté le port. L'un emmenait Milady. Quant au second bâtiment, nous dirons plus tard qui il portait.

Pendant ce temps, en France, comme le roi s'ennuyait fort au camp, il résolut d'aller passer les fêtes de la Saint-Louis à Saint-Germain, et demanda au cardinal de lui préparer une escorte de vingt mousquetaires. M. de Tréville fit son portemanteau, et, comme il connaissait le vif désir que ses amis avaient de revenir à Paris, il les désigna pour faire partie de l'escorte. On sait que cette impatience avait pour cause le danger que pouvait courir Mme Bonacieux si elle se rencontrait au couvent de Béthune avec Milady, son ennemie mortelle.

L'on partit le 16 au matin. L'escorte atteignit Paris le 23, et le roi permit à M. de Tréville de distribuer des congés aux mousquetaires pour quatre jours. Ainsi, les quatre amis purent continuer leur route vers Béthune au plus grand pas des chevaux.

Le 25 au soir, comme ils entraient à Arras, et comme ils venaient de mettre pied à terre à l'auberge de la *Herse d'Or* pour boire un verre de vin, un cavalier sortit de la cour de la poste et prit au grand galop le chemin de Paris.

— C'est lui ! s'écria d'Artagnan, pâle de colère !

— Mais qui, lui ? demanda Athos.

— Cet homme maudit que j'ai toujours vu lorsque j'étais menacé de quelque malheur : l'homme de Meung ! Je l'ai reconnu !

— Monsieur ! s'écria alors un garçon d'écurie qui courait après l'inconnu. Voilà un papier qui s'est échappé de votre chapeau !

— Mon ami, lui dit d'Artagnan, une demi-pistole pour ce papier.

— Ma foi, monsieur, avec grand plaisir. Le voici.

D'Artagnan déplia le papier.

— Eh bien ? demandèrent ses amis en l'écoutant.

— Rien qu'un mot, dit d'Artagnan. Armentières.

— Ce mot est un nom de ville, remarqua Aramis.

— Allons, gardons soigneusement ce papier, dit d'Artagnan. Peut-être n'ai-je pas perdu ma demi-pistole. À cheval, mes amis !

Et les quatre compagnons s'élancèrent au galop sur la route de Béthune.

CHAPITRE 61

LE COUVENT DES CARMÉLITES DE BÉTHUNE

Les grands criminels portent avec eux une espèce de prédestination qui leur fait surmonter tous les obstacles, qui les fait réchapper à tous les dangers, jusqu'au moment que la Providence, lassée, a marqué pour l'écueil de leur fortune impie. Il en était ainsi de Milady. Elle passa au travers des croiseurs des deux nations, et arriva à Boulogne sans aucun accident.

Elle ne s'y arrêta que le temps de mettre à la poste une lettre ainsi conçue :

À Son Éminence le cardinal de Richelieu, en son camp devant La Rochelle.

Monseigneur, que Votre Éminence se rassure, le duc de Buckingham ne partira point pour la France.

*Milady de ****

P.-S. – Selon les désirs de Votre Éminence, je me rends au couvent des carmélites de Béthune, où j'attendrai ses ordres.

Le même soir, elle se mit en route et, le lendemain, à huit heures du matin, elle entra à Béthune. Elle se fit indiquer le couvent des Carmélites. Milady montra à la supérieure un ordre que lui avait remis le cardinal. On lui donna une chambre et on lui servit à déjeuner.

Milady voulait plaire à l'abbesse. Elle fut charmante, et séduisit son hôtesse par sa conversation si variée. La supérieure aimait surtout les histoires de cour, qui parviennent si rarement jusqu'aux extrémités du royaume. Milady était au courant de toutes les intrigues aristocratiques. Elle lui fit donc la chronique scandaleuse des seigneurs et des dames de la cour, que son interlocutrice connaissait seulement de nom. Quand elle passa aux persécutions exercées par le cardinal sur ses ennemis, l'abbesse se signa et dit :

— Je suis ignorante sur toutes ces matières-là, mais nous avons des exemples fort tristes de la vérité de ce que vous nous racontez là. Et l'une de nos pensionnaires a bien souffert des vengeances et des persécutions de M. le cardinal.

— Une de vos pensionnaires ? dit Milady. Pauvre femme ! M. le cardinal ne punit pas que les crimes. Il y a certaines vertus qu'il poursuit plus sévèrement que certains forfaits.

— Permettez-moi, madame, de vous exprimer ma surprise sur le langage que vous tenez, dit l'abbesse. Vous êtes l'amie du cardinal, puisqu'il vous envoie ici, et cependant...

— C'est que je ne suis pas son amie, dit-elle en soupirant, mais sa victime. Cette lettre par laquelle il me recommande à vous est un ordre à moi de me tenir dans une espèce de prison, dont il me fera tirer par quelques-uns de ses satellites...

— Alors, madame, dit l'abbesse en souriant, rassurez-vous, la maison où vous êtes ne vous sera pas une prison bien dure.

— Et quand pourrai-je voir cette autre captive, pour laquelle je me sens déjà une si grande sympathie ? demanda Milady.

— À l'heure du dîner, promit l'abbesse.

Le soir venu, la supérieure revint accompagnée d'une jeune femme aux cheveux blonds, au teint délicat, au regard plein d'une bienveillante curiosité. La figure de cette jeune femme lui était complètement inconnue. L'abbesse les présenta l'une à l'autre, puis, comme ses devoirs l'appelaient à l'église, elle les laissa seules.

— Je suis bien malheureuse ! commença la novice. Voilà six mois que je suis ici, sans une distraction, vous arrivez, votre présence allait être pour moi une compagnie charmante, et voilà que, probablement, je vais quitter le couvent d'un moment à l'autre.

— Comment ! dit Milady, vous sortez donc bientôt ?

— Du moins, je l'espère, dit la novice avec une expression de joie qu'elle ne cherchait pas à déguiser. J'ai été assez injuste pour croire qu'on m'avait abandonnée, mais, depuis peu, j'ai acquis la preuve du contraire. Mon supplice touche à son terme : demain, ce soir peut-être, je le reverrai, et alors le passé n'existera plus.

— Ce soir ? demain ? s'écria Milady. Que voulez-vous dire ? De qui attendez-vous des nouvelles ?

— D'un mousquetaire de M. de Tréville. Il a pour nom d'Artagnan. Peut-être le connaissez-vous ? Ou, du moins, un de ses trois amis.

Aussitôt Milady comprit qu'elle avait affaire à Mme Bonacieux. Il lui fallut toute la maîtrise dont elle était capable pour ne pas laisser transparaître la tempête de sentiments contradictoires qui se souleva dans son esprit. Elle se maîtrisa néanmoins, et, après un instant de silence, lâcha du bout des lèvres :

— De vue, seulement.

— Eh bien ! je l'attends, ici même...

— Mais c'est impossible ! il est au siège de La Rochelle avec le cardinal. Il ne reviendra à Paris qu'après la prise de la ville.

— Vous le croyez ainsi. Mais j'ai reçu aujourd'hui ce billet.

En toute innocence, elle le tendit à Milady qui lut avidement :

Ma chère enfant, tenez-vous prête. Notre ami vous verra bientôt pour vous arracher à votre prison. Préparez-vous donc au départ.

En ce moment, on entendit le galop d'un cheval.

— Oh ! s'écria Mme Bonacieux en s'élançant à la fenêtre, serait-ce déjà lui ?

Milady était restée sur son lit, pétrifiée par la surprise.

— Hélas ! non, dit Mme Bonacieux. C'est un homme que je ne connais pas. Il a l'air de venir ici. Il s'arrête à la porte, il sonne.

Milady sauta de son lit.

— On vient ! dit Mme Bonacieux.

Effectivement, la porte s'ouvrit, et la supérieure entra.

— Un homme qui ne veut pas dire son nom, mais qui vient de la part du cardinal, veut vous parler, dit-elle à Milady.

La supérieure et Mme Bonacieux sortirent, puis un homme parut. Milady jeta un cri de joie. Cet homme, c'était le comte de Rochefort, l'âme damnée de Son Éminence.

CHAPITRE 62

DEUX VARIÉTÉS DE DÉMONS

— Eh ! s'écrièrent ensemble Rochefort et Milady, c'est vous !

— Oui, c'est moi.

— Et vous arrivez ? demanda Milady.

— De La Rochelle. Et vous ?

— D'Angleterre.

— Buckingham ?

— Mort, ou blessé dangereusement. Comme je partais, un fanatique venait de l'assassiner. Mais comment êtes-vous ici ?

— Son Éminence, inquiète, m'a envoyée à votre recherche.

— Je suis arrivée d'hier seulement, dit Milady. Mais Je n'ai pas perdu mon temps. Savez-vous qui j'ai rencontré en ce couvent ? Cette madame Bonacieux, dont le cardinal ignorait la cachette.

— Eh bien, dit Rochefort, voilà encore un heureux hasard !

— Et savez-vous ce qui se passe ? D'Artagnan et ses amis vont venir la chercher très bientôt avec un ordre de la reine.

— Mais ces hommes sont au siège de La Rochelle !

— Je le croyais aussi, mais une lettre que Mme Bonacieux a reçue me porte à croire qu'ils sont en route pour venir l'enlever.

— Diable ! comment faire ? Cette femme va échapper à Son Éminence.

— Bah ! dit Milady avec un sourire qui n'appartenait qu'à elle, qu'elle soit tranquille, je m'en charge. De votre côté, annoncez à l'abbesse qu'on viendra me chercher, et que j'aurai à suivre la personne qui se présentera en votre nom. Et arrangez-vous pour envoyer une voiture avec votre laquais qui jouera le rôle du geôlier.

— Très bien ! Mais il faut que je sache où vous retrouver ensuite.

— Laissez-moi réfléchir un instant... Eh ! tenez, à Armentières.

— Armentières ? Écrivez-moi ce nom-là sur un morceau de papier, de peur que je ne l'oublie.

— Voilà qui est fait. Adieu, comte !

— Adieu, comtesse !

Milady et Rochefort échangèrent un sourire et se séparèrent. Rochefort partit au grand galop de son cheval. Cinq heures après, il passait à Arras. Nos lecteurs savent déjà comment il avait été reconnu par d'Artagnan, et comment cette reconnaissance, en inspirant des craintes aux quatre mousquetaires, avait donné une nouvelle activité à leur voyage.

CHAPITRE 63

UNE GOUTTE D'EAU

À peine Rochefort fut-il sorti, que Mme Bonacieux rentra. Elle trouva Milady le visage riant.

— Eh bien ! dit-elle à la jeune femme, ce que vous craigniez est donc arrivé : ce soir ou demain le cardinal vous envoie prendre.

— Comment savez-vous cela ?

— Je l'ai entendu de la bouche même du messager. Mais attendez que je m'assure si personne ne nous écoute.

Milady se leva, alla à la porte, l'ouvrit, regarda dans le corridor et revint s'asseoir près de Mme Bonacieux.

— Alors, dit-elle, il a bien joué son rôle, celui qui s'est présenté à l'abbesse comme l'envoyé du cardinal ?

— C'était donc un rôle qu'il jouait ?

— Oui, dit Milady en baissant la voix. Cet homme, c'est mon frère. Voilà ce qui se passe. En venant à mon secours pour m'enlever d'ici, de force s'il le fallait, il a rencontré l'émissaire du cardinal qui venait me chercher. Il a mis l'épée à la main, en sommant le messager de lui remettre les papiers dont il était porteur. L'autre a voulu se défendre : mon frère l'a tué.

— Oh ! fit Mme Bonacieux en frissonnant.

— C'était le seul moyen. Alors mon frère a pris les papiers, et il s'est présenté ici comme l'émissaire du cardinal. Dans une heure ou deux, sa voiture doit venir me prendre de la part de Son Éminence. Mais ce n'est pas tout, cette lettre que vous avez reçue, eh bien ! elle est fausse ! C'est un piège pour que vous ne fassiez pas de résistance quand on viendra vous chercher.

— Mais c'est d'Artagnan qui viendra !

— Détrompez-vous. D'Artagnan et ses amis sont retenus au siège de La Rochelle. Mon frère a rencontré des émissaires du cardinal en habits de mousquetaires. On vous aurait appelée à la porte, vous auriez cru avoir affaire à des amis, on vous enlevait et on vous ramenait à Paris.

— Oh ! mon Dieu ! reprit Mme Bonacieux en portant ses mains à son front, ma tête se perd au milieu de ce chaos d'iniquités. Je sens que, si cela durait, je deviendrais folle. Chère dame ! que me conseillez-vous de faire, mon Dieu ! Vous avez plus d'expérience que moi.

— D'abord, dit Milady, il se peut que je me trompe et que d'Artagnan et ses amis viennent véritablement à votre secours.

— Oh ! ce serait trop beau ! s'écria Mme Bonacieux.

— Vous comprenez, ce serait simplement une espèce de course à qui arrivera le premier : si ce sont vos amis qui l'emportent, vous êtes sauvée ; si ce sont les satellites du cardinal, vous êtes perdue.

— Oh oui ! perdue sans miséricorde ! Que faire donc ?

— Il y aurait un moyen simple, qui serait d'attendre cachée dans les environs et de s'assurer quels sont les hommes qui viendront vous demander.

— Mais où attendre ?

— Oh ! ceci n'est point une question : moi-même je m'arrête et je me cache à quelques lieues d'ici en attendant que mon frère vienne me rejoindre. Eh bien ! je vous emmène, nous nous cachons et nous attendons ensemble.

— Mais d'Artagnan, s'il vient ?

— Rien de plus facile que de le savoir : nous renvoyons à Béthune ce domestique de mon frère. Si ce sont les émissaires du cardinal qui viennent, il ne bouge pas ; si c'est M. d'Artagnan et ses amis, il les amène où nous sommes.

— Oh ! oui, vous avez raison ! Ainsi, tout est pour le mieux. Mais ne nous éloignons pas trop d'ici.

— Nous nous tenons sur la frontière, par exemple, et à la première alerte nous sortons de France.

— Et si je me trouve loin de vous quand on viendra vous prendre ; à dîner ou à souper, par exemple ?

— Demandez à notre bonne supérieure la permission de partager mon repas. Descendez lui exposer votre requête pendant que, de mon côté, je vais faire un tour au jardin. Je me sens la tête lourde.

Les deux femmes se quittèrent en échangeant un sourire.

Milady avait dit la vérité : elle avait la tête lourde, car ses projets mal classés s'y heurtaient comme dans un chaos. Elle avait besoin d'être seule pour mettre de l'ordre dans ses idées. Il lui fallait un peu de silence et de quiétude pour leur donner une forme distincte. Ce qu'il y avait de plus pressé, c'était d'enlever Mme Bonacieux, de la mettre en lieu sûr, et là, le cas échéant, de s'en faire un otage. Elle commençait à redouter l'issue de ce duel terrible, où ses ennemis mettaient autant de persévérance qu'elle mettait d'acharnement. D'ailleurs, elle sentait, comme on sent venir un orage, que cette issue était proche et ne pouvait manquer d'être terrible.

Le principal pour elle était de tenir Mme Bonacieux entre ses mains. Or, ce point était arrêté. Sans défiance, cette dernière la suivrait. Une fois cachée à Armentières, il serait facile de lui faire croire que d'Artagnan n'était pas venu à Béthune. Et, dans quinze jours au plus, Rochefort serait de retour...

Au bout d'une heure, elle entendit la douce voix de Mme Bonacieux qui l'appelait. La bonne abbesse avait naturellement consenti à tout, et, pour commencer, elles allaient souper ensemble.

En arrivant dans la cour, elles perçurent le bruit d'une voiture qui s'arrêtait à la porte. Milady écouta.

— Entendez-vous ? murmura-t-elle. C'est la voiture que mon frère m'envoie.

On sonna à la porte du couvent. Milady ne s'était pas trompée.

— Montez dans votre chambre, dit-elle à Mme Bonacieux, vous avez bien quelques objets que vous désirez emporter.

— J'ai ses lettres, dit-elle.

— Eh bien ! allez les chercher et venez me rejoindre chez moi.

— Oh, oui ! Allez, je vous rejoins !

Milady monta vivement chez elle ; elle y trouva le laquais de Rochefort et lui donna ses instructions. Il devait attendre à la porte. Si, par hasard, les mousquetaires paraissaient, la voiture partait au galop, faisait le tour du couvent et allait attendre sa passagère à un petit village qui était situé de l'autre côté du bois. Dans ce cas, elle traverserait le jardin et gagnerait le village à pied. Si les mousquetaires ne paraissaient pas, les choses allaient comme il était convenu. Mme Bonacieux montait dans la voiture sous prétexte de lui dire adieu, et Milady enlevait Mme Bonacieux.

En ce moment, Mme Bonacieux entra.

— Vous le voyez, dit Milady lorsque le laquais fut sorti, tout est prêt. L'abbesse ne se doute de rien et croit qu'on me vient chercher de la part du cardinal. Buvez un doigt de vin, et partons.

— Oui, répondit machinalement Mme Bonacieux, oui, partons.

Milady lui fit signe de s'asseoir devant elle et lui versa un petit verre de vin d'Espagne.

— Voyons, du courage ! Prenez quelque chose, faites comme moi ! insista Milady portant son verre à ses lèvres.

Mais au moment où elle l'approchait de sa bouche, sa main resta suspendue : elle venait d'entendre sur la route comme le roulement lointain d'un galop qui s'approchait. Ce bruit la tira de sa joie comme un bruit d'orage réveille au milieu d'un beau rêve. Elle pâlit et courut à la fenêtre, tandis que Mme Bonacieux, se levant toute tremblante, s'appuyait sur sa chaise pour ne point tomber.

— Oh ! mon Dieu ! dit-elle, qu'est-ce que ce bruit ?

— Celui de nos amis ou de nos ennemis, dit Milady avec un sang-froid terrible. Restez où vous êtes, je vais vous le dire.

Mme Bonacieux demeura immobile et pâle comme une statue.

Les chevaux ne devaient pas être à plus de cent cinquante pas. Milady regardait de toute son attention ; il faisait juste assez clair pour qu'elle puisse reconnaître ceux qui venaient. Tout à coup, au détour du chemin, elle vit reluire des chapeaux galonnés et flotter des plumes. Elle compta huit cavaliers. L'un d'eux précédait les autres de deux longueurs de cheval. Elle poussa un rugissement. Dans celui qui tenait la tête elle reconnut d'Artagnan.

— Oh ! mon Dieu ! s'écria Mme Bonacieux, qu'y a-t-il donc ?

— C'est l'uniforme des gardes de M. le cardinal. Pas un instant à perdre. Fuyons !

— Oui, fuyons ! répéta Mme Bonacieux, mais sans pouvoir faire un pas, clouée qu'elle était à sa place par la terreur.

On entendit les cavaliers qui passaient sous la fenêtre.

— Venez donc ! s'écriait Milady en essayant d'entraîner la jeune femme par le bras. Grâce au jardin, nous pouvons fuir encore. Mais hâtons-nous, dans cinq minutes il sera trop tard.

Mme Bonacieux essaya de marcher, et tomba sur les genoux. Milady essaya de la soulever, mais elle ne put y parvenir. On entendit le roulement de la voiture, qui, à la vue des mousquetaires, partait au galop.

— Une dernière fois, voulez-vous venir ? s'écria Milady.

— Oh ! mon Dieu ! vous voyez bien que les forces me manquent. Je ne puis marcher, fuyez seule.

— Vous laisser ici ! Non, jamais ! s'écria Milady.

Tout à coup, un éclair livide jaillit de ses yeux. Elle courut à la table, versa dans le verre de Mme Bonacieux le contenu du chaton de bague. C'était un grain rougeâtre qui se fondit aussitôt.

Puis, prenant le verre d'une main ferme :

— Buvez, dit-elle, ce vin vous donnera des forces !

Et elle approcha le verre des lèvres de la jeune femme, qui but machinalement.

— Ah ! ce n'est pas ainsi que je voulais me venger, dit Milady avec un sourire infernal, mais, ma foi ! on fait ce qu'on peut.

Et elle s'élança hors de l'appartement.

Mme Bonacieux la regarda fuir, sans pouvoir la suivre. Quelques minutes se passèrent. Un bruit affreux retentissait à la porte. À chaque instant Mme Bonacieux s'attendait à voir revenir Milady, qui ne reparaissait pas. Plusieurs fois, de terreur sans doute, la sueur monta froide à son front brûlant. Enfin elle entendit les grilles qu'on ouvrait ; le bruit des bottes et des éperons retentit dans les escaliers ; il se faisait un grand murmure de voix qui s'approchaient, et au milieu desquelles il lui semblait entendre prononcer son nom. Tout à coup elle jeta un grand cri de joie : elle avait reconnu la voix de d'Artagnan.

— D'Artagnan ! s'écria-t-elle, est-ce vous ? Par ici !

— Constance ! répondit le jeune homme, où êtes-vous ?

Au même moment, la porte de la cellule s'ouvrit. Plusieurs hommes se précipitèrent dans la chambre. Mme Bonacieux s'était effondrée sur un fauteuil sans pouvoir faire un mouvement. D'Artagnan tomba à genoux devant sa maîtresse.

— Oh ! d'Artagnan, mon bien-aimé, tu viens donc enfin ! Tu ne m'avais pas trompée : c'est bien toi !

— Oui, Constance ! Réunis enfin !

— Oh ! elle avait beau dire que tu ne viendrais pas, j'espérais sourdement. Je n'ai pas voulu fuir. Oh ! comme j'ai bien fait ! comme je suis heureuse !

À ce mot *elle*, Athos, qui s'était assis, se leva tout à coup.

Elle ? Qui, elle ? demanda d'Artagnan.

— Mais celle qui, par amitié pour moi, voulait me soustraire à mes persécuteurs. Celle qui, vous prenant pour des gardes du cardinal, vient de s'enfuir.

— Son nom ! s'écria d'Artagnan, devenant plus pâle que le voile blanc de sa maîtresse. Dieu ! ne savez-vous donc pas son nom ?

— Si fait ! on l'a prononcé devant moi... Attendez ; mais, c'est étrange... Ah ! mon Dieu ! ma tête se trouble, je n'y vois plus...

— À moi ! mes amis ! cria d'Artagnan. Ses mains sont glacées. Elle se trouve mal. Grand Dieu ! elle perd connaissance.

Aramis courut à la table pour prendre un verre d'eau, mais il s'arrêta en voyant l'horrible altération du visage d'Athos, qui, les traits glacés de stupeur, regardait l'un des verres et semblait en proie au doute le plus affreux.

— Oh ! dit Athos, c'est impossible ! Dieu ne permettrait pas un pareil crime !

Madame Bonacieux rouvrit les yeux sous les baisers de d'Artagnan.

— Elle revient à elle ! s'écria le jeune homme.

— Madame, dit Athos, au nom du ciel, à qui est ce verre vide ?

— À moi, répondit la jeune femme d'une voix mourante.

— Mais qui vous a versé le vin qui était dans ce verre ?

— Elle ! Ah ! je me souviens ! La comtesse de Winter.

Les quatre amis poussèrent un seul et même cri, mais celui d'Athos domina tous les autres.

En ce moment, le visage de Mme Bonacieux devint livide, une douleur sourde la terrassa, elle tomba haletante dans les bras de Porthos et d'Aramis. D'Artagnan saisit les mains d'Athos avec une angoisse impossible à décrire.

— Tu crois... ? dit-il d'une voix qui s'éteignit dans un sanglot.

— Je crois tout, dit Athos en se mordant les lèvres.

— D'Artagnan, s'écria Mme Bonacieux, où es-tu ? Ne me quitte pas, tu vois bien que je vais mourir !

D'Artagnan lâcha les mains d'Athos, et courut à elle.

Son visage si beau était tout bouleversé, ses yeux vitreux n'avaient déjà plus de regard, un tremblement convulsif agitait son corps, la sueur coulait sur son front.

— Au nom du ciel, dit d'Artagnan, demandez du secours !

— Inutile, dit Athos. Au poison qu'elle verse, il n'y a pas de contrepoison.

Rassemblant toutes ses forces, Mme Bonacieux prit la tête du jeune homme entre ses deux mains, le regarda un instant comme si toute son âme passait dans son regard, et, avec un cri sanglotant, elle appuya ses lèvres sur les siennes. Un soupir s'échappa de sa bouche, effleurant celle de d'Artagnan. Ce soupir, c'était cette âme si chaste et si aimante qui remontait au ciel.

D'Artagnan ne serrait plus qu'un cadavre entre ses bras.

Il poussa un cri et tomba près de sa maîtresse, aussi pâle et aussi glacé qu'elle. Porthos pleura. Aramis montra le poing au ciel. Athos fit le signe de la croix.

En ce moment, un homme parut sur la porte, presque aussi pâle que ceux qui étaient dans la chambre ; il regarda autour de lui, vit Mme Bonacieux morte et d'Artagnan évanoui.

— Je ne m'étais pas trompé, dit-il. Voilà M. d'Artagnan, et vous êtes ses trois amis, MM. Athos, Porthos et Aramis.

Ceux dont les noms venaient d'être prononcés regardaient l'étranger avec étonnement ; il leur semblait à tous trois le reconnaître.

— Messieurs, reprit le nouveau venu, vous êtes comme moi à la recherche d'une femme qui, ajouta-t-il avec un sourire terrible, a dû passer par ici, car j'y vois un cadavre.

Les trois amis restèrent muets. La voix comme le visage leur rappelait un homme qu'ils avaient déjà vu, mais ils ne pouvaient se souvenir dans quelles circonstances.

— Messieurs, continua l'étranger, je suis Lord de Winter, le beau-frère de cette femme.

Les trois amis jetèrent un cri de surprise.

— Je suis parti cinq heures après elle de Portsmouth, dit Lord de Winter. Je suis arrivé trois heures après elle à Boulogne, je l'ai manquée de vingt minutes à Saint-Omer ; enfin, à Lillers, j'ai perdu sa trace. J'allais au hasard, m'informant à tout le monde, quand je vous ai vus passer au galop. J'ai reconnu M. d'Artagnan. J'ai voulu vous suivre, mais mon cheval était trop fatigué pour aller du même train que les vôtres, et cependant il paraît que, malgré la diligence que vous avez faite, vous êtes encore arrivés trop tard.

– Vous voyez, dit Athos en lui montrant Mme Bonacieux morte et d'Artagnan que Porthos et Aramis essayaient de rappeler à la vie.

— Sont-ils donc morts tous deux ? demanda Lord de Winter.

— Non, heureusement, répondit Athos. M. d'Artagnan n'est qu'évanoui.

En effet, en ce moment, ce dernier rouvrit les yeux.

Il s'arracha des bras de Porthos et d'Aramis et se jeta comme un insensé sur le corps de sa maîtresse. Athos marcha vers son ami d'un pas lent et solennel, l'embrassa tendrement, et, comme il éclatait en sanglots, il lui dit de sa voix si noble et si persuasive :

— Ami, sois homme ! Les femmes pleurent les morts, les hommes les vengent !

Oui, dit d'Artagnan. Si c'est pour la venger, je suis prêt à te suivre.

Athos fit signe à Porthos et Aramis d'aller chercher la supérieure. Les deux amis la rencontrèrent dans le corridor, encore toute troublée et tout éperdue de tant d'événements.

— Madame, dit Athos en passant le bras de d'Artagnan sous le sien, nous abandonnons à vos soins pieux le corps de cette malheureuse femme. Ce fut un ange sur la terre avant d'être un ange au ciel. Traitez-la comme une de vos sœurs ; nous reviendrons un jour prier sur sa tombe.

D'Artagnan cacha sa figure dans la poitrine d'Athos et éclata en sanglots.

— Pleure, dit Athos en entraînant son ami. Hélas ! je voudrais bien pouvoir pleurer comme toi !

Tous cinq, suivis de leurs valets, s'avancèrent alors vers Béthune et s'arrêtèrent devant la première auberge qu'ils rencontrèrent.

— Mais, dit d'Artagnan, ne poursuivons-nous pas cette femme ?

— Plus tard, dit Athos. J'ai des mesures à prendre.

— Elle nous échappera, reprit le jeune homme.

— Je réponds d'elle, dit Athos.

D'Artagnan avait une telle confiance dans la parole de son ami, qu'il baissa la tête et entra dans l'auberge sans rien répondre.

— Maintenant, messieurs, dit Athos, retirons-nous chacun chez soi. D'Artagnan a besoin d'être seul pour pleurer et vous, pour dormir. Je me charge de tout, soyez tranquilles. Seulement, d'Artagnan, remettez-moi ce papier qui s'est échappé du chapeau de cet homme, et sur lequel est écrit le nom de la ville...

— Ah ! dit d'Artagnan, je comprends. Ce nom écrit de sa main...

— Tu vois bien, dit Athos, qu'il y a un Dieu dans le ciel.

CHAPITRE 64

L'HOMME AU MANTEAU ROUGE

Le désespoir d'Athos avait fait place à une douleur concentrée, qui rendait plus lucides encore les brillantes qualités de cet homme.

Tout entier à une seule pensée, celle de la promesse qu'il avait faite et de la responsabilité qu'il avait prise, il se retira le dernier dans sa chambre, pria l'hôte de lui procurer une carte de la province, se courba dessus, interrogea les lignes tracées, reconnut que quatre chemins différents conduisaient de Béthune à Armentières, et fit appeler les valets.

Planchet, Grimaud, Mousqueton et Bazin reçurent les ordres clairs, ponctuels et graves d'Athos. Ils devaient partir à l'aube le lendemain et se rendre à Armentières, chacun par une route différente. Planchet, le plus malin des quatre, devait suivre celle qu'avait prise la voiture, et qui était menée par le valet de Rochefort.

Athos mit les laquais en campagne. D'abord parce que des valets qui interrogent inspirent aux paysans moins de défiance que leurs maîtres, et trouvent plus de sympathie chez ceux auxquels ils s'adressent. Et aussi parce que Milady connaissait les maîtres, tandis qu'elle ne connaissait pas leurs serviteurs, qui, au contraire, la connaissaient parfaitement.

Tous quatre devaient se trouver le lendemain à onze heures à un endroit indiqué. S'ils avaient découvert la retraite de Milady, trois resteraient à la garder, le quatrième reviendrait à Béthune pour prévenir Athos et servir de guide.

Ces dispositions prises, les valets se retirèrent. Athos alors ceignit son épée, s'enveloppa dans son manteau et sortit de l'hôtel. Il était dix heures du soir à peu près, heure à laquelle, en province, les rues sont peu fréquentées. Athos cependant cherchait quelqu'un à qui il puisse adresser une question. Enfin il rencontra un passant attardé, s'approcha de lui, lui dit quelques paroles. L'homme auquel il s'adressait recula avec terreur. Cependant il répondit aux paroles du mousquetaire par une indication. Athos offrit à cet homme une demi-pistole, mais l'homme refusa.

Athos s'enfonça dans la rue que l'indicateur avait désignée du doigt, mais arrivé à un carrefour, il s'arrêta de nouveau, visiblement embarrassé. Au bout d'un moment, un veilleur de nuit passa. Athos lui répéta la question qu'il avait faite à la première personne qu'il avait rencontrée. Le veilleur de nuit laissa apercevoir la même terreur, et, refusant à son tour de l'accompagner, lui montra de la main le chemin qu'il devait suivre.

Athos marcha dans la direction indiquée et atteignit le faubourg situé du côté opposé de la ville à celui par lequel lui et ses compagnons étaient entrés. Là, il s'arrêta pour la troisième fois.

Heureusement un mendiant passa, qui s'approcha d'Athos pour lui demander l'aumône. Athos lui proposa un écu pour l'accompagner où il allait. Le mendiant hésita un instant, mais, à la vue de la pièce qui brillait dans l'obscurité, il se décida et marcha devant Athos.

Arrivé à l'angle d'une rue, il lui montra de loin une petite maison isolée. Athos s'en approcha, tandis que le mendiant, qui avait reçu son salaire, s'en éloignait à toutes jambes.

Athos distingua une porte au milieu de la couleur rougeâtre dont cette maison était peinte. Aucune lumière ne paraissait à travers les contrevents, aucun bruit ne pouvait faire supposer qu'elle était habitée. Elle était sombre et muette comme un tombeau.

Trois fois Athos frappa sans qu'on lui réponde. Au troisième coup, cependant, des pas intérieurs se rapprochèrent. La porte s'entrouvrit, et un homme de haute taille, au teint pâle, aux cheveux et à la barbe noire, parut.

Athos et lui échangèrent quelques mots à voix basse, puis l'homme fit signe au mousquetaire qu'il pouvait entrer. Athos profita de la permission, et la porte se referma derrière lui.

L'homme qu'Athos était venu chercher si loin et qu'il avait trouvé avec tant de peine le fit entrer dans un laboratoire, où il était occupé à assembler avec des fils de fer les os cliquetants d'un squelette. Tout le corps était déjà rajusté : la tête seule était posée sur une table.

Tout le reste de l'ameublement indiquait que celui chez lequel on se trouvait s'occupait de sciences naturelles. Il y avait des bocaux pleins de serpents, étiquetés selon les espèces, des lézards desséchés dans de grands cadres de bois noir. Enfin, des bottes d'herbes sauvages odoriférantes étaient attachées au plafond.

Du reste, pas de famille, pas de serviteurs : l'homme à la haute taille habitait seul cette maison.

Sur l'invitation de celui qu'il venait chercher, Athos s'assit. Il expliqua la cause de sa visite et le service qu'il réclamait. Mais à peine eut-il exposé sa demande que l'inconnu, qui était resté debout, recula de terreur et refusa. Alors Athos tira de sa poche un petit papier sur lequel étaient écrites deux lignes accompagnées d'une signature et d'un sceau. Il le présenta à celui qui donnait trop prématurément ces signes de répugnance. L'homme eut à peine lu les deux lignes, vu la signature et reconnu le sceau, qu'il s'inclina en signe qu'il était prêt à obéir. Athos n'en demanda pas davantage. Il se leva, sortit, reprit le chemin qu'il avait suivi pour venir, rentra à l'hôtel et s'enferma chez lui.

Au point du jour, d'Artagnan pénétra dans sa chambre et lui demanda ce qu'il fallait faire.

— Attendre, répondit Athos.

À la fin de la matinée parut Planchet, qui semblait satisfait et rempli d'impatience. Il avait suivi la route et trouvé l'endroit où la voiture avait attendu, mais il avait ensuite poussé jusqu'au village de Festubert. Là, en buvant dans une auberge, il avait, sans avoir eu besoin de questionner, appris que la veille, passé huit heures du soir, un homme qui accompagnait une dame voyageant en chaise de poste s'était arrêté. La femme avait relayé et continué sa route.

Planchet s'était mis en quête du postillon qui avait conduit la dame et l'avait retrouvé. Il l'avait conduite jusqu'à Fromelles, d'où elle était partie pour Armentières. Planchet avait pris un chemin de traverse, et à sept heures du matin il était à Armentières.

Il n'y avait qu'un hôtel, celui de la poste. Planchet était allé s'y présenter comme un laquais sans place qui cherchait un emploi. Il n'avait pas causé dix minutes avec les gens de l'auberge, qu'il savait qu'une femme seule était arrivée à onze heures du soir, avait pris une chambre, avait fait venir l'hôtelier et lui avait dit qu'elle désirait demeurer quelque temps dans les environs.

Planchet n'avait pas besoin d'en savoir davantage. Il avait couru au rendez-vous, trouvé les trois laquais exacts à leur poste, les avait placés en sentinelles à toutes les issues de l'hôtel et était revenu auprès d'Athos.

Ce dernier achevait de recevoir les renseignements de Planchet, lorsque ses amis rentrèrent. Tous les visages étaient sombres, même le doux visage d'Aramis.

— Que faut-il faire ? demanda d'Artagnan.

— Attendre, répondit Athos.

Chacun se retira chez soi.

À huit heures du soir, Athos donna l'ordre de seller les chevaux, et fit prévenir Lord de Winter et ses amis de se préparer pour l'expédition. En un instant tous cinq furent prêts. Athos descendit le premier et il trouva d'Artagnan déjà à cheval et s'impatientant.

— Patience, dit Athos, il nous manque encore quelqu'un.

Les quatre cavaliers regardèrent autour d'eux avec étonnement, car ils cherchaient inutilement dans leur esprit quel était ce quelqu'un qui pouvait leur manquer.

— Attendez-moi, dit Athos, je reviens. Et il partit au galop.

Un quart d'heure après, il revint, effectivement accompagné d'un homme masqué et enveloppé d'un grand manteau rouge. Lord de Winter et les trois mousquetaires s'interrogèrent du regard. Nul d'entre eux ne put renseigner les autres, car tous ignoraient ce qu'était cet homme. Cependant ils pensèrent que cela devait être ainsi, puisque la chose se faisait par l'ordre d'Athos.

À neuf heures, guidée par Planchet, la petite cavalcade se mit en route, prenant le chemin qu'avait suivi la voiture.

C'était un triste aspect que celui de ces six hommes courant en silence, plongés chacun dans sa pensée, mornes comme le désespoir, sombres comme le châtiment.

CHAPITRE 65

LE JUGEMENT

C'était une nuit orageuse et sombre ; de gros nuages couraient au ciel, voilant la clarté des étoiles. La lune ne devait se lever qu'à minuit. Parfois, à la lueur d'un éclair qui brillait à l'horizon, on apercevait la route qui se déroulait blanche et solitaire, puis, l'éclair éteint, tout rentrait dans l'obscurité.

À chaque instant, Athos invitait d'Artagnan, toujours à la tête de la petite troupe, à reprendre son rang qu'au bout d'un instant il abandonnait de nouveau. Il n'avait qu'une pensée, c'était d'aller en avant, et il allait.

On traversa en silence le village de Festubert, puis on longea le bois de Richebourg. Arrivé à Herlies, Planchet, qui dirigeait toujours la colonne, prit à gauche.

Plusieurs fois, soit Lord de Winter, soit Porthos, soit Aramis, avaient essayé d'adresser la parole à l'homme au manteau rouge ; mais, à chaque interrogation qui lui avait été faite, il s'était incliné sans répondre. Les voyageurs avaient alors compris qu'il y avait quelque raison pour que l'inconnu garde le silence, et ils avaient cessé de lui adresser la parole.

D'ailleurs l'orage grossissait, les éclairs se succédaient rapidement, le tonnerre commençait à gronder, et le vent, précurseur de l'ouragan, sifflait dans la plaine.

La cavalcade prit le grand trot.

Un peu au-delà de Fromelles, l'orage éclata. On déploya les manteaux. Il restait encore trois lieues à faire ; on les fit sous des torrents de pluie.

D'Artagnan avait ôté son feutre et n'avait pas mis son manteau ; il trouvait plaisir à laisser ruisseler l'eau sur son front brûlant et sur son corps agité de frissons fiévreux.

Au moment où la petite troupe avait dépassé Goskal et allait arriver à la poste, un homme abrité sous un arbre se détacha du tronc avec lequel il était resté confondu dans l'obscurité, et s'avança jusqu'au milieu de la route, mettant son doigt sur ses lèvres. Athos reconnut Grimaud.

— Qu'y a-t-il donc ? s'écria d'Artagnan. Aurait-elle quitté Armentières ?

Grimaud fit de la tête un signe affirmatif. D'Artagnan grinça des dents.

— Silence, d'Artagnan ! dit Athos. C'est moi qui me suis chargé de tout, c'est donc à moi d'interroger Grimaud.

— Où est-elle ? demanda Athos.

Grimaud étendit la main dans la direction de la Lys.

— Loin d'ici ? demanda Athos.

Grimaud présenta à son maître son index plié.

— Seule ? demanda Athos.

Grimaud fit signe que oui.

— Messieurs, dit Athos, elle est à une demi-lieue d'ici, dans la direction de la rivière.

— C'est bien, dit d'Artagnan. Conduis-nous, Grimaud.

Grimaud prit à travers champs et servit de guide à la cavalcade.

Au bout de cinq cents pas à peu près, on trouva un ruisseau que l'on traversa à gué. À la lueur d'un éclair, on aperçut le village d'Erquinghem.

— Est-ce là ? demanda d'Artagnan.

Grimaud secoua la tête en signe de négation.

— Silence donc ! dit Athos.

Et la troupe continua son chemin.

Un autre éclair brilla ; Grimaud étendit le bras, et, à la lueur bleuâtre du serpent de feu, on distingua une petite maison isolée au bord de la rivière, à cent pas d'un bac.

Une fenêtre était éclairée.

— Nous y sommes, dit Athos.

En ce moment, un homme couché dans un fossé se leva : c'était Mousqueton. Il montra du doigt la fenêtre éclairée.

— Elle est là, dit-il.

— Et Bazin ? demanda Athos.

— Tandis que je gardais la fenêtre, il gardait la porte.

— Bien, dit Athos, vous êtes tous de fidèles serviteurs.

Athos sauta à bas de son cheval, dont il remit la bride aux mains de Grimaud, et s'avança vers la fenêtre, après avoir fait signe au reste de sa troupe de tourner du côté de la porte.

La petite maison était entourée d'une haie vive, de deux ou trois pieds de haut. Athos franchit la haie, parvint jusqu'à la fenêtre privée de contrevents, mais dont les demi-rideaux étaient exactement tirés.

Il monta sur le rebord de pierre, afin que son œil pût dépasser la hauteur des rideaux.

À la lueur d'une lampe, il vit une femme enveloppée d'une mante de couleur sombre, assise sur un escabeau, près d'un feu mourant. Ses coudes étaient posés sur une mauvaise table, et elle appuyait sa tête dans ses deux mains, blanches comme l'ivoire.

On ne pouvait distinguer son visage, mais un sourire sinistre passa sur les lèvres d'Athos. Il n'y avait pas à s'y tromper : c'était bien celle qu'il cherchait.

En ce moment un cheval hennit. Milady releva la tête, vit collé à la vitre le visage pâle d'Athos, et poussa un cri.

Athos comprit qu'il était reconnu, poussa la fenêtre du genou et de la main ; la fenêtre céda, les carreaux se rompirent, et Athos, pareil au spectre de la vengeance, sauta dans la chambre. Milady courut à la porte et l'ouvrit. Plus pâle et plus menaçant encore qu'Athos, d'Artagnan était sur le seuil.

Milady recula en poussant un cri. D'Artagnan, croyant qu'elle avait quelque moyen de fuir, et craignant qu'elle ne leur échappât, tira un pistolet de sa ceinture, mais Athos leva la main.

— Remets cette arme à sa place, d'Artagnan, dit-il. Il importe que cette femme soit jugée et non assassinée. Attends encore, d'Artagnan, et tu seras satisfait ! Entrez, messieurs.

D'Artagnan obéit, car Athos avait la voix solennelle et le geste puissant d'un juge envoyé par le Seigneur lui-même. Derrière d'Artagnan entrèrent Porthos, Aramis, Lord de Winter et l'homme au manteau rouge.

Les quatre valets gardaient la porte et la fenêtre.

Milady était retombée sur son siège, les mains étendues comme pour conjurer cette terrible apparition. En apercevant son beau-frère, elle jeta un cri terrible.

— Que demandez-vous ? s'écria Milady.

— Nous demandons, dit Athos, Anne de Breuil, qui s'est appelée d'abord la comtesse de La Fère, puis lady de Winter, baronne de Sheffield.

— C'est moi, murmura-t-elle au comble de l'étonnement. Que me voulez-vous ?

— Nous voulons vous juger selon vos crimes, dit Athos. Vous serez libre de vous défendre ; justifiez-vous si vous pouvez. Monsieur d'Artagnan, à vous d'accuser le premier.

D'Artagnan s'avança.

— Devant Dieu et devant les hommes, dit-il, j'accuse cette femme d'avoir empoisonné Constance Bonacieux, morte hier soir.

Il se retourna vers Porthos et vers Aramis.

— Nous attestons, dirent ensemble les deux mousquetaires.

D'Artagnan continua :

— Devant Dieu et devant les hommes, j'accuse cette femme d'avoir voulu m'empoisonner avec du vin qu'elle m'avait envoyé de Villeroy. Dieu m'a sauvé, mais un homme est mort à ma place.

— Nous attestons, dirent de la même voix Porthos et Aramis.

Et d'Artagnan passa de l'autre côté de la chambre avec Porthos et Aramis.

— À vous, Milord, dit Athos.

Le baron s'approcha à son tour.

— Devant Dieu et devant les hommes, dit-il, j'accuse cette femme d'avoir fait assassiner le duc de Buckingham.

— Le duc de Buckingham assassiné ! s'écrièrent d'un seul cri tous les assistants.

— Oui, dit le baron, assassiné ! Sur la lettre que vous m'aviez écrite, j'avais fait arrêter cette femme et je l'avais donnée en garde à un loyal serviteur. Elle a corrompu cet homme, elle lui a mis le poignard à la main, elle lui a fait tuer le duc, et dans ce moment peut-être Felton paie-t-il de sa tête le crime de cette furie.

Un frémissement courut parmi les juges à la révélation de ces crimes encore inconnus.

— Ce n'est pas tout, reprit Lord de Winter. Mon frère, qui vous avait faite son héritière, est mort en trois heures d'une étrange maladie, qui laisse des taches livides sur tout le corps. Ma sœur, comment votre mari est-il mort ?

— Horreur ! s'écrièrent Porthos et Aramis.

— Assassin de Buckingham, assassin de Felton, assassin de mon frère, je demande justice contre vous !

Et Lord de Winter alla se ranger près de d'Artagnan, laissant la place libre à un autre accusateur.

Milady laissa tomber son front dans ses deux mains et essaya de rappeler ses idées confondues par un vertige mortel.

— À mon tour, dit Athos, tremblant lui-même comme le lion tremble à l'aspect d'un serpent. J'épousai cette jeune femme quand elle était jeune fille. Je l'épousai malgré toute ma famille. Je lui donnai mon bien, je lui donnai mon nom, et un jour je m'aperçus que cette femme était flétrie : elle était marquée d'une fleur de lys sur l'épaule gauche.

— Oh ! dit Milady en se levant, je défie de retrouver le tribunal qui a prononcé sur moi cette sentence infâme ! Je défie de retrouver celui qui l'a exécutée.

— Silence ! dit une voix. À ceci, c'est à moi de répondre !

Et l'homme au manteau rouge s'approcha à son tour.

— Quel est cet homme ? s'écria Milady suffoquée par la terreur et dont les cheveux se dénouèrent et se dressèrent sur sa tête livide comme s'ils avaient été vivants.

Tous les yeux se tournèrent sur cet homme, car à tous, excepté à Athos, il était inconnu.

Encore Athos le regardait-il avec autant de stupéfaction que les autres, car il ignorait comment il pouvait se trouver mêlé en quelque chose à l'horrible drame qui se dénouait en ce moment.

Après s'être approché de Milady d'un pas lent et de manière que la table seule le séparât d'elle, l'inconnu ôta son masque.

Milady regarda quelque temps avec une terreur croissante ce visage pâle, encadré de cheveux et de favoris noirs ; et dont la seule expression était une impassibilité glacée. Puis tout à coup :

— Oh ! non, non, dit-elle en se levant et en reculant jusqu'au mur. Non ! c'est une apparition infernale ! Ce n'est pas lui ! À moi ! s'écria-t-elle d'une voix rauque et en se retournant vers la muraille, comme si elle avait pu s'y ouvrir un passage avec ses mains.

— Mais qui êtes-vous donc ? s'écrièrent tous les témoins de cette scène.

— Demandez-le à cette femme, dit l'homme au manteau rouge, car vous voyez bien qu'elle m'a reconnu, elle.

— Le bourreau de Lille ! s'écria Milady en proie à une terreur insensée et se cramponnant à la muraille pour ne pas tomber.

Tout le monde s'écarta, et l'homme au manteau rouge resta seul debout au milieu de la salle.

— Oh ! grâce ! pardon ! cria la misérable en tombant à genoux.

L'inconnu laissa le silence se rétablir.

— Je vous le disais bien, qu'elle m'avait reconnu, reprit-il. Oui, je suis le bourreau de la ville de Lille, et voici mon histoire.

Tous les yeux étaient fixés sur cet homme, dont on attendait les paroles avec une avide anxiété.

— Cette jeune femme était autrefois une jeune fille aussi belle qu'elle l'est aujourd'hui. Elle était religieuse au couvent des Bénédictines de Templemars. Un jeune prêtre au cœur simple et croyant desservait l'église de ce couvent. Elle entreprit de le séduire et y réussit. Elle aurait séduit un saint.

« Leurs vœux à tous deux étaient irrévocables ; leur liaison ne pouvait durer longtemps sans les perdre tous deux. Elle obtint de lui qu'ils quitteraient le pays ; mais pour fuir ensemble et gagner une autre partie de la France où ils pourraient vivre tranquilles, il fallait de l'argent. Ni l'un ni l'autre n'en avait. Le prêtre vola les vases sacrés et les vendit, mais, comme ils s'apprêtaient à partir, ils furent arrêtés tous deux.

« Huit jours après, elle avait séduit le fils du geôlier et s'était sauvée. Le jeune prêtre fut condamné à dix ans de fers et à la flétrissure. J'étais le bourreau de la ville de Lille, comme dit cette femme. Je fus obligé de marquer le coupable. Ce coupable, messieurs, c'était mon frère !

« Je jurai alors que cette femme qui l'avait perdu, qui était plus que sa complice, puisqu'elle l'avait poussé au crime, partagerait au moins le châtiment. Je sus le lieu où elle était cachée, je la poursuivis, je l'atteignis et je lui imprimai la même flétrissure qu'à mon frère.

« Le lendemain de mon retour à Lille, mon frère parvint à s'échapper à son tour. On m'accusa de complicité, et l'on me condamna à rester en prison à sa place tant qu'il ne se serait pas constitué prisonnier. Mon pauvre frère ignorait ce jugement. Il avait fui avec cette femme dans le Berry, et là, il avait obtenu une petite cure. Cette femme passait pour sa sœur.

« Le seigneur de la terre où était située l'église du curé vit cette prétendue sœur et en devint amoureux au point qu'il lui proposa de l'épouser. Alors elle quitta celui qu'elle avait perdu pour celui qu'elle devait perdre, et devint la comtesse de La Fère.

Tous les yeux se tournèrent vers Athos, dont c'était le véritable nom, et qui fit signe de la tête que tout ce qu'avait dit le bourreau était vrai.

— Alors, décidé à se débarrasser d'une existence à laquelle elle avait enlevé honneur et bonheur, mon pauvre frère revint à Lille. Apprenant l'arrêt qui m'avait condamné à sa place, il se constitua prisonnier et se pendit le même soir au soupirail de son cachot. Au reste, c'est une justice à leur rendre, ceux qui m'avaient condamné me tinrent parole. À peine l'identité du cadavre fut-elle constatée, qu'on me rendit ma liberté. Voilà le crime dont je l'accuse, voilà la cause pour laquelle je l'ai marquée.

— Monsieur d'Artagnan, dit Athos, quelle est la peine que vous réclamez contre cette femme ?

— La peine de mort ! répondit d'Artagnan.

— Milord de Winter, continua Athos, quelle est la peine que vous réclamez contre cette femme ?

— La peine de mort ! reprit Lord de Winter.

— Messieurs Porthos et Aramis, reprit Athos, vous qui êtes ses juges, quelle est la peine que vous portez contre cette femme ?

— La peine de mort ! répondirent d'une voix sourde les deux mousquetaires.

Milady poussa un hurlement affreux et fit quelques pas vers ses juges en se traînant sur ses genoux.

Athos étendit la main vers elle.

— Anne de Breuil, comtesse de La Fère, Milady de Winter, dit-il, vos crimes ont lassé les hommes sur la terre et Dieu dans le ciel. Si vous savez quelque prière, dites-la, car vous êtes condamnée et vous allez mourir.

À ces paroles, qui ne lui laissaient aucun espoir, Milady se releva de toute sa hauteur et voulu parler, mais les sons lui manquèrent. Elle sentit qu'une main puissante et implacable la saisissait par les cheveux et l'entraînait aussi irrévocablement que la fatalité entraîne l'homme. Elle ne tenta donc pas même de faire résistance et sortit de la chaumière.

Lord de Winter, d'Artagnan, Athos, Porthos et Aramis en sortirent derrière elle. Les valets suivirent leurs maîtres, et la chambre resta solitaire avec sa fenêtre brisée, sa porte ouverte et sa lampe fumeuse qui brûlait tristement sur la table.

CHAPITRE 66

L'EXÉCUTION

Il était minuit à peu près ; la lune, échancrée par sa décroissance et ensanglantée par les dernières traces de l'orage, se levait derrière la petite ville d'Armentières, qui détachait sur sa lueur blafarde la silhouette sombre de ses maisons et le squelette de son haut clocher découpé à jour. En face, la Lys roulait ses eaux pareilles à une rivière d'étain fondu, tandis que sur l'autre rive on voyait la masse noire des arbres se profiler sur un ciel orageux envahi par de gros nuages cuivrés qui faisaient une espèce de crépuscule au milieu de la nuit. À gauche s'élevait un vieux moulin abandonné, aux ailes immobiles, dans les ruines duquel une chouette faisait entendre son cri aigu, périodique et monotone. Çà et là, dans la plaine, à droite et à gauche du chemin que suivait le lugubre cortège, apparaissaient quelques arbres bas et trapus, qui semblaient des nains difformes accroupis pour guetter les hommes à cette heure sinistre.

De temps en temps un large éclair ouvrait l'horizon dans toute sa largeur, serpentait au-dessus de la masse noire des arbres et venait, comme un effrayant cimeterre, couper le ciel et l'eau en deux parties. Pas un souffle de vent ne passait dans l'atmosphère alourdie, un silence de mort écrasait toute la nature, le sol était humide et glissant de la pluie qui venait de tomber, et les herbes, ranimées, jetaient leur parfum avec plus d'énergie.

Deux valets traînaient Milady, qu'ils tenaient chacun par un bras. Le bourreau marchait derrière ; Lord de Winter, d'Artagnan, Athos, Porthos et Aramis marchaient derrière le bourreau.

Planchet et Bazin venaient les derniers.

Les deux valets conduisaient Milady du côté de la rivière : sa bouche était muette ; mais ses yeux parlaient avec leur inexprimable éloquence, suppliant tour à tour chacun de ceux qu'elle regardait.

Comme elle se trouvait de quelques pas en avant, elle dit aux valets :

— Mille pistoles à chacun de vous si vous protégez ma fuite ; mais si vous me livrez à vos maîtres, j'ai ici près des vengeurs qui vous feront payer cher ma mort.

Grimaud hésitait, Mousqueton tremblait de tous ses membres. Athos, qui avait entendu la voix de Milady, s'approcha vivement ; Lord de Winter en fit autant.

— Renvoyez ces valets, dit-il. Elle leur a parlé, ils ne sont plus sûrs.

On appela Planchet et Bazin, qui prirent la place de Grimaud et de Mousqueton. Arrivés au bord de l'eau, le bourreau s'approcha de Milady et lui lia les pieds et les mains. Alors elle rompit le silence pour s'écrier :

— Vous êtes des lâches, vous êtes de misérables assassins, vous vous mettez à dix pour égorger une pauvre femme. Prenez garde, si je ne suis pas secourue, je serai vengée !

— Vous n'êtes pas une femme, dit froidement Athos. Vous n'appartenez pas à l'espèce humaine : vous êtes un démon échappé de l'enfer et que nous allons y faire rentrer.

— Oh ! messieurs les hommes vertueux, dit Milady, faites attention que celui de vous qui touchera un cheveu de ma tête est à son tour un assassin.

— Le bourreau peut tuer sans être pour cela un assassin, madame, dit l'homme au manteau en frappant sur sa large épée : c'est le dernier juge, voilà tout. *Nachrichter*, comme disent nos voisins les Allemands.

Et comme il la liait en disant ces paroles, Milady poussa deux ou trois cris sauvages, qui firent un effet sombre et étrange en s'envolant dans la nuit et en se perdant dans les profondeurs du bois.

— Mais si je suis coupable, si j'ai commis les crimes dont vous m'accusez, hurlait Milady, conduisez-moi devant un tribunal, vous n'êtes pas des juges, vous, pour me condamner.

— Je vous ai proposé Tyburn[1], dit Milord de Winter. Pourquoi n'avez-vous pas voulu ?

— Parce que je ne veux pas mourir, s'écria Milady en se débattant. Parce que je suis trop jeune pour mourir !

— La femme que vous avez empoisonnée à Béthune était plus jeune encore que vous, madame, et cependant elle est morte, dit d'Artagnan.

---

1. Principal lieu d'exécution des criminels en Angleterre, entre le XIIe et la fin du XVIIIe siècle.

— J'entrerai dans un cloître, je me ferai religieuse, dit Milady.

— Vous étiez dans un cloître, dit le bourreau, et vous en êtes sortie pour perdre mon frère.

Milady poussa un cri d'effroi et tomba sur ses genoux.

Le bourreau la souleva sous les bras et voulut l'emporter vers le bateau.

— Oh ! mon Dieu ! cria-t-elle, mon Dieu ! Allez-vous donc me noyer !

Ces cris avaient quelque chose de si déchirant, que d'Artagnan, qui d'abord était le plus acharné à la poursuite de Milady, se laissa aller sur une souche et pencha sa tête, se bouchant les oreilles avec les paumes de ses mains ; et cependant, malgré cela, il l'entendait encore menacer et crier.

D'Artagnan était le plus jeune de tous ces hommes, le cœur lui manqua.

— Oh ! je ne puis voir cet affreux spectacle, dit-il. Je ne puis consentir à ce que cette femme meure ainsi.

Milady avait entendu ces quelques mots, et elle s'était reprise à une lueur d'espérance.

— D'Artagnan ! cria-t-elle, souviens-toi que je t'ai aimé !

Le jeune homme se leva et fit un pas vers elle.

Mais Athos tira son épée, et se mit sur son chemin.

— Si vous faites un pas de plus, d'Artagnan, dit-il, nous croiserons le fer ensemble.

D'Artagnan tomba à genoux et pria.

— Allons ! continua Athos, bourreau, fais ton devoir.

— Volontiers, monseigneur, dit le bourreau, car, aussi vrai que je suis bon catholique, je crois fermement être juste en accomplissant ma fonction sur cette femme.

— C'est bien.

Athos fit un pas vers Milady.

— Je vous pardonne, dit-il, le mal que vous m'avez fait. Je vous pardonne mon avenir brisé, mon honneur perdu, mon amour souillé et mon salut à jamais compromis par le désespoir où vous m'avez jeté. Mourez en paix !

Lord de Winter s'avança à son tour.

— Je vous pardonne, dit-il, l'assassinat de mon frère, l'assassinat de Sa Grâce Lord Buckingham. Je vous pardonne la mort du pauvre Felton. Je vous pardonne vos tentatives sur ma personne. Mourez en paix !

— Et moi, dit d'Artagnan, pardonnez-moi, madame, d'avoir provoqué votre colère, et, en échange, je vous pardonne le meurtre de ma pauvre amie et vos vengeances cruelles sur moi. Je vous pardonne et je pleure sur vous. Mourez en paix !

— *I am lost !* murmura en anglais Milady. *I must die*[1].

Alors elle se releva d'elle-même, jeta tout autour d'elle un de ces regards clairs qui semblaient jaillir d'un œil de flamme. Elle ne vit rien. Elle écouta, et n'entendit rien. Elle n'était entourée que d'ennemis.

— Où vais-je mourir ? demanda-t-elle.

— Sur l'autre rive, répondit le bourreau.

Alors il la fit entrer dans la barque, et comme il allait y mettre le pied pour la suivre, Athos lui donna une somme d'argent.

— Tenez, dit-il, voici le prix de l'exécution. Que l'on voie bien que nous agissons en juges !

---

1. *Je suis perdue !* murmura en anglais Milady. *Je dois mourir.*

— C'est bien, dit le bourreau. Et que maintenant, à son tour, cette femme sache que je n'accomplis pas mon métier, mais mon devoir.

Et il jeta l'argent dans la rivière.

Le bateau s'éloigna vers la rive gauche de la Lys, emportant la coupable et l'exécuteur. Tous les autres demeurèrent sur la rive droite, où ils étaient tombés à genoux.

Le bateau glissait lentement le long de la corde du bac, sous le reflet d'un nuage pâle qui surplombait l'eau en ce moment.

On le vit aborder sur l'autre rive ; les personnages se découpaient en noir sur l'horizon rougeâtre.

Milady, pendant le trajet, était parvenue à détacher la corde qui liait ses pieds. En arrivant près du rivage, elle sauta légèrement à terre et prit la fuite. Mais le sol était humide. En arrivant au haut du talus, elle glissa et tomba sur ses genoux.

Une idée superstitieuse la frappa sans doute : elle comprit que le ciel lui refusait son secours et resta dans l'attitude où elle se trouvait, la tête inclinée et les mains jointes.

Alors on vit, de l'autre rive, le bourreau lever lentement ses deux bras ; un rayon de lune se refléta sur la lame de sa large épée, les deux bras retombèrent. On entendit le sifflement du cimeterre et le cri de la victime, puis une masse tronquée s'affaissa sous le coup.

Alors le bourreau détacha son manteau rouge, l'étendit à terre, y coucha le corps, y jeta la tête, le noua par les quatre coins, le chargea sur son épaule et remonta dans le bateau.

Arrivé au milieu de la Lys, il arrêta la barque, et suspendant son fardeau au-dessus de la rivière :

— Laissez passer la justice de Dieu ! cria-t-il à haute voix.

Et il laissa tomber le cadavre au plus profond de l'eau, qui se referma sur lui.

CHAPITRE 67

UN MESSAGER DU CARDINAL

Trois jours après, les quatre mousquetaires rentraient à Paris ; ils étaient restés dans les limites de leur congé, et le même soir ils allèrent faire leur visite accoutumée à M. de Tréville.

— Eh bien ! messieurs, leur demanda le brave capitaine, vous êtes-vous bien amusés dans votre excursion ?

— Prodigieusement ! répondit Athos les dents serrées.

Le 6 du mois suivant, le roi quittait Paris tout étourdi encore de la nouvelle qui venait de s'y répandre que Buckingham avait été assassiné.

Quoique prévenue que l'homme qu'elle avait tant aimé courait un danger, la reine, lorsqu'on lui annonça cette mort, ne voulut pas la croire. Mais le lendemain il lui fallut bien ajouter foi à cette nouvelle, Laporte arrivant de Londres pour la confirmer.

La joie du roi avait été très vive ; il ne se donna pas la peine de la dissimuler. Mais, bientôt, il redevint sombre et malade : il sentait qu'en retournant au camp il allait reprendre son esclavage.

Aussi le retour vers La Rochelle était-il profondément triste. Nos quatre amis surtout faisaient l'étonnement de leurs camarades ; ils voyageaient côte à côte, l'œil sombre et la tête baissée ; Athos relevait seul de temps en temps son large front, un sourire amer passait sur ses lèvres, puis, pareil à ses camarades, il se laissait de nouveau aller à ses rêveries.

Un jour que le roi avait fait halte sur la route et que les quatre amis s'étaient arrêtés dans un cabaret, un homme qui venait de La Rochelle s'arrêta à la porte pour boire un verre de vin. Il plongea son regard dans la pièce où étaient attablés les mousquetaires.

— Monsieur d'Artagnan, dit-il, n'est-ce pas vous que je vois ?

D'Artagnan leva la tête et poussa un cri de joie. Cet homme qui l'appelait, c'était son fantôme, son inconnu de Meung. Il tira son épée et s'élança vers la porte. Mais cette fois, au lieu de fuir, l'inconnu sauta de cheval et s'avança à la rencontre de d'Artagnan.

— Ah ! monsieur, dit le jeune homme, je vous rejoins donc enfin. Cette fois, vous ne m'échapperez pas.

— Ce n'est pas mon intention non plus, monsieur, car je vous cherchais. Au nom du roi, je vous arrête. Je vous prie de me rendre votre épée, et sans résistance. Il y va de la tête, je vous en avertis.

— Qui êtes-vous donc ? demanda d'Artagnan.

— Je suis le chevalier de Rochefort, répondit l'inconnu, l'écuyer de M. le cardinal. Et j'ai ordre de vous ramener à Son Éminence.

— Nous retournons auprès de Son Éminence, monsieur, dit Athos en s'avançant, et vous accepterez bien la parole de M. d'Artagnan, qu'il va se rendre en droite ligne à La Rochelle.

— Je dois le remettre aux mains de gardes qui le mèneront au camp.

— Nous lui en servirons, monsieur, sur notre parole de gentilshommes ! répliqua Athos. Mais, sur notre parole de gentilshommes aussi, M. d'Artagnan ne nous quittera pas.

Rochefort vit que Porthos et Aramis s'étaient placés entre lui et la porte. Il comprit qu'il était à la merci de ces quatre hommes.

— Messieurs, dit-il, si M. d'Artagnan veut me rendre son épée et joindre sa parole à la vôtre, je me contenterai de cette promesse.

— Vous avez ma parole, monsieur, répondit d'Artagnan. Et voici mon épée.

— Cela me va d'autant mieux, dit Rochefort, qu'il faut que je continue mon voyage.

— Si c'est pour rejoindre Milady, intervint froidement Athos, c'est inutile, vous ne la retrouverez pas.

— Qu'est-elle donc devenue ? demanda vivement Rochefort.

— Revenez au camp, et vous le saurez.

Rochefort demeura un instant pensif, puis comme on n'était qu'à une journée de Surgères, jusqu'où le cardinal devait venir au-devant du roi, il résolut de suivre le conseil d'Athos et de revenir avec eux.

On se remit en route.

Le lendemain à trois heures, on arriva à Surgères. Le cardinal y attendait Louis XIII. Le ministre et le roi y échangèrent force caresses et se félicitèrent du heureux hasard qui débarrassait la France d'un ennemi acharné. Après quoi le cardinal, qui avait été prévenu que d'Artagnan était arrêté, et qui avait hâte de l'interroger, prit congé du roi.

En arrivant le soir à son quartier, le cardinal trouva debout, devant la porte de la maison qu'il habitait, d'Artagnan sans épée et les trois mousquetaires armés. Il les regarda sévèrement et fit signe à d'Artagnan de le suivre. Celui-ci obéit.

— Nous t'attendrons, dit Athos, assez haut pour que le cardinal l'entende.

Son Éminence fronça le sourcil, s'arrêta un instant, puis continua son chemin sans prononcer une seule parole. D'Artagnan entra derrière lui et Rochefort derrière d'Artagnan. La porte fut gardée.

Son Éminence se rendit dans son cabinet et fit signe à Rochefort d'introduire le jeune mousquetaire. Rochefort obéit et se retira. D'Artagnan resta seul en face du cardinal. C'était sa seconde entrevue avec lui, et il était bien convaincu que ce serait la dernière.

— Monsieur, dit le cardinal, vous avez été arrêté par mes ordres. Savez-vous pourquoi ?

— Non, monseigneur, car la seule chose pour laquelle je pourrais être arrêté est encore inconnue de Son Éminence.

Richelieu regarda fixement le jeune homme.

— Oh ! dit-il, que veut dire ceci ?

— Si monseigneur veut m'apprendre d'abord les crimes que l'on m'impute, je lui dirai ensuite les faits que j'ai accomplis.

— On vous impute des crimes qui ont fait choir des têtes plus hautes que la vôtre, dit le cardinal. On vous impute d'avoir correspondu avec les ennemis du royaume, d'avoir surpris les secrets de l'État, d'avoir essayé de faire avorter les plans de votre général.

— Et qui m'accuse de cela, monseigneur ? dit d'Artagnan. Une femme flétrie par la justice du pays, une femme qui a épousé un homme en France et un autre en Angleterre, qui a empoisonné son second mari et a tenté de m'empoisonner moi-même.

— Que dites-vous donc là, monsieur ? s'écria le cardinal étonné. Et de quelle femme parlez-vous ainsi ?

— De Milady de Winter, répondit d'Artagnan, dont sans doute Votre Éminence ignorait les crimes lorsqu'elle l'a honorée de sa confiance.

— Monsieur, dit le cardinal, si Milady de Winter a commis les crimes que vous dites, elle sera punie.

— Elle l'est, monseigneur. Par nous.

— Elle est en prison ?

— Elle est morte.

— Morte ! répéta le cardinal, qui ne pouvait croire à ce qu'il entendait. Morte !

— Trois fois elle avait essayé de me tuer, et je lui ai pardonné. Mais elle a tué la femme que j'aimais, alors, mes amis et moi, nous l'avons prise, jugée et condamnée.

D'Artagnan raconta alors l'empoisonnement de Mme Bonacieux dans le couvent des Carmélites de

Béthune, le jugement dans la maison isolée, l'exécution sur les bords de la Lys.

Un frisson courut par tout le corps du cardinal, qui cependant ne frissonnait pas facilement. Mais tout à coup, comme sous l'influence d'une pensée muette, sa physionomie, sombre jusqu'alors, s'éclaircit peu à peu et arriva à la plus parfaite sérénité.

— Ainsi, dit-il d'une voix dont la douceur contrastait avec la sévérité de ses paroles, vous vous êtes constitués juges, sans penser que ceux qui n'ont pas mission de punir et qui punissent sont des assassins.

— Monseigneur, je n'ai pas l'intention de défendre ma tête contre vous. Je subirai le châtiment que Votre Éminence voudra bien m'infliger. Je ne tiens pas assez à la vie pour craindre la mort.

— Oui, je le sais, vous êtes un homme de cœur, monsieur, dit le cardinal avec une voix presque affectueuse. Je puis donc vous dire d'avance que vous serez jugé, condamné même.

— Un autre pourrait répondre à Votre Éminence qu'il a sa grâce dans sa poche. Je me contenterai de dire : ordonnez, je suis prêt.

— Votre grâce ! dit Richelieu surpris. Signée de qui ? du roi ?

— Non ! De Votre Éminence. Monseigneur reconnaîtra sans doute son écriture.

Et il présenta le précieux papier qu'Athos avait arraché à Milady et qu'il avait donné au jeune homme. Son Éminence le prit et lut d'une voix lente et en appuyant sur chaque syllabe :

C'est par mon ordre et pour le bien de l'État que le porteur du présent a fait ce qu'il a fait.

Au camp de La Rochelle,

ce 5 août 1628.

RICHELIEU

Après avoir lu ces deux lignes, le cardinal tomba dans une rêverie profonde, mais il ne rendit pas le papier à d'Artagnan.

— Il médite de quel genre de supplice il me fera mourir, se dit le Gascon. Eh bien ! ma foi, il verra comment meurt un gentilhomme.

Le jeune mousquetaire était en excellente disposition pour trépasser héroïquement.

Richelieu, enfin, leva la tête, fixa son regard d'aigle sur cette physionomie loyale, ouverte, intelligente, et songea une nouvelle fois combien cet enfant de vingt ans avait d'avenir, et quelles ressources son courage et son esprit pouvaient offrir à un bon maître. D'un autre côté, les crimes et le génie infernal de Milady l'avaient plus d'une fois épouvanté. Il sentait comme une joie secrète d'être à jamais débarrassé de ce complice dangereux.

Il déchira le papier que d'Artagnan lui avait remis.

— Je suis perdu, dit en lui-même d'Artagnan.

Et il s'inclina profondément en homme qui dit : « Seigneur, que votre volonté soit faite ! »

Le cardinal écrivit quelques lignes sur un parchemin dont les deux tiers étaient déjà remplis, puis il y apposa son sceau.

— C'est ma condamnation, se dit d'Artagnan. Il m'épargne l'ennui de la Bastille et les lenteurs d'un jugement. C'est encore fort aimable à lui.

— Tenez, monsieur, dit le cardinal au jeune homme, je vous ai pris un blanc-seing et je vous en rends un autre. Le nom manque sur ce brevet : vous l'écrirez vous-même.

Le jeune homme prit le papier en hésitant et jeta les yeux dessus. C'était une lieutenance dans les mousquetaires.

D'Artagnan tomba aux pieds du cardinal.

— Monseigneur, dit-il, ma vie est à vous, disposez-en ! Mais cette faveur, je ne la mérite pas : j'ai des amis qui sont plus dignes...

— Vous êtes un brave garçon, d'Artagnan, interrompit le cardinal en lui frappant familièrement sur l'épaule, charmé qu'il était d'avoir vaincu cette nature rebelle. Faites de ce brevet ce qu'il vous plaira, puisque le nom est en blanc. Seulement rappelez-vous que c'est à vous que je le donne.

— Je ne l'oublierai jamais, répondit d'Artagnan. Votre Éminence peut en être certaine !

Le cardinal se retourna et appela :

— Rochefort !

Le chevalier entra aussitôt.

— Rochefort, dit le cardinal, je reçois monsieur d'Artagnan au nombre de mes amis. Ainsi donc, que l'on s'embrasse et que l'on soit sage si l'on tient à conserver sa tête.

Rochefort et d'Artagnan s'embrassèrent du bout des lèvres. Ils sortirent de la chambre en même temps.

— Nous nous retrouverons, n'est-ce pas, monsieur ? dit Rochefort.

— Quand il vous plaira, fit d'Artagnan.

— L'occasion viendra, répondit-il.

— Hum ! fit Richelieu en ouvrant la porte.

Les deux hommes se sourirent, se serrèrent la main et saluèrent Son Éminence.

— Nous commencions à nous impatienter, dit Athos.

— Me voilà, mes amis, répondit d'Artagnan, non seulement libre, mais en faveur.

— Vous nous conterez cela.

— Plus tard ! Pour le moment, séparons-nous.

Le soir même, d'Artagnan se rendit au logis d'Athos, qu'il trouva en train de vider sa bouteille de vin d'Espagne. Il lui raconta ce qui s'était passé entre le cardinal et lui, et tirant le brevet de sa poche :

— Tenez, cher Athos, voilà qui vous revient tout naturellement.

Athos sourit de son doux et charmant sourire :

— Ami, dit-il, pour Athos, c'est trop. Pour le comte de La Fère, c'est trop peu. Gardez ce brevet, il est à vous. Hélas ! vous l'avez acheté assez cher.

D'Artagnan sortit de la chambre d'Athos, et entra dans celle de Porthos. Il le trouva vêtu d'un magnifique habit couvert de broderies splendides, et se mirant dans une glace.

— Cher ami ! Comment trouvez-vous que ce vêtement me va ?

— À merveille, dit d'Artagnan, mais je viens vous en proposer un qui vous ira mieux : celui de lieutenant aux mousquetaires.

D'Artagnan raconta à Porthos son entrevue avec le cardinal, et tirant le brevet de sa poche :

— Écrivez votre nom là-dessus, dit-il, et soyez un bon chef.

Porthos jeta les yeux sur le brevet, et le rendit à d'Artagnan.

— Cela me flatterait beaucoup, dit-il, mais pendant notre expédition de Béthune, le mari de ma duchesse est mort, de sorte que, le coffre du défunt me tendant les bras, j'épouse la veuve. J'essayais mon habit de noces. Gardez la lieutenance, mon cher !

Et il rendit le brevet à d'Artagnan.

Le jeune homme entra chez Aramis.

Il le trouva agenouillé sur un prie-Dieu, le front appuyé contre son livre d'heures ouvert. Il lui raconta son entrevue avec le cardinal, et tirant pour la troisième fois son brevet de sa poche :

— Vous, dit-il, acceptez ce brevet. Vous l'avez mérité plus que personne par votre sagesse et vos conseils.

— Hélas ! cher ami, dit Aramis, nos dernières aventures m'ont dégoûté tout à fait de la vie d'homme d'épée. Cette fois, mon parti est pris irrévocablement : après le siège, j'entre chez les Lazaristes. Gardez ce brevet, d'Artagnan, le métier des armes vous convient, vous serez un brave et aventureux capitaine.

D'Artagnan revint à Athos, qu'il trouva toujours attablé et mirant son dernier verre de malaga à la lueur de la lampe.

— Eh bien ! dit-il, eux aussi m'ont refusé.

— C'est que personne, cher ami, n'en était plus digne que vous.

Il écrivit le nom de d'Artagnan sur le brevet, et le lui rendit.

— Je n'aurai donc plus d'amis, dit le jeune homme. Hélas ! plus rien que d'amers souvenirs.

Et il laissa tomber sa tête entre ses mains, tandis que deux larmes roulaient le long de ses joues.

— Vous êtes jeune, répondit Athos, et vos souvenirs amers ont le temps de se changer en doux souvenirs.

ÉPILOGUE

La Rochelle, privée du secours de la flotte anglaise et de la diversion promise par Buckingham, se rendit après un siège d'un an : le 28 octobre 1628, on signa la capitulation. Le roi fit son entrée à Paris le 23 décembre de la même année. On lui fit un triomphe, comme s'il revenait de vaincre l'ennemi et non des Français. Il rentra par le faubourg Saint-Jacques, sous des arcs de verdure.

D'Artagnan prit possession de son grade. Porthos quitta le service et épousa dans le courant de l'année suivante Mme Coquenard. Le coffre tant convoité contenait huit cent mille livres.

Mousqueton eut une livrée magnifique, et jouit de la satisfaction qu'il avait ambitionnée toute sa vie, c'est-à-dire de monter derrière un carrosse doré.

Aramis, après un voyage en Lorraine, disparut tout à coup et cessa d'écrire à ses amis. On apprit plus tard, par Mme de Chevreuse, qui le dit à deux ou trois de ses amants, que cédant à sa vocation, il s'était retiré dans un couvent. Seulement on ne sut jamais lequel.

Bazin devint frère lai[1].

Athos resta mousquetaire sous les ordres de d'Artagnan jusqu'en 1633, époque à laquelle, en revenant d'un voyage

1. Membre d'un ordre religieux catholique mais qui n'est pas habilité à célébrer la messe.

qu'il fit en Roussillon, il quitta aussi le service, sous prétexte qu'il venait de recueillir un petit héritage dans le Blaisois.

Grimaud suivit Athos.

D'Artagnan se battit trois fois avec Rochefort et le blessa trois fois.

— Je vous tuerai probablement à la quatrième, lui dit-il en lui tendant la main pour le relever.

— Il vaut donc mieux pour vous et pour moi que nous en restions là, répondit le blessé. Corbleu, je suis plus votre ami que vous ne pensez, car dès la première rencontre, j'aurais pu, en disant un mot au cardinal, vous faire couper le cou.

Ils s'embrassèrent cette fois, mais de bon cœur et sans arrière-pensée.

Planchet obtint de Rochefort le grade de sergent dans le régiment de Piémont.

M. Bonacieux vivait fort tranquille, ignorant parfaitement ce qu'était devenue sa femme et ne s'en inquiétant guère. Un jour, il eut l'imprudence de se rappeler au souvenir du cardinal. Le cardinal lui fit répondre qu'il allait pourvoir à ce qu'il ne manquât jamais de rien désormais.

En effet, le lendemain, M. Bonacieux, étant sorti à sept heures du soir de chez lui pour se rendre au Louvre, ne reparut plus rue des Fossoyeurs. L'avis de ceux qui se crurent les mieux informés fut qu'il était nourri et logé dans quelque château royal aux frais de Sa généreuse Éminence.

Table des matières

Vingt ans après

La suite des Trois Mousquetaires

Extrait

CHAPITRE I

LE FANTÔME DE RICHELIEU

Dans une chambre du palais Cardinal que nous connaissons déjà, près d'une table à coins de vermeil, chargée de papiers et de livres, un homme était assis la tête appuyée dans ses deux mains.

Derrière lui était une vaste cheminée, rouge de feu, et dont les tisons enflammés s'écroulaient sur de larges chenets dorés. La lueur de ce foyer éclairait par-derrière le vêtement magnifique de ce rêveur, que la lumière d'un candélabre chargé de bougies éclairait par-devant.

À voir cette simarre rouge et ces riches dentelles, à voir ce front pâle et courbé sous la méditation, à voir la solitude de ce cabinet, le silence des antichambres, le pas mesuré des gardes sur le palier, on aurait pu croire que l'ombre du cardinal de Richelieu était encore dans sa chambre.

Hélas ! c'était bien, en effet, seulement l'ombre du grand homme. La France affaiblie, l'autorité du roi méconnue, les grands redevenus forts et turbulents, l'ennemi rentré en deçà des frontières, tout témoignait que Richelieu n'était plus là.

Mais ce qui montrait encore mieux que la simarre rouge n'était point celle du vieux cardinal, c'était cet isolement qui semblait plutôt celui d'un fantôme que celui d'un vivant ; c'étaient ces corridors vides de courtisans, ces cours pleines de gardes ; c'était le sentiment railleur qui montait de la rue et qui pénétrait à travers les vitres de cette chambre ébranlée par le souffle de toute une ville liguée contre le ministre ; c'étaient enfin des bruits lointains et sans cesse renouvelés de coups de feu, tirés sans but et sans résultat, mais seulement pour faire voir aux gardes, aux Suisses, aux mousquetaires et aux soldats qui environnaient le Palais-Royal, car le palais Cardinal lui-même avait changé de nom, que le peuple aussi avait des armes.

Ce fantôme de Richelieu, c'était Mazarin.

Or, Mazarin était seul et se sentait faible.

— Étranger ! murmurait-il. Italien ! voilà leur grand mot lâché ! Si je les laissais faire, ils m'assassineraient, me pendraient et me dévoreraient. Les niais ! Ils ne sentent donc pas que leur ennemi, ce n'est point cet Italien qui parle mal le français, mais bien plutôt ceux-là qui ont le talent de leur dire des belles paroles avec un si pur et si bon accent parisien.

Ici le sourire du cardinal prit une expression de haine dont sa figure douce paraissait incapable.

— Oh ! j'y mettrai le temps, mais ceux qui ont commencé à crier à bas le Mazarin finiront par crier à bas tous ces gens-là, chacun à son tour. Richelieu, qu'ils haïssaient quand il était vivant, et dont ils parlent toujours depuis qu'il est mort, a été plus bas que moi car il a été chassé plusieurs fois, et plus souvent encore il a craint de l'être. La reine ne me chassera jamais, moi, et si je suis contraint de céder au peuple, elle cédera avec moi ; si je fuis, elle fuira, et nous verrons alors ce que feront les rebelles sans leur reine et sans leur roi. Oh ! si seulement je n'étais pas étranger !

Et il retomba dans sa rêverie.

En effet, la position était difficile. La journée qui venait de s'écouler l'avait compliquée encore. Mazarin, toujours éperonné par sa sordide avarice, écrasait le peuple d'impôts, et ce peuple, depuis longtemps avait commencé à murmurer.

Mais ce n'était pas tout, car lorsqu'il n'y a que le peuple qui murmure, séparée qu'elle en est par la bourgeoisie et les gentilshommes, la cour ne l'entend pas. Mais Mazarin avait eu l'imprudence de s'attaquer aux magistrats !

Voici ce qui était arrivé de ces deux côtés :

Le 7 de janvier, sept à huit cents marchands de Paris s'étaient assemblés et mutinés à propos d'une nouvelle taxe qu'on voulait imposer aux propriétaires de maisons, et ils avaient député dix d'entre eux pour parler au duc d'Orléans, qui les avait écoutés avec une grande complaisance, leur avait fait espérer quelque modération, leur avait promis d'en parler à la reine et les avait congédiés avec le mot ordinaire des princes : « On verra. »

De leur côté, le 9, les maîtres des requêtes du Parlement étaient venus trouver le cardinal, et l'un d'eux, qui portait la parole pour tous les autres, lui avait parlé avec tant de fermeté et de hardiesse, que le cardinal en avait été tout étonné. Aussi les avait-il renvoyés en disant comme le duc d'Orléans, que l'on verrait.

Alors, pour voir, on avait assemblé le conseil et on avait envoyé chercher le surintendant des finances, d'Emery. Il était accouru tout pâle et tout effaré, disant que son fils avait manqué d'être assassiné le jour même sur la place du Palais.

Le conseil n'avait rien décidé ce jour-là, le surintendant étant trop occupé de cet événement pour avoir la tête bien libre.

Le 11, la reine allant à la messe à Notre-Dame, ce qu'elle faisait tous les samedis, avait été suivie par plus de deux cents femmes criant et demandant justice. Elles n'avaient, au reste, aucune intention mauvaise, voulant seulement se mettre à genoux devant elle pour tâcher d'émouvoir sa pitié. Mais les gardes les en avaient empêchées, et la reine était passée, hautaine et fière, sans écouter leurs clameurs.

L'après-midi, il y avait eu conseil de nouveau, et là, on avait décidé qu'on maintiendrait l'autorité du roi. En conséquence, le parlement fut convoqué pour le lendemain, le 12.

Ce jour, celui pendant la soirée duquel nous ouvrons cette histoire, le roi, alors âgé de dix ans, et qui venait d'avoir la petite vérole, avait, sous prétexte d'aller rendre grâce à Notre-Dame de son rétablissement, mis sur pied ses gardes, ses Suisses et ses mousquetaires, et les avait échelonnés autour du Palais-Royal, sur les quais et sur le Pont-Neuf. Après la messe, il était passé au parlement, où, sur un lit de justice improvisé, il avait non seulement maintenu ses édits passés, mais encore en avait rendu cinq ou six nouveaux, tous, plus ruineux les uns que les autres. Si bien que le premier président du parlement, qui était les jours précédents pour la cour, s'était élevé contre cette manière de mener le roi au Palais pour surprendre et forcer la liberté des suffrages.

Ces édits rendus, le roi rentra au Palais-Royal. Une grande multitude de peuple était sur sa route ; mais comme on savait qu'il venait du parlement et qu'on ignorait s'il y avait été pour y rendre justice au peuple ou pour l'opprimer de nouveau, pas un seul cri de joie ne retentit sur son passage pour le féliciter de son retour à la santé. Tous les visages, au contraire, étaient mornes et inquiets ; quelques-uns même étaient menaçants.

Malgré son retour, les troupes restèrent sur place. On craignait qu'une émeute n'éclate quand on apprendrait le résultat de la séance du parlement. Et, en effet, à peine le bruit se fut-il répandu dans les rues qu'au lieu d'alléger les impôts, le roi les avait augmentés, que des groupes se formèrent et que de grandes clameurs retentirent, criant : « À bas le Mazarin ! vive le conseiller Broussel ! vive le président Blancmesnil ! » car le peuple avait su que Broussel et Blancmesnil avaient parlé en sa faveur.

On avait voulu dissiper ces groupes, on avait voulu faire taire ces cris, et, comme cela arrive en pareil cas, les groupes s'étaient grossis et les cris avaient redoublé. L'ordre venait d'être donné aux gardes du roi et aux gardes suisses, non seulement de tenir ferme, mais encore de faire des patrouilles dans les rues Saint-Denis et Saint-Martin, où ces groupes paraissaient plus nombreux et plus animés, lorsqu'on annonça au Palais-Royal le prévôt des marchands.

Il fut introduit aussitôt. Il venait dire que si l'on ne cessait pas à l'instant même ces démonstrations hostiles, dans deux heures Paris tout entier serait sous les armes.

On délibérait sur ce qu'on aurait à faire, lorsque le lieutenant aux gardes, Comminges, rentra ses habits tout déchirés et le visage sanglant. En le voyant paraître, la reine jeta un cri de surprise et lui demanda ce qu'il y avait.

Il y avait qu'à la vue des gardes, comme l'avait prévu le prévôt des marchands, les esprits s'étaient exaspérés. On s'était emparé des cloches et l'on avait sonné le tocsin. Comminges avait tenu bon, avait arrêté un homme qui paraissait un des principaux agitateurs, et, pour faire un exemple avait ordonné qu'il fût pendu à la croix du Trahoir. En conséquence, les soldats l'avaient entraîné pour exécuter cet ordre. Mais aux halles, ceux-ci avaient été attaqués à coups de pierres et à coups de hallebarde ; le rebelle avait profité de ce moment pour s'échapper, avait gagné la rue des Lombards et s'était jeté dans une maison dont on avait aussitôt enfoncé les portes.

Cette violence avait été inutile, on n'avait pu retrouver le coupable. Comminges avait laissé un poste dans la rue, et avec le reste de son détachement, était revenu au Palais-Royal pour rendre compte à la reine de ce qui se passait. Tout le long de la route, il avait été poursuivi par des cris et par des menaces, plusieurs de ses hommes avaient été blessés de coups de pique et de hallebarde, et lui-même avait été atteint d'une pierre qui lui avait fendu le sourcil.

Le récit de Comminges corroborait l'avis du prévôt des marchands : on n'était pas en mesure de tenir tête à une révolte sérieuse. Le cardinal fit répandre dans le peuple l'annonce que les troupes n'avaient été déployées que pour la cérémonie, et qu'elles allaient se retirer. En effet, vers les quatre heures du soir, elles se concentrèrent toutes vers le Palais-Royal. On emplit les cours et les rez-de-chaussée de Suisses et de mousquetaires, et l'on attendit.

Voilà donc où en étaient les choses lorsque nous avons introduit nos lecteurs dans le cabinet du cardinal Mazarin. Nous avons vu dans quelle situation d'esprit il écoutait les murmures du peuple qui arrivaient jusqu'à lui et l'écho des coups de fusil qui retentissaient jusque dans sa chambre.

Tout à coup il releva la tête, le sourcil à demi froncé, comme un homme qui a pris son parti, fixa les yeux sur une énorme pendule qui allait sonner dix heures, et, prenant un sifflet de vermeil placé sur la table, à la portée de sa main, il siffla deux coups.

Une porte cachée dans la tapisserie s'ouvrit sans bruit ; un homme vêtu de noir s'avança silencieusement et se tint debout derrière le fauteuil.

— Bernouin, dit le cardinal sans se retourner, car il savait que c'était son valet de chambre, quels sont les mousquetaires de garde au palais ?

— Les mousquetaires noirs de la compagnie Tréville, Monseigneur.

— Y a-t-il un officier de cette compagnie dans l'antichambre ?

— Le lieutenant d'Artagnan.

— Donnez-moi un habit de mousquetaire, et aidez-moi à m'habiller.

Le valet de chambre sortit et revint un instant après, apportant le costume demandé. Le cardinal commença alors à se revêtir de la casaque militaire, qu'il portait avec une certaine aisance. Puis quand il fut complètement habillé :

— Allez me chercher M. d'Artagnan, dit-il.

Le valet de chambre sortit cette fois par la porte du milieu.

Resté seul, le cardinal se regarda avec une certaine satisfaction dans une glace. Il était encore jeune, car il avait quarante-six ans à peine, il était d'une taille élégante, un peu au-dessous de la moyenne. Il avait le teint vif et beau, le regard plein de feu, le nez grand, mais assez bien proportionné, le front large et majestueux, les cheveux châtains un peu crépus, la barbe plus noire que les cheveux et toujours bien relevée avec le fer, ce qui lui donnait bonne grâce. En ce moment la porte s'ouvrit.

— M. d'Artagnan, dit le valet de chambre.

Un officier entra.

C'était un homme de trente-neuf à quarante ans, de petite taille mais bien prise, maigre, l'œil vif et spirituel, la barbe noire et les cheveux grisonnants comme il arrive toujours quand on est fort brun.

D'Artagnan fit quatre pas dans le cabinet et arrêta les yeux sur ce mousquetaire, sous les habits duquel, d'emblée, il reconnut le cardinal. Il demeura debout dans une pose respectueuse mais digne, comme il convient à un homme de condition qui a eu souvent dans sa vie occasion de se trouver avec des grands seigneurs.

Le cardinal regarda un moment cette tête intelligente et ce visage dont l'excessive mobilité avait été enchaînée par les ans et l'expérience. D'Artagnan soutint l'examen en homme qui avait été regardé, autrefois, par des yeux autrement perçants.

— Monsieur, dit enfin le cardinal, vous allez venir avec moi, ou plutôt je vais aller avec vous.

— À vos ordres, Monseigneur, répondit d'Artagnan.

— Je voudrais visiter moi-même les postes qui entourent le Palais-Royal ; croyez-vous qu'il y ait quelque danger ?

— Du danger, Monseigneur ? demanda d'Artagnan d'un air étonné, et lequel ?

— On dit le peuple tout à fait mutiné.

— L'uniforme des mousquetaires du roi est fort respecté, Monseigneur, et s'il ne l'était pas, avec trois de mes hommes je me fais fort de mettre en fuite une centaine de ces manants.

— Bernouin, mon feutre !

Le cardinal se coiffa d'un chapeau d'uniforme à larges bords et se retourna vers d'Artagnan :

— Vous avez des chevaux sellés dans les écuries, n'est-ce pas ?

— Oui, Monseigneur.

— Eh bien ! partons.

— Combien Monseigneur veut-il d'hommes ?

— Vous avez dit qu'avec quatre hommes, vous mettriez en fuite cent manants. Comme nous pourrions en rencontrer deux cents, prenez-en huit.

— Quand vous voudrez ! répondit d'Artagnan.

— Suivez-moi, reprit le cardinal. Éclairez-nous, Bernouin.

Le valet prit une bougie. Le cardinal saisit une petite clef dorée sur son bureau, et ayant ouvert la porte d'un escalier secret, il se trouva au bout d'un instant dans la cour du Palais-Royal.

À suivre...

NORD COMPO
multimédia

Composition et mise en pages
Nord Compo à Villeneuve-d'Ascq

Imprimé à Barcelone par:
CPI Black Print

Dépôt légal : mars 2023
N° d'édition : L.01EJEN002154 / 558393-0
Loi n° 49-956 du 16 juillet 1949
sur les publications destinées à la jeunesse